마라톤은 자신감이다

마라톤은 자신감이다

마라톤은 자신감이다

18번의 완주, 기록보다
마음이 남는 달리기

황진호 지음

　내가 마라톤 풀코스 42.195km 완주기를 책으로 쓰겠다고 생각한 것은, 사실 20년 전이다. 처음으로 마라톤 풀코스를 완주했을 때 그 기분과 느낌이 어찌나 강렬하던지 그것을 기억하고자 '첫 번째 도전'이라는 제목으로 완주기를 썼다. 이후 한 번씩 풀코스를 완주할 때마다 '두 번째 도전', '세 번째 도전'이라는 제목으로 썼다. 그렇게 열여덟 번의 도전을 마지막으로, 마라톤 풀코스 완주기를 거의 20여 년 만에 책으로 출간하게 되었다.

　2003년에 나는 처음으로 마라톤 풀코스를 완주했다. 마흔이 되었던 해다. 그리고 20년이 지나 예순이 다 될 무렵인 2022년 가을, 횟수로는 열일곱 번째 완주를 했다. 2009년의 마지막 풀코스 완주 이후 거의 14년 만이었다. 처음 풀코스에 도전할 때보다 더 많은 양의 연습을 했으며, 더 긴장하고 더 완주의 기쁨과 성취를 느꼈다. 20년이 지났지만 '아직 살아 있구나.' '녹슬지 않았네.' 하며 스스로 안도하기도 했다. 내가 속한 마라톤 클럽에 부탁해 20년 만에 완주 기념패를 하나 더 만들기까지 했다.

　그리고 1년이 더 지나 이듬해 2024년 가을, 만 60세의 나이에 회갑 기념으로 풀코스 마라톤을 4시간 35분 21초의 기록으로 완주했다. 열여덟 번의 완주다. 일 년에 한 차례씩만이라도 마라톤 완주를 하고 싶다. 그리하여 70세를 맞이하는 어느 해, 칠순 기념 풀코스 마라톤을 완주하는 나 자신을 그려 본다.

　내가 가입해서 활동하고 있는 마라톤 클럽의 한 회원은 200회 가까이 풀코스를 완주했다. 또한, 울트라 마라톤을 20여 회 완주한 회원, 그리고 세계 3대 사막 마라톤을 완주한 회원도 있다. 그리고 나는 아직 달성하지 못한, 아니 달성할 수도 없는 SUB-3(마라톤 풀코스를 3시간 이내에 완주하는 것) 주자 또한 40여 명에 이른다. 이에 비하면 내 완주 횟수는 '새 발의 피'일 수도 있다. 하지만 나는 이 열여덟 번의 마라톤 풀코스 완주가 자랑스럽다. 누구와도 비교할 수 없다고 여길 만큼 스스로 무척 대견하다. 내 완주 기록은 결코 미약하지도 초라하지도 않다. 이는 내 전부이고, 내 세상이기 때문이다. 그리고 이런 나 자신이 나는 좋다. 또한 앞으로도 좋아할 것이다. 이후 스무 번, 서른 번도, 계속해서 도전할 것이므로.

많은 사람이 마라톤에 대해 말했다. 안철수는 그의 저서 『내가 달리기를 하며 배운 것들』이라는 책에서 마라톤은 '참고 견디는 것'이라고 정의하고 육체적인 고통만이 아니라 외부의 환호와 작약(雀躍)에도 참고 견디는 것이라고 했다. 무라카미 하루키 또한 "'아픔은 피할 수 없지만, 고통은 선택하기에 달렸다.'라는 말이 마라톤을 간결하게 요약한 것이다."라고 말했다. 하지만 만약 누군가가 나에게 '마라톤이란 무엇인가?'라고 질문한다면 나는 자신 있게 이렇게 말할 것이다. "마라톤은 자신감이다."라고.

마라톤은 육체적으로도 정신적으로도 자신감을 크게 상승시켜 준다. 마라톤 풀코스 완주는 사실 힘들다. 무엇이든 한 가지가 빠지거나 부족해도 어렵다. 모든 것이 갖추어져야 하고 몸의 모든 기능이 제대로 작동해야 한다. 그래야 마라톤 풀코스 완주가 가능하다. 신체적이든 정신적이든 마라톤을 완주할 수 있는 체력과 이를 실행하고자 하는 마음가짐 등이 완비되어야 한다.

결승라인의 환호작약이 끝나고, 물병을 들고, 메달을 목에 걸고, 절뚝거리는 다리를 끌고 혼자가 되었을 때 나는 삶에 대한 충만감, 내 몸과 마음에 대한 강한 자신감을 느낀다. 그래서 마라톤(달리기)을 '자신감'이라는 말로 표현하고 싶다.

마라톤 완주로 인하여 생긴 자신감은 직장 생활 15년과, 퇴직 후 18여 년간(2025년 현재) 운영하고 있는 내 사업에도 그대로 긍정과 성공에 영향을 미쳤다. 복잡한 인간관계에서도, 어렵고 풀리지 않는 문제에 대해서도, 긍정과 선(善)한 영향력은 무한 반영되어 해결하게 해 주는 마법사이기도 했다.

머리가 복잡할 때는 우선 달리고 본다. 몸이 찌뿌둥하거나 머리가 지끈거릴 땐, 운동화 끈을 묶고 달려 나간다. 그리고 항상 확인한다. 현관문을 열고 나설 때의 기분과, 달린 후 현관문을 열고 들어올 때의 기분을 비교해 본다. 어김없이 들어올 때의 기분이 한결같이 좋다. 그렇지 않은 적이 단 한 번도 없다. 20년간, 늘 그랬다.

나는 달리기를 사랑한다. 그것이 5km이든, 10km이든, 하프이든, 풀코스이든, 울트라 마라톤이든, 신발 끈을 질끈 묶고 세상 속으로 달려 나가는 것이 좋다. 그러기 위해서는 용기가 필요하다.

달리기를 시작하려고 이제 막 마음먹은 이들과, 이미 달리기를 시작한 분들과, 오랫동안 부상 없이 달리고자 하는 모든 달림이들에게 이 책이 조그마한 도움이라도 되었으면 하는 바람을 가져 본다.

인생이라는 마라톤,
나만의 속도로 완주하라

이봉주
보스턴 마라톤 우승자

마라톤은 사실 참으로 힘든 운동입니다. 기록보다 과정을 기억하는 운동이며, 42.195km라는 긴 거리를 쉼 없이 달리기 위해서는 인내와 고통, 그리고 충분한 준비가 필요합니다.

마라톤은 결승선 테이프를 끊는 순간 끝나는 것이 아닙니다. 새벽에 일어나 신발 끈을 묶는 순간부터, 가장 힘든 날에도 다시 주로(走路)에 서는 마음가짐까지가 모두 마라톤입니다. 저는 42.195km라는 긴 여행을 앞둔 분들에게 늘 세 가지를 당부합니다.

> 첫째, 규칙의 힘을 믿으십시오. 재능보다 강한 것은 꾸준한 습관과 루틴입니다.
>
> 둘째, 믿음직한 페이스메이커를 두십시오. 너무 빠르지도 늦지도 않게 곁을 지켜주는 이와 함께라면 길을 잃지 않습니다.
>
> 셋째, 데드포인트에서 절대로 포기하지 마십시오. 숨이 턱 끝까지 차오르는 순간을 견뎌내는 것, 그것이 곧 두려움 없이 삶을 살아가는 용기입니다.

이 책에는 화려한 기록이나 메달 이야기는 없습니다. 대신 포기하지 않고 자신의 속도로 묵묵히, '나답게' 달린 한 사람의 진솔한 완주기가 담겨 있습니다. 하루하루 성실하게 쌓아 올린 저자의 땀방울은 우리네 인생에 적용할 수 있는 단단한 힘을 보여줍니다.

달리기는 결국 나 자신과의 싸움이고, 인생도 마찬가지입니다. 오늘도 삶이라는 출발선에서 한 걸음, 한 걸음을 내딛는 모든 분에게 이 책이 조용한 응원이 되기를 바랍니다.

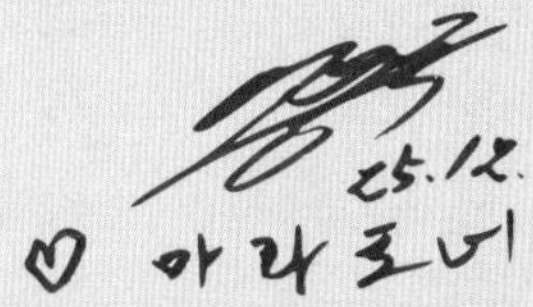

차례

들어가며　　　　　　　　　　　5

추천사　　　　　　　　　　　　9

제1장

열여덟 번의 도전이
내게 남긴 것

마흔[不惑] 나이에 처음으로
풀코스를 완주하다　　　　　　16

두 번째 도전　　　　　　　　23

세 번째 도전　　　　　　　　29

네 번째 도전　　　　　　　　35

다섯 번째 도전　　　　　　　42

여섯 번째 도전　　　　　　　48

일곱 번째 도전　　　　　　　53

여덟 번째 도전　　　　　　　59

아홉 번째 도전　　　　　　　65

열 번째 도전　　　　　　　　72

열한 번째 도전　　　　　　　77

열두 번째 도전   79

열세 번째 도전   84

열네 번째 도전   88

열다섯 번째 도전   93

열여섯 번째 도전   99

열일곱 번째 도전   103

회갑(回甲) 나이에 열여덟 번째
풀코스 완주하다   120

제2장

달리며 확장된
나의 세계

10킬로 100회 달리기   130

100회 목표 중 12회   134

100회 목표 중 13.5회   138

100회 목표 중 22회 ... 141

100회 목표 중 30.5회 ... 144

100회 목표 중 34.5회 ... 148

100회 목표 중 39.5회 ... 155

100회 목표 중 43.5회 ... 157

100회 목표 중 55회 ... 159

100회 목표 중 61회 ... 161

100회 목표 중 64회 ... 166

100회 목표 중 71회 ... 172

100회 목표 중 78회 ... 175

100회 목표 중 90회 ... 177

100회 달리기 목표 완수 ... 179

네팔 안나푸르나 푼힐 파노라마 트레킹 ... 181

스위스 루체른 필라투스에 오르다 ... 202

미국 서부 트레킹 그리고 달리기 ... 209

일본 북알프스 트레킹 ... 222

무라카미 하루키의 『달리기를 말할 때 내가 하고 싶은 이야기』 ... 238

안철수의 『안철수, 내가 달리기를 하며 배운 것들』 ... 251

요슈카 피셔의 『나는 달린다』 ... 259

뻐꾸기 달리기	266
우중(雨中) 달리기 1	270
우중(雨中) 달리기 2	273
제주(濟州)에서 달리기	277
2시간 10분 페이스메이커 달리기	282
달리기와 먹거리	288
달리기와 부상	293
달리기와 음악	302
달리기 관련 몇 가지 어록	310
경기 전 준비 사항	313
나가면서	316
작가 인터뷰	318

제1장

열여덟 번의 도전이
내게 남긴 것

풍파는 언제나 전진하는 자의 벗이다.
차라리 고난 속에 인생의 기쁨이 있다.
풍파 없는 항해, 얼마나 단조로운 것인가!
고난이 심할수록 내 가슴은 뛴다.

- 프리드리히 빌헬름 니체

마흔[不惑] 나이에
처음으로 풀코스를 완주하다

2003년 1월 12일 제2회 거제 마라톤 완주기

드디어 풀코스를 완주[1]했다. 2003년 1월 12일 일요일 경남 거제에서 열린 '새해맞이 마라톤' 풀코스에서 첫 완주의 기쁨을 누렸다. 공식기록으로 4시간 19분 58초. 풀코스 참가 인원 470명 중 209등, 2002년 8월 처음으로 마라톤에 입문하여 6개월 만에 풀코스 완주 기록을 얻은 것에 나는 만족한다.

모든 것이 그러하듯 처음의 기억은 오랫동안 남으리라. 오죽하면 만해 한용운은 첫 키스의 추억을 '날카롭다.'라고까지 표현했을까? 그러한 처음의 기억을 오랫동안 간직하고자 몇 가지 기록하여, 마라톤이 힘들게 느껴지거나 모든 일에서 초심(初心)으로 되돌아가고자 할 때 꺼내어 읽어 보리라. 오랫동안 달림이를 해 오신 선·후배들에

---

[1] 원래는 '머리 올리다.'라고 했는데 『대통령의 글쓰기』 저자 강원국 작가께서 '머리 올리다.'라는 말은 성차별 또는 비하의 의미도 있으니 바꾸라고 했다. 골프도 첫 라운딩 나갈 때 '머리 올리다.'라는 표현을 쓴다.

   마라톤은 자신감이다

게는 부끄러운 마음이 앞선다.

2003년은 마흔을 처음 시작하는 해이다. 공자는 세상일에 미혹되지 않는다고 하여 불혹[不惑]의 나이라 했던가? 살아온 날들과 앞으로 살아갈 날들의 반환점(?)에서, 인생 2모작을 새로 시작하는 시점에서의 완주는 많은 생각을 불러일으켰다.

나이를 먹는다는 것의 또 다른 뜻은 꿈을 잃어 간다는 것이 아닐까? 젊은 날의 패기와 용기와 희망이 세월이 흘러감에 따라 하나씩 두 개씩 바래 가는 것을 지켜보아야 하는 사십 대. 사십 대의 나이가 가지는 시들함. 그 사십의 나이를 나는 거제도의 바닷바람을 헤치고 완주했다.

달림으로써 정체된 내 삶도 함께 달리도록 하고 싶었다. 지금까지 살면서 너무 게으르고 나태해졌다. 나 자신을 한번 추슬러 보고 싶었다. 한 번쯤 지나온 삶을 되돌아보고 앞으로 가야 할 길을 되짚어 보고자 했다. 그것이라 생각한다. 더 이상 세파에 찌들지 않겠다는 하나의 선언처럼.

이제는 내 인생을 내가 살겠다는 소리 없는 아우성일지 모른다. 45세가 정년이라는 직장인의 또 다른 이름은 '사오정'이다. 무능한 40대가 아니라 자신 있는 장년으로 거듭나고자 했다.

또 한 가지. 20년간 피우던 담배와의 이별하고자 했다. 2002년 5월 15일에 금연한 이후로 딤배를 피우던 나로부터, 딤배를 피우지 잃은 나로 건너가는 과정에서 달리기는 매우 효과적인 금연 유지 프로그램임을 믿어 의심하지 않았다.

스스로 건너는 것을 자도(自渡)라 한다. 금연 실천도 스스로 해야 한다고 여긴다. 남들을 따라 하거나, 약물을 이용하거나 금연 침을 이용하는 것은 스스로 한 것이 아니다. 그리하면 오래가지도 않거니와 실패할 확률도 높다. 그런 의미에서 마라톤은 자도(自渡)의 가장 확실한 방법이 아닐까.

D-1. 토요일이지만 전일 근무하는 날이다. 퇴근 후 준비물을 챙겼다. 날씨가 추울지 모르니 쿨맥스 긴 팔과 타이즈를 입어야 할 것이라고 이야기해 준 마라톤 클럽 회원님 말대로 몇 번 입고 빨아 둔 옷과 모자 신발을 챙겼다.

직장동료 두 사람과 함께 갔다. 이 부장, 이 과장은 나와는 달리 채란(採蘭)을 하기 위해 거제도로 향했다. 채란은 한국 춘란 변이종 채취의 다른 말이다. 함께 전라도 쪽으로 채란을 다닌 지는 3년이 되어 가지만 나는 이분들에 비하면 아마추어다. 변변한 품종 하나 건진 것이 없다. 기껏해야 소심 두어 촉, 산반 한두 뿌리가 고작이다.

D-0. 거제도에 1시 30분경에 도착했다. 학동 몽돌해수욕장 부근에서 간신히 민박집을 구했지만, 미리 예약하지 않아서 보일러를 틀어 놓지 않았다. 금방 따뜻해질 거라 위안하며 잠들었다. 7시 30분경 일어나 창문을 여니 남해의 푸른 바다가 발아래 넘실대고 있었다. 컨디션이 좋을 것 같은 예감이다. 8시 30분쯤 출발지 식당에서는 많은 사람이 아침 식사를 하고 있었다. 아내가 준비해 준 인절미 도시락을 꺼내 함께 먹었다. 도시락 사이에 6세 딸내미의 카드와 아내의 편지가 끼워져 있었다.

- 딸: 아빠 사랑해요! 토끼처럼 잘 뛰세요(토 字의 ㅌ은 거꾸로 씀).
- 아내: 최선을 다하세요. 함께하지 못해서 아쉽네요. 멀리서 응원할게요. 힘내세요.

이제 곧 출발이다. 서울 광화문 마라톤 클럽의 스트레칭을 따라 하

 마라톤은 자신감이다

는데 내빈 소개가 있었다. 극동 문제연구소의 김현철 박사를 소개했다. 어디서 많이 들어 본 이름이라 생각했는데, 김영삼 전 대통령의 둘째 아들이었다. 여기 장목면이 김영삼 대통령의 생가가 있던 곳이었던가?

거제 마라톤 코스는 전국에서 가장 악명 높은 난코스라고 누군가가 이야기한다. 포항 호미곶 코스보다 더 힘들단다. 그래서 평지 기록보다 30분 정도 늦은 기록을 목표로 삼으라는 공지 사항도 들었다.

출발 선상에 섰다. 하프와는 달리 마음가짐부터가 다를 것이라는 어떤 클럽 회원님의 충고가 생각났다. 완주를 목표로 해야 하는지, 4시간 안에 들어오는 기록을 목표해야 하는지 갈등하다가 4시간 페이싱팀을 따라서 달리기로 했다.

0~10km 구간에서는 오른편으로 펼쳐진 남해의 검푸른 바다가 장관이다. 군데군데 바다를 발아래 정원처럼 두고 잘 지어진 별장들이 보인다. 구름 한 점 없이 푸르른 날 따뜻한 햇볕과 파도 소리를 들으며 정원에서 일광욕하는 나를 상상해 본다. 돈도 많이 벌어야겠다는, 딴생각을 잠시 해 보았다.

초반의 1분 페이스 오버하는 것이 후반에 10분이나 기록에 영향을 미친다는 생각으로 천천히 또 천천히 달린다. 150m의 언덕배기는 힘들다. 5km 28분, 10km 55분 20초. 예정대로 달리고 있다.

10km~Half 구간에 들어섰다. 15km 1시간 24분, 예정대로 달린다. Half, 1시간 56분. 오른쪽 뒤 종아리와 허벅지가 땅기기 시작한다. 에어 스프레이를 뿌려 본다. 걱정된다. 원래 첫 풀코스 도전은 포항 호미곶에서 달리려고 신청하여 배번과 칩까지 모두 받았지만, 출전 2주 전 연습하다가 무리하여 발등이 한 발짝도 걸을 수 없을 만큼 아픈 바람에 포기한 적이 있다.

Half~30km 구간에 오니 배가 고프다. 초코파이 1개와 바나나 1개를 전부 먹었다. 아, 쉬고 싶어라! 몸 상태 여기저기를 점검해 본다. 왼쪽 어깨에 진통과 왼쪽 발등이 아프다. 신발 끈을 너무 꽉 조였나? 시골 할머니들이 불쌍한 것을 보듯 쳐다본다. '저래 힘든 걸 와 하노?' 하는 표정이다. 대한제국 때 선교사들이 테니스를 치는 것을 구경하시던 고종황제가 지켜보다가 "저렇게 힘든 건 머슴들이나 시키지." 하고 말했다는 일화가 생각났다.

30~40km 구간이 되니 체력이 급격히 무너진다. 오르막은 걸어서 오른다. 왔다 갔다 하는 병원차를 부러워하며 여러 번 쳐다보았다. '저기에 탈까?' 마음속으로 갈등이 생긴다. 하지만 완주 소식을 기다릴 가족들을 생각했다.

연습한 만큼 달린다는 이야기가 생각난다. 하기야 지금까지 최대로 많이 달려 본 거리가 25km 정도이고 대회 1주일 전에 폭설이 오는 관계로 거의 연습을 해 본 적이 없다. 후회된다.

오르막에는 어김없이 주최 측에서 제공한 봉고차가 커다란 스피커를 몇 개 달고는 음악을 틀어 주면서 힘내라는 멘트를 한다. "1780번 황진호 선수, 다 왔습니다. 여기만 넘으면 됩니다!" 하고. 속으로 외친다. '니가 한번 뛰어 봐라!' 페이싱팀은 보이질 않는다. 따라가지 못하는 자신에게 화풀이를 하게 된다.

1번의 10km 도전과 2번의 하프 도전을 너무 쉽게 성취해서일까? 쉬운 성취는 나에게 오만과 자만이라는 결과를 가져다주었다. 오만은 나를 게으르게 만들었고, 자만은 내가 목표를 볼 수 없게 만들었다. 연습량도 하프 때보다 줄었으며 머릿속으로만 열심히 산수 계산을 했다. 참회하면서 달렸다. 나 자신에게 느끼지 못했던 건방지고 이기적인 모습에 대한 반성이다.

40km~결승 라인 구간이다. 2km가 이렇게 멀 줄은 꿈에도 생각하지 못했다. 가도 가도 끝이 없다. 발은 이미 내 발이 아니고, 무릎도가니는 다 닳은 듯했다. 옆구리, 심장, 어깨 같은 상체의 고통은 없는데, 하체는 제대로 된 곳이 없다. 조그만 돌멩이 하나라도 있으면 꼬꾸라질 듯하다.

아! 울고 싶어라. 죽을 지경이다. 어떤 사람들은 달리기하면서 자신 안의 부처를 만난다고도 하고, 살아온 날들을 반추하고 살아갈 계획을 생각한다고 한다. 고요히 내면의 자신을 만나 상념에 빠진다고도 했다. 전부 틀린 말이다.

내가 이걸 왜 했는지, 언제 끝나는지를 생각한다. 발목과 종아리는 돌덩어리를 달아 놓은 것 같다. 또 해야 하는지 고민한다. 상념이니, 부처니, 자유니 하는 말들은 단언하건대 사치한 말장난이다. 현재로서는 그렇다. 나중에 열심히 훈련하고 훈련해서 그런 경지에 오를 것을 소망한다. '러너스 하이'를 경험하고도 싶다.

결승점 200여 m를 앞두고 주저앉아 있는 선수도 보인다. 결승점을 통과하면서 두 손을 들고 황영조 선수 같은 포즈를 취했다. 나중에 첫 완주 기념으로 액자를 만들어서 보관할까 한다.

기다리고 있던 이 부장과 이 과장이 큰소리로 반갑게 맞아 준다. 의자에 앉으니 자원봉사를 하는 여학생들이 신발 끈을 풀고 칩을 회수해 긴다. 지원봉사지기 건네준 비닐봉지엔 컵라면, 안티푸라민젤, 메달, 물병 등이 들어 있었다. 세심한 곳에까지 신경 써 주는 주최 측이 고맙다. 그렇게 뜨거운 유자차를 마시고 추억이 깃든 거제 학동 몽돌 해수욕장을 떠났다.

올라오는 휴게소에서 화장실에 가는 내 엉거주춤한 자세를 보고 같이 간 동료가 급해서 잘 걷지 못하는 모습과 똑같다고 놀린다. 다

음 날 계단을 잘 오르내리지 못하는 것을 보고 직원들이 어디 아프냐
고 물어보기도 했다.

음 날 계단을 잘 오르내리지 못하는 것을 보고 직원들이 어디 아프냐
고 물어보기도 했다.

마라톤은 자신감이다

두 번째 도전

2003년 3월 12일 제6회 서울마라톤 완주기

Gun Time	Start Time	10Km 반환점		32Km 결승점	
11:00:05	11:02:44	57:47:00		1:00:59	

결승통과시간	Gross Time	Net Race	Gross 순위	Net 순위	연령대 순위
15:03:59	4:03:54	4:01:16	1051	1027	221

천안 마라톤 클럽(이하 천마클)의 훈련 코스로 선택된 단국대 앞 안서호 주변의 코스는 삶과 죽음이 교차하는 코스이다. 호수를 가운데 두고 단국대 종합병원의 정문을 들어서면 오른쪽으로 응급센터의 빨간 간판이 보이고 언덕에 올라서면 장례식장으로 통하는 샛문이 보인다.

새벽 훈련 때 가끔 맡게 되는 국화향과 메케한 항불 연기는 나약한 인간의 가슴에 한 줄기 선을 긋고 지나간다. 혹여 운구 행렬이 나갈 때면 남겨진 이들의 슬픔에 찬 마지막 배웅을 보게 되기도 한다. 삶과 죽음의 경계를 가르는 것은 장례식장으로 들어가는 샛문이다. 샛문 하나만 지나면 이승과 저승의 갈림길이다. 삶의 덧없음이 느껴진다.

2002년 10월 직장 동료 한 분을 여기에서 하늘나라로 배웅했다. 사인(死因)은 '심인성 급사' 급성 심근경색에 의한 심정지 추정이라는 응급실 당직 의사의 메마른 소견서가 첨부됐다. 회사에서 쓰러진 그가 응급실을 거쳐 영안실까지 옮겨지는 모든 과정을 눈으로 지켜보며 많은 것을 깨달았다. 한 집안의 가장으로서, 남편으로서, 아버지로서, 건강하게 사는 것은 산자의 의무요, 책임이라는 것을. 미망인과 철모르는 어린 딸의 애절함을 죽은 자가 어찌 가늠할 수 있겠는가.

단국대 안서호 주변의 런닝 코스를 달리면서 항상 생각한다. 산자의 의무와 책임이 무엇인가를. 죽음을 맞이하기 전 살아 있는 동안에 내가 준비해야 할 것이 무엇인가 생각해 보리라. 달리는 동안.

두 번째 풀코스 도전 기록은 4시간 1분 16초이다. 상당히 아쉽다. 4시간 안에(SUB-4) 들어오려고 애썼지만 실패했다. 처음 도전한 거제도 새해맞이 마라톤과는 달리 크게 힘들지는 않았다. 완주하고 나서 걷는 것도 크게 힘들지 않았고, 다리도 부어오르지 않았다. 또한 그날 저녁 충주로 친구 모친상을 가서 새벽 3시까지 조문했다. 물론 너무 피곤해서 그랬는지 별로 졸리지도 않아 끝까지 남아 있었다.

전체 풀코스 참가자 3,000명 중에서 F조는 맨 뒤에서 출발한다. A, B, C, D, E, F 이렇게 500명씩 한 조가 되어 정렬되어 있다. 출발 전, 출발 대기 선상에서 어떤 50대 가까이 된 아저씨 한 분이 상의 셔츠 안쪽에 꿰매어 놓은 흑백 사진 한 장을 보여 주었다. 돌아가신 아버지라고 한다. 풀코스에 처음 참가하는 이분은 행여 낙오하거나 힘이 들 때 돌아가신 아버지가 힘이 되어 주실 거라 믿고 사진을 부착하고 나오신 것이다.

아들에게 힘이 되어 주는 아버지! 나이가 많을지라도 혹은 돌아가셨을지라도 아버지란 이름만으로도 우리는 힘이 솟는다. 아버지! 뒷

　　　　　마라톤은 자신감이다

산의 바위 같은 이름이다. 동구 밖 느티나무 같이 크나큰. 나에게도 올해 일흔여덟 된 연로하신 아버님이 계신다. 시골에서 어머니와 아직 정정하게 소 한 마리 키우시고 많은 농사 짓고 계신다. 아낌없이 베푸시는 분.

10km, 57분. 매우 늦다. 10분 이상 늦어 버렸다. 서울 마라톤 코스는 한강 변을 따라 소형 2차선이다. 앞지르기가 상당히 힘들다. 또한 첫 도전에서 초반 오버 페이스하여 고생한 탓에 천천히 달리자고 마음먹었다. 기록보다는 완주에 더 많이 신경을 썼다. 한강 변을 달리니 경치가 참 좋을 줄 알았는데 막상 달려 보니 그렇지 않았다.

3월인데도 아직 바람은 맵고 차다. 흑회색의 거대한 한강 다리는 볼품이 없다. 차라리 7~8월의 더운 여름에 개최하는 것이 더 낫지 않았을까 생각해 본다. 인원도 너무 많다. 풀코스 3,000명, 하프코스 3,000명. 날씨, 바람, 공기 모든 것이 별로 마음에 들지 않았다. 서울에서의 마라톤은 조금 생각해 볼 일이다. 새해맞이 거제도 마라톤 때의 맑은 공기와 남해의 검푸른 바다 장관을 경험해서인지도 모른다.

반환점에는 먹을 게 참 많이 있었다. 구운 김으로 말아 주는 주먹밥은 별미였다. 두 개나 먹고 구수한 된장국도 마시고, 바나나도 먹고 한참을 서성이다가 다시 달리기 시작했다. 30km 지점에서 클럽 회원인 한창수 씨를 만났다. SUB-3에 가장 근접해 있다는 회원이 걸어가고 있었다. 등짝을 크게 쳐 주었다. 페이스 조절에 실패한 것이다. 본인 말로는 배탈도 나고 컨디션이 제로였단다. 하지만 포기하시 않겠다고도 했다. 지금부터 뛰어도 4시간 안에는 도착할 것이라 하면서 달려 나간다. 결국은 나보다 먼저 골인했다.

포기하지 않는 것은 자신의 삶을 고귀하게 만들기 위해서도 필요하지만, 내가 이 사회에 해야 할 가치를 다 한다는 점에서도 중요한 일이다. 실패나 포기와 관련된 이야기를 할 때, 가장 많이 인용되는 것이 미국의 16대 대통령 에이브러햄 링컨의 삶이다.

1831년 사업에 실패하다

1832년 주의회 의원선거에 낙선하다

1833년 다시 사업에 실패하다

1834년 주의회 의원선거에 당선하다

1835년 부인이 사망하다

1836년 신경쇠약에 걸리다

1838년 하원의장 선거에 패배하다

1840년 선거인단 선거에도 떨어지다

1843년 국유지 관리관에 낙선하다

1846년 하원 의원선거에 당선되다

1848년 하원 의원선거에 낙선하다

1855년 상원의원 선거에 낙선하다

1856년 부통령선거에 또 낙선하다

1858년 상원의원 선거에 낙선하다

이 기구한 실패의 주인공도 결국 1860년 대통령이 되고 노예제도를 철폐하여 전 세계 지도자의 모범 사례가 되었다. 지금 당장 자신의 삶에 어떠한 비전도 보이지 않는다고 지레 겁먹고 포기할 필요는 없을 것이다.

롱펠로는 "살다 보면 누구에게나 어둡고 비 내리는 날이 있다."라고 말했다. 자신에게 주어진 힘들고 고된 시기는 다른 사람 또한 언젠가 겪게 될 시기이다. 진정한 인생의 승부는 그 과정을 어떻게 벗어나

　　　　　　　　　　　　　마라톤은 자신감이다

는가에 달려 있다고 생각된다.

아름다운 무지개가 뜨려면, 폭풍우 몰아치는 비도 올 것이며 햇빛도 필요한 법이다. 양지바른 곳에서 어려움 한 번 모르고 자란 사람보다는, 고난과 힘듦을 겪은 사람이 위기 대처 능력에도 강할 뿐 아니라 한결 유연한 사고를 한다는 통계 결과도 있다.

나 또한 회사에서 관리자로 있으면서, 신입사원을 채용할 때 시골에서 역경을 딛고 고학한 인재들에게 후한 점수를 준다. 부모님이 보내 주신 돈으로 어학연수를 가고 해외여행을 다녀온 사람보다, 주유소, 편의점, 건설 현장에서 아르바이트한 비용으로 배낭여행을 다녀오고 공부한 사람들이 경험상으로 회사가 원하는 인재상에 더 가까울 수 있다. 물론 이는 전적으로 나의 주관적인 생각이다.

결승점에 다가설 즈음. 처음 풀코스 도전만큼 힘들지 않았다. 결승선 앞에서 막판 스퍼트해서 몇 명을 추월했다. SUB-4 안에 드는 것이 목표였지만 달성하지 못했다. 처음보다 18분 단축한 것으로 만족해야 했다. 언제쯤이면 기록에 연연하지 않고 초연할 수 있을까? 아마도 달리기 하는 동안은 그렇지 못할 것이라 생각한다.

이른 봄, 기록보다 풀코스 완주에 의미를 두자. 만물이 소생하는 새 봄에 또 하나의 추억을 더 한다.

인생의 폭식은 끊임없는 전진이다.
앞에는 언덕이 있고 냇물이 있고 진흙도 있다.
걷기 좋은 평탄한 길만 있는 것이 아니다.
먼 곳으로 항해하는 배가 풍파를 만나지 않고
조용히만 갈 수는 없다.
풍파는 언제나 전진하는 자의 벗이다.

차라리 고난 속에 인생의 기쁨이 있다.

풍파 없는 항해, 얼마나 단조로운 것인가!

고난이 심할수록 내 가슴은 뛴다.

F. 니체

차라리 고난 속에 인생의 기쁨이 있다.

풍파 없는 항해, 얼마나 단조로운 것인가!

고난이 심할수록 내 가슴은 뛴다.

마라톤은 자신감이다

세 번째 도전

2003년 10월 5일 제2회 제천 청풍호반 마라톤 완주기

올해 3월 12일 서울 마라톤에 참가한 이후 6개월 만에 풀코스에 다시 도전했다. 지난주 9월 28일 동아일보 주최 백제 큰길 마라톤에 참가하기 위해 신청했다가 지독한 몸살과 배탈로 포기하고, 일주일 만에 다시 출발선에 섰다.

지난주 몸살은 지독했다. 회사에서 조퇴하고 집에 왔는데, 발가락 하나 이불속에서 내놓을 수 없을 만큼 오한과 두통과 고열에 시달렸다. 다음 날은 배탈로 인해 주사를 맞고 3일 치 약을 지어 먹었다. 정말이지 몸이 이상하리만치 힘들었다. 지독한 감기 몸살에도 드링크제 2개로 버텼었는데, 배탈에는 병원에 가지 않을 수가 없었다.

어떤 이가 말했다. "몸살이라는 것이 몸이 살려고 나름대로 꾀를 내어 쉬고자 하는 병 같습니다. 쉬어야 할 때라고 몸이 주는 일종의 메시지 같은 것이죠. 생명의 항상성을 유지하고자 하는 본능. 이것은 어떤 수사 없이도 그 자체만으로 눈물겨운 이야기입니다."라고.

꼭 몸에 생기는 병만이 아니라도 달리기를 하면서 체험하는 크고 작은 고통은 그것을 이겨 내라는 신의 냉혹한 주문일지도 모른다. 죽음마저도 그렇게 이해할 수 있을 때 삶은 긍정적인 빛을 보내 주리라 믿는다.

이렇게 힘든 일주일을 보내고 부족한 훈련량과 정상의 컨디션이 아님에도 이번 제천 청풍 마라톤은 포기할 수 없었다. 왜냐하면 2주 뒤로 다가온 춘천 마라톤에서 '가을의 전설'을 달성하기 위해서이다. 이번 춘천 마라톤은 마라톤에 입문한 이래 처음 참가하는 메이저 대회인 만큼, 이 대회를 위해 최선을 다해 컨디션을 조절하고 싶었다. 그리고 개인적으로 풀코스 최고 기록을 춘천 마라톤에서 달성하고 싶은 욕심이 있었다.

7시 40분 아내가 지어 준 찰밥을 먹고 일요일 늦잠을 즐기는 애들을 깨워서 출발했다. 11시에 풀코스 출발이 예정되어 있어 늦어도 10시 20분 이내에는 도착하고자 했다. 달리면서 차량 미터계로 거리를 가늠해 본다. 42.195km가 도대체 얼마나 될까 하고…. 멀긴 멀다. 자동차로 거의 1시간 가까이 달린다. 이 거리를 뛰어서 4시간 또는 3시간에 들어오다니.

아뿔싸! 차 안에서 갑자기 생각났다. 달리기용 전자시계를 가져오지 않았다는 것을. 이번에 랩타임을 정확히 계산해 보고 춘천에서 감을 잡고자 했는데…. 할 수 없이 아내의 어린 왕자 시계를 빌리기로 했다. 시침과 분침이 있는 이 아날로그 시계는 상당히 무겁다. 준비를 철저히 하지 못한 내 탓이다.

충주호반에 비치는 가을 정취는 아직 이르다. 군데군데 물들어 있는 몇 그루의 단풍나무를 보고 아들이 소리친다.

"아빠 가을이야."

 마라톤은 자신감이다

“그래 가을이구나.”

아직 만산홍엽이라고 하기에는 조금 부족하다. 얼마 지나지 않아 온 산이 붉게 타오르리라. 10시 20분쯤 청풍 종합운동장에 들어섰다. 많은 사람이 잔디 구장 주변에서 몸을 풀고 있었다. 멀리 언덕 위에는 청풍 문화재 단지가 산모퉁이 한가득 자리 잡고 있다. 옛날 성곽이며 성루가 온전히 보인다.

운동장을 한 바퀴를 돌고 화장실에 갔다가 오니 아내가 말했다.

“자동차 키를 트렁크에 넣고 문을 닫아 버렸어요.”

“응. 내 지갑에 비상키 있어.”

“그것도 같이 배낭에 넣어서 트렁크에 넣었는데요.”

“걱정하지 말고 뛰고 오세요. 보험회사 출장 서비스 신청할게요.” 라는 아내의 이야기를 듣고 출발선에 섰다.

오늘이 풀코스 세 번째 도전이지만 출발선에만 서면 두렵다. 완주에 대한 두려움, 기록에 대한 두려움, 내 몸에 대한 두려움이 든다. 다리에 쥐는 나지 않을까? 심장이 아프거나 복통이 오지는 않을까? 의식적으로 긴장을 늦춰 보려고 스트레칭을 따라 해 본다.

출발 축포가 울린다. 서서히 출발한다. 벌써 가을 코스모스가 길가에 줄지어, 기다란 모가지로 원색의 꽃들을 다투어 피워 내고 있다. 어느 쪽으로 고개를 돌리든지 바위틈과 산기슭엔 연보라색의 구절초가 따뜻한 향기를 머금고 있다. ‘그래 오늘은 기록에 연연하지 말고 가을의 사색이나 즐기자.’ ‘어차피 오늘 달리기는 춘천 마라톤 대비 LSD가 아닌가?’ 하고 생각하니 발걸음이 한결 가벼워진다.

달리면서 ‘달리는 의사회’ 원장인 이동윤 선생님과 인사를 나누었다.

“런너스 잡지에 나오는 선생님의 칼럼 매달 열심히 보고 있습니다.”

"무리하지 마시고 즐겁게 달리십시오."

무리하게 달리지 말라고 몇 번이나 이야기해 준다. 검게 그을린 얼굴이 의사보다는 시골 농부나 운동선수같이 보인다. 또한 러너로서 자부심을 느끼기에도 충분해 보였다. 가슴을 펴고 전방을 응시하는 당당한 자세로 달린다. 마라톤으로 인한 자신감이리라.

살면서 누구나 삶의 갈림길에서 방황하거나 선택을 강요받게 되는 때를 마주하게 된다. 처음 '이 길이냐 저 길이냐'에서 선택해야 할 때, 두 길은 아주 가깝게 붙어 있다. 어떤 길로 가든지 별반 차이가 없다. 그러나 세월이 흐를수록 그 차이는 하늘과 땅만큼 벌어진다. 지금의 나의 모습 또한 수많은 선택과 결정의 결과이듯이. 어느 시기 인생의 후반부가 오는 날, 나는 한 가지 선택은 자신 있게 했다고 말할 수 있다. 그것은 바로 마라톤을 시작한 것.

하프를 지나고 나서부터 지난주의 후유증이 오는 것 같다. 다리가 무겁다. 발바닥도 아프고. 제천 청풍 마라톤의 코스는 작은 언덕과 큰 언덕이 무려 16개나 된다고 누군가가 이야기한다. 나의 달리는 기준도 표시된 2.5km의 구간의 거리가 아니라 언덕을 몇 개 넘었는지 헤아리는 것으로 바뀌었다. 8개인가 9개인가의 언덕을 넘으면서부터는 세는 것을 포기했다. 배도 고프고 너무 힘들게 느껴져서.

매번 하프든 풀이든 뛰면서 느끼는 것이지만 아무리 연습을 많이 하고 몸이 달리는 산양처럼 바뀐다고 하더라도, 뛰는 고통은 별반 차이가 없으리라 생각한다. 처음 마라톤에 입문하여 훈련장인 안서호 주변을 한 바퀴 돌 때 '아마 조금만 연습하면 걷는 것처럼 힘들지 않을 거야.'라고 생각한 적이 있다. 하지만 그 많은 시간을 달려왔건만 아직도 안서호를 한 바퀴 돌려고 하면 힘이 든다. 고통을 느끼는 차이가 오십보백보이리라. 설령 풀코스를 SUB-3에 들어온다고 할

지라도….

　37.5km 지점에 있는 언덕배기 300m는 걸어서 올랐다. 걷고 싶고, 눕고 싶고, 쉬고 싶다. 온몸 구석구석 느껴지는 이 고통은 내가 살아 있다는 증거이리라. 아무리 LSD라 하지만 4시간 안에는 들어가고 싶었다. 광화문 클럽의 4시간 페이스메이커 3명을 앞으로 다 보냈다. 도저히 따라갈 수가 없었다. 다리가 천근만근이다. 굳어 있는 양쪽 다리는 오르막과 내리막 둘 다 비슷한 고통으로 다가온다. 초반엔 오르막에는 힘들고 내리막에는 쉽게 달리지만, 후반에 와서는 오르막 내리막 평지가 모두 같다. 다리가 펴지지 않고 한 발짝 내디딜 때마다 고통이 엄습해 온다. 시야에 도착 지점의 애드벌룬이 들어온다.

　'아! 끝나는구나!' 나의 세 번째 풀코스 도전이 끝나 가고 있었다. '그래 이 기분 때문에 달리기를 하는 거야!' 결승점을 통과하는 이 짜릿한 희열은 지금까지의 고통과 비례하리라. 고통이 크면 클수록 희열도 배가 되리라! 결승선에서 셔터를 누르고 있던 아내에게 주먹을 쥐고 힘차게 흔들어 주었다. 아마 4시간 2분이나 3분대 언저리일 것 같다. 가을의 사색치고는 지독한 사색이었다.

　참가자 모두에게 주는 잔치국수 한 그릇은 4시간을 쉼 없이 달려온 나에겐 간에 기별(?)도 가지 않았다. 국물까지 모두 두 그릇을 게 눈 감추듯 해치웠다. 나의 세 번째 도전은 그렇게 끝났다.

　보험회사의 자동차 키 서비스맨은 도로가 통제되는 바람에 트럭에 오토바이를 싣고, 통제되는 지점부터는 오토바이를 타고 2시간 30분 만에 도착하여 아내의 마음을 기쁘게 했다.

　이 글을 쓰고 있는 만 하루가 지난 조금 전엔 문자메시지로 "안녕하세요? 00자동차 서비스입니다. 차량 수리가 괜찮으셨는지 확인 전화를 드립니다."라고 확인까지 하는 친절함을 보여 주었다. 고객 만족 A/S 현장이었다.

지나간 이야기지만, 그날 내 차 뒤쪽으로 5대 정도의 차를 누군가가 창문을 열고 귀중품을 훔쳐 달아난 일이 일어났다. 앞으로 귀중품은 반드시 숨겨 두거나 주차는 사람이 많은 주차장 한가운데에 해야 한다는 걸 더 배웠다. 이런 것도 바뀌는 대한민국이 되면 좋으련만.

마라톤은 자신감이다

네 번째 도전

———

2003년 10월 19일 조선일보 춘천 마라톤 완주기

아! 삼악산이여! 춘천 마라톤 코스에서 시내를 벗어나 오르막 5km를 넘으면 의암호가 나타난다. 의암호 댐을 건너서 마주하는 가파른 산이 650m 삼악산이다. 젊은 날 어느 한때 삼악산을 거의 매주 오르내린 적이 있다. 내 삶에서 몇 안 되는 흑역사로 기억되는 젊은 날의 초상(肖像)이다. 되는 것도 없고, 안 되는 것도 없었다. 그리고 서푼의 일용할 양식을 위해 삼악산을 꾸역꾸역 오르내리며 몸과 마음을 다스렸다.

아는 사람 한 사람 없는 춘천이라는 타향에서, 치유되지 않는 몸과 마음을 고치려고 삼악산을 굽이돌아 춘전 시내까시 점심을 거른 채 병원을 다니곤 했다. 중이염 치료는 더뎠다. 삼악산이 없었다면 마음의 상처는 더 크고 깊었으리라. 혼자서 삼악산을 오르내리는 시간은 나에게 더없이 소중했다. 몸의 상처는 병원 치료로 아물었으며, 마음의 상처는 삼악산을 통해 치유되었으리라 짐작한다.

　정상에 오르면 북한강과 의암호에 둘러싸인 산세는 다도해를 연상케 한다. 삼악산은 그 시절 내게 유일한 희망이자 안식처였다. 이 산의 남서쪽 귀퉁이 조립식 패널로 지어 만든 조그마한 사원 기숙사에서 두어 해를 보냈다.

　여름이면 조그만 청개구리들이 떼 지어 방안으로 들어와 살갗에 닿는 그 차가운 감촉을 잊지 못한다. 매서운 추위 탓에 눈이 잘 녹지 않아서 이상했던, 강원도의 긴 긴 겨울밤도 잊지 못한다. 그 시절은 '겨울이면 꾹꾹 눌러쓰는 냄새 나는 방한모' 같은 세월이었다. 희망도 대책도 꾹꾹 눌러 담은.

　삼악산에 가리어 오전 늦게서야 해가 뜨고, 금방 산그림자를 길게 늘어뜨리는 강원도의 겨울에, 나는 많은 책을 닥치는 대로 읽었다. 어느 겨울 해는 도서 대여점의 대여 책이 월간 60권 가까이 된 적도 있었다. 물론 만화책 포함이지만. 도서 대여점이 생긴 것도 그즈음이었다. 황석영의 『장길산』, 조정래의 『태백산맥』, 『아리랑』, 김주영의 『객주』 같은 장편소설, 이현세, 허영만의 만화 시리즈 등 닥치는 대로 읽었다.

　암울하다고 표현되는 그 시절, 34세에서 한 달 이른, 그 당시로는 늦은 나이에 결혼했다. 어쩌면 그 상황에서 뭔가 돌파구가 필요했었는지도 모른다. 충남 천안에서 춘천까지 4시간 버스를 타고 온 지금의 아내와 삼악산을 등반했다. 등선폭포를 지나 정상에 서면 멀리 춘천 시내가 보이고, 의암호와 북한강의 짙푸른 물결 사이로 언뜻언뜻 희망과 기대와 사랑이 교차하곤 했다.

　주말은 신혼집이 있던 청주(淸州)에서 보내고, 월요일 새벽에 집을 나와 춘천으로 주말 부부 생활을 했다. 또한 그해, 삼악산 기슭에서 IMF라는 구조조정의 칼바람을 맞고, 서울 본사로 쫓기듯이 올라

왔다. 잊지 못한다. 삼악산과 춘천을.

그로부터 7년 뒤 가을, 나는 춘천에서 열리는 조선일보 춘천 마라톤 풀코스에 도전하기 위해 출발 선상에 섰다. 남다른 감회다. 검은색 짧은 팬츠와 하늘색 쿨맥스 마라톤복을 입고 가을의 공기를 가슴 깊이 들이킨다.

드디어 출발. 파도가 밀려가듯 쏜살같이 춘천 종합 운동장을 빠져 나가는 모습은 장관이다. 이래서 메이저 대회에 사람들이 많이 모이는가 보다. 운동장을 나서자마자 이어지는 2km가량의 오르막 경사와 만난다. 여타 대회의 코스에 비해 크게 부담이 가지 않는 오르막이다. 경사가 끝나는 지점에서부터는 내리막이다.

예전에 이 길은 상당히 좁고 커브도 많았는데 언제부터 이렇게 넓고 시원하게 만들었는지 궁금하다. 겨울이면 산그림자에 의해 눈이 녹지 않아 조심스레 운전하던 길이었는데. 의암호를 지나기 전에 낙석방지 터널에서 사람들이 "우와." 하고 파도타기 소릴 지른다. 가슴이 뻥 뚫리는 느낌이다.

가끔 들르던 의암댐 입구 왼쪽 공터의 식당도 아직 그대로다. 날씨는 가을이건만 아직 산자락 전체가 만산홍엽으로 물들긴 조금 이른 감이 있다. 삼악산 동쪽 입구를 지나 붕어섬 초입에 10km의 이정표가 보인다. 내 시계로 53분 13초이다. 5km당 늦어도 26분 안쪽으로 달려 3시간 10분 안쪽이 기록이 목표였다 1분 정도의 차질이다. 충분히 만회할 것 같다.

참 좋은 날씨다. 지난여름에 그렇게 많이 힘들게 흘렸던 땀방울이 오늘은 기분 좋을 만큼 배어 나온다. 콧속이 맑아지고 머리가 개운해진다. 겨울이면 강태공들이 조그만 구멍을 파고 청정 피라미를 잡아올리던 모습들이 떠오른다. 또한 새벽이면 물안개가 피어올라 유독 다른 곳보다 자동차 유리창에 성에가 두텁게 끼는 현상이 있는 곳도 여기 호반의 도시 춘천이다.

왼쪽으로 '박사마을'을 지난다. 정확히 기억이 나지 않지만, 한마을에 수십 명의 박사가 탄생하여 '박사마을'이라고 부른다고 한다. 같이 달리는 클럽 회원이 자꾸만 뒤처진다. 한두 걸음 뒤에서 쫓아온다. 아픈 곳이 없는지 물어보니 괜찮다고 한다.

20km 지점, 1시간 46분 13초로 통과한다. 3~4분 정도 늦다. 하프에서 찹쌀떡과 음료수 두 컵을 마신다. 신문에는 찹쌀떡을 4만 3,000개를 준비했다고 한다. 하긴 2만 1,000여 명이니 일 인당 2개씩은 돌아가야 하니까.

하프 지점을 지나자마자 한 무리의 달림이들이 우리를 추월한다. 쳐다보니 3시간 40분대의 페이스메이커가 지나가고 있다. 동반주하던 클럽 회원에게 먼저 간다고 이야기하고 3시간 40분 페이스메이커를 따라간다. 동반주하기엔 지난여름 흘린 땀방울이 너무 많다. 이때부터 스퍼트하기 시작했다. 3시간 40분대의 페이스메이커를 뒤에 한참을 떨어뜨린다. 아마 이때 가장 많은 주자를 추월했으리라. 수백 명 정도.

춘천댐을 지나기 전 완만한 오르막의 도로는 햇살이 가리어 최적의 달리기 조건이 된다. 도로 양옆으로 심어놓은 보라색 구절초와 노란색 국화과 야생화(나중에 이름은 알아보리라)의 향기에 레이스 내내 코가 싱그럽다. 이렇듯 춘천 마라톤 주로는 꽃길이다. 끝까지 '꽃길만 걸으소서.'라고 말하는 듯하다.

댐을 지나 내리막으로 접어들면서부터 발바닥이 아프다. 무지. 한 걸음 한 걸음 내디딜 때마다 쩌릿쩌릿하게 통증이 온다. 신발이 수명이 다했나? 연습이 부족한가? 다른 곳은 이상이 없는데 유독 발바닥

　　　　　　　　　　　　　마라톤은 자신감이다

만 아프다. 아니 발바닥의 통증 때문에 다른 곳의 통증은 묻혀 버렸는지 모른다.

아니 팔이 저리다. 어깨와 팔에 피가 잘 통하지 않는 느낌이다. 늘 어뜨려서도 달리고, 한 바퀴 돌리면서도 달린다. 누군가가 동료에게 "어깨에 힘 빼." 하고 말하는 소리를 듣고 나도 어깨에 힘을 빼 본다. 편하고 부드럽다. 내가 어깨에 힘을 너무 많이 주고 달렸나 보다. 또 하나 배운다. 어깨의 힘을 빼고 부드럽게 달리는 자세를.

30km 지점, 2시간 36분 08초에 통과한다. 5km를 25분 02초 정도의 속도로 달려왔다. 지금까지 늦은 2~3분의 시간을 보충했다. 자! 이제부터다. 지금까지 숱하게 들어왔고, 모든 마라톤 책자에도 소개되어 있듯이 30km가 지난 지점에서부터의 레이스가 진정한 기록이라고.

춘천댐의 내리막을 지나 평탄한 8차선의 지루한 코스가 길게 이어진다. 몸도 마음도 서서히 탈진해 가고 빨리 끝나기만을 바란다. 102 보충대 군인들의 우렁찬 응원 소리도 들을 수 있다. 특히 여성 주자가 지날 때는 '언니' '누나' 하며 난리 블루스를 춘다. 하기야 허구한 날 시커먼 남자들끼리만 생활하다가 한껏 뽐낸 타이즈 입은 여성 주자의 구릿빛 몸매를 보면 그럴 만도 하겠다, 이해한다. 하지만 '짜식들' 하고 속으로 말해 주었다.

아름다운 소양교를 지난다. 춘천역 앞쪽 도로의 좁은 길로 달리는 것으로 알았는데 뒤편의 넓은 8차선으로 달린다. 직선 주로의 지루함은 탈진하여 기진맥진한 주자에세는, 포기하고 걸어가고 싶은 강렬한 유혹이다. 하지만 이곳에서 무너지면 지난여름의 그 밤새워 울던 소쩍새도, 천둥도, 무서리도 물거품이 되리라. 고통도 이겨내고 결승선을 통과할 때의 짜릿한 '노오란 국화꽃'을 보려면 자신과 싸움에서 이겨야 한다.

40km 지점, 3시간 30분 36초에 통과한다. 예정보다 2분 늦다. 5km당 27분의 속도다. 조바심이 나기 시작한다. 3시간 40분 이전에 들어가기 위해선 서둘러야 한다. 1km를 5분의 속도로 달려야 한다. 아! 기력이 얼마 남지 않았는데…. 자동차로 치면 유류 지시등에 빨간불이 들어왔다 나갔다 한다. 고갈된 체력을 젖 먹듯이 짜낸다. 연도의 많은 시민이 응원한다. 별로 귀에 들어오지 않는다. 연신 시계를 보고 또 보고한다.

1분 정도 늦을 것 같다. 스퍼트를 시작하니 배가 당기기 시작한다. 이상하다. 이런 일은 한 번도 없었는데. 오른손으로 아랫배에 손을 대 본다. 딱딱하다. 물을 너무 많이 마셨나? 속도를 늦추면 괜찮은데 스퍼트하면 허리를 숙여야 할 만큼 아랫배가 당긴다.

멀리 운동장이 보인다. 그렇게 반가울 수가 없다. 마이크 소리와 주로에 마중 나온 가족들의 함성에서 내가 달린 이유를 찾아본다. 종합운동장의 주로에 들어섰다. 운동장에 들어서자마자 결승선이 나타날 것이라는 나의 예상은 빗나갔다. 한 바퀴를 돌아야 한다. 아랫배에 손을 대고 참는다.

결승선에 거의 다 왔다. 하지만 당당하게 우아한 자세로 결승선에서 미소 짓기엔 배가 너무 아프다. 결승선을 통과한다. 내 시계로 3시간 41분 43초, 휴대전화로 전달된 공식기록 3시간 40분 41초. 전체 순위 3,107등 나이 순위 670등.

고백하건대, 이번 춘천 마라톤을 위해 나름대로 16주, 3시간 20분 목표의 훈련 프로그램을 가동했다. 누계 거리 919km를 달려야 하지만 채우질 못했다. 달린 거리 누계 741km, 부족 거리 178km.

마라톤은 정직한 운동이다. 아마 부족한 178km가 목표기록 3시간 20분에 20분 미치지 못한 3시간 40분일 것이다. 거리만이 아니라 내용도 많이 부족했다. 1.6km를 7분 10초 이내에 들어오는 스피드 훈련을 매주 1회씩 추가하여 12번까지 해야 했으나, 스피드 훈련을 가장 많이 한 횟수가 4회인가? 5회밖에 되질 않았다. 소망했던 '가을의 전설'은 이렇게 막을 내린다.

아! 삼악산이여! 춘천이여!

국화 옆에서

서정주

한 송이의 국화꽃을 피우기 위해
봄부터 소쩍새는
그렇게 울었나 보다

한 송이의 국화꽃을 피우기 위해
천둥은 먹구름 속에서
또 그렇게 울었나 보다

그립고 아쉬움에 가슴 조이던
머언 먼 젊음의 뒤안길에서
인제는 돌아와 거울 앞에 선
내 누님같이 생긴 꽃이여

노오란 네 꽃잎이 피려고
간밤에 무서리가 저리 내리고
내게는 잠도 오지 않았나 보다

다섯 번째 도전

제3회 이봉주 훈련코스 고성 마라톤 완주기

2003년 2월 1일 이봉주 훈련 코스에서 열리는, 경남 고성 마라톤에 참가했다. 클럽 회원 10여 명이 단체로 15인승 버스를 빌려서 1박 2일 일정으로 다녀왔다. 이번 마라톤은 참으로 어려운 가운데 도전하여 완주했다.

2003년 11월 30일에 퇴직한 이후 한 달 보름여 간 사업 준비를 했다. 하지만 뜻한 바대로 주변 여건이 움직여지지 않아, 다시 취업하기로 마음먹고 입사한 지 보름여가 지났다. 전 직장과 다를 바 없지만 모든 것이 생소했다. 사람도 일 처리 방법과 우선순위, 경중 등도 모든 것이 새로웠다.

하지만 직장인으로서 밥값은 해야 한다는 강박에 나는 오랫동안에 잠에 들지 못했다. 1년 6개월 이상 끊었던 담배도 조금씩, 조금씩 피우기 시작했다. 그렇게 거의 20여 일간 하루 한 갑씩 피우는 듯하다. 함께 참석한 전사 중 담배 피우는 사람이 없어서 얼마나 좋았는

마라톤은 자신감이다

지 모른다. 하기야 심폐 기능이 많은 부분을 차지하는 마라톤을 하면서 담배를 피운다니, 아무리 생각해도 아니다.

달리기 연습은 1월 한 달간 달린 거리가 총 52km에 불과했다. 대회 3일 전엔 급한 마음에 무리했더니 다리에 쥐까지 났다. 지금까지 달리기 한 이래로 한 번도 이런 일이 없었는데. 그래서 이제 다시 시작하기로 했다. 모든 것을 새롭게 하고….

이번 2월 1일 마라톤 풀코스 완주를 계기로, 나에게 일어난 변화에 신속히 적응하고자 한다. 직장이면 직장, 일이면 일.

> 변화는 항상 일어나고 있다.
> 변화를 예상하라.
> 변화에 신속히 적응하라.
> 자신도 변해야 한다.
> 신속히 변화를 준비하고 그 변화를 즐기라.

새로운 일터의 내 책상 왼쪽 칸막이 보드에 붙여 놓은 문구이다. 커다랗게 붙여 놓고 새롭게 시작하고자 한다. 그래서 이번 마라톤에 무리해서라도 꼭 참석하고 싶었다. 4시간 가까이 달리면서 또 다른 나를 찾고 싶었는지 모른다. 전 직장의 안일과 나태를 씻어 버리고 마라톤이 주는 고통을 잊는 그대로 받아들이고 싶었던 것이 솔직한 내 심정이다. 아무리 어렵고 힘들지라도 결승점을 몇 km 앞둔 지점에서의 포기하고 싶은 심정과 고통에 비하면 견디지 못할 것이 무에 있겠느냐고.

원한 만큼 힘들고 고통스러운 완주였다. 완주하고 이틀이나 지난 지금까지 계단을 잘 오르내리지 못할 만큼 힘들었다. 아마도 첫 도전

이후 제일 힘들게 완주한 대회가 아니었나 생각한다. 걷고 싶은 생각 외에는 다른 것은 생각할 겨를이 없었다.

그만큼 달리기는 정직한 운동이다. 연습하면 연습한 만큼의 결과만 바라야 한다. 그 이상도 그 이하도 없다. 그것이 마라톤이 우리에게 주는 삶의 교훈이다. 모든 사람이 운동경기를 인생과 삶에 비교하는 것도 그런 까닭이리라.

동일한 출발선에서 시작한다. 모두 완주에 대한 희망과 결승선에서의 환희와 꿈을 향해 같은 축포 소리를 듣고 힘차게 출발하지만, 과정과 결과는 제각각이다. 그리하여 도착 지점에서 멈춘 시계는 SUB-3가 있는가 하면, 5시간대도 있고 회수 버스에 탑승하는 사람도 있는 것이다. 나는 어디에 있는가? 스스로 물어본다. 이 시간.

전날 도착한 고성 읍내는 출제 분위기다. 거리 곳곳에 걸려있는 현수막과 전국의 달림이들을 환영하는 애드벌룬은 남도의 소도시에 봄의 전령으로는 제일 먼저이리라. 클럽 회원들과 함께 마라톤 코스를 사전 답사해 본다. 이봉주 선수의 훈련 코스라는 팻말이 있고, 도로에는 5km 간격으로 거리 표시가 되어 있다.

남도의 겨울은 영하로 내려가는 일이 별로 없어서 아마도 이봉주 선수가 이곳을 훈련 코스로 선택했나 보다. 경사도 별로 없고 차량도 뜸하다. 내일 이 길을 원 없이 달릴 생각을 하니 기대와 설렘이 교차한다. 한적한 횟집에서 푸짐한 모둠회와 매운탕으로 저녁 식사를 마치고 숙소에 돌아와 일찍 잠자리에 들었다. 마라톤 대회 전날, 남도 객지에서의 하룻밤은 추억인지 낭만인지도 모르게 깊어만 갔다.

회원이 준비하여 당일 아침에 지은, 보온밥통째 가져온 찰밥을 한 공기씩 먹고 종합운동장 스타디움에 들어섰다. 매번 복장 선택을 할 때는 망설이고 갈등하게 된다. 고민하다가 반 타이츠와 긴 팔 쿨맥스

 마라톤은 자신감이다

옷을 입고 달리기로 했다.

출발이다. 4시간을 예상하고 달리기로 마음먹는다. 평야를 가로질러 길게 뻗어 있는 첫 5km 지점의 긴 행렬은 장관이다. 바람이 제법 차다. 하지만 남도의 겨울은 귀가 당기고 손발이 시릴 정도는 아닌 것 같다. 5km가 끝나는 지점의 오래된 해송은 품위 있게 가로누워 있다.

이번 완주는 3월의 동아일보를 대비한 LSD인 까닭에 시계도 챙기지 않았고, 기록에 별로 신경 쓰지 않았다. 그래서 이번 완주기에는 정확한 거리별 시간은 생략하고 주변 경치와 느낌만을 쓰고 싶다.

왼쪽으로 호수 같은 당항포의 정경이 눈에 들어온다. 좁은 바다의 여울이 병목처럼 좁게 열려 있어 이순신 장군이 도망가는 척하면서 왜군을 이곳으로 유인해서 완파한 곳이라 한다. 입구는 있으나 빠져나가려고 하면 사방이 꽉 막힌 바다가 당항포다. 그래서 이곳 당항포는 파도가 높게 일지 않고 늘 잔잔한가 보다. 육지에서 보는 호수처럼 파도가 없다.

아직 몸에는 이상이 없지만 지난가을 춘천 마라톤만큼의 속도는 나지 않는다. 하프 반환점에 못 미쳐서 땀을 뻘뻘 흘리며, 반환점을 돌고 앞서가는 회원 몇 분에게 "화이팅!"을 외쳐 주었다. 나의 반환 기록 1시간 48분 가까이 된다.

25km 서서히 기력이 고갈됨을 느낀다. 너무 빠르게 달렸나? 속도를 늦춰 본다. 3시간 40분 페이스메이커를 10여 미터 앞세우고 천천히 달린다. 아! 부족한 연습량과 돌보지 않은 몸이 서서히 제 목소리를 내기 시작한다.

하늘 저만치 기러기 서너 마리가 어디론가 향해 날아가고 있다. 기러기가 날아가 버린 텅 빈 하늘 아래에서는 무얼 그리도 서글퍼하느냐는 듯이 동백이 빨간 꽃망울을 가지마다 동글동글 말아 올리고 있다.

32km 지점에 오니 이제 그만 쉬고 싶다. 1km 간격으로 세워 놓은 거리 표지판은 갈수록 늦게 나타난다. 완주하지 못할 것 같은 불길한 예감이 처음으로 든다. 주로에서 걷기에는 창피할 것 같아, 음료수 주는 곳이 있으면 도착하기 전부터 걷기 시작하여, 물 한 모금 마시고 한참을 걷다가 또다시 달린다.

35, 36, 37, 38km쯤엔 거의 비몽사몽이다. 뒤를 돌아다본다. 앞서 간 사람보다 뒤따라오는 사람이 더 많아 보여 용기를 내 본다. 몇 대의 앰블런스와 119구급차가 요란한 소리를 내며 질주한다. 당일 저녁 뉴스에 한 명이 사망했다는 소식을 아내가 듣고는 걱정스러운 듯이 내게 말했다.

"당신 마라톤 꼭 해야 해요?"

난 단호히 말했다.

"마라톤에서 사망사고는 풀코스에서는 일어나지 않아. 주로 10km와 하프코스에서 가장 많이 일어나. 나는 풀코스만 뛸 거야."

누구한테 들은 이야기를 그대로 해 주고 말았다.

결승점 근처의 읍내 초입에서부터는 응원하거나 구경하는 사람들 때문에 억지로 힘들지 않은 척하며, 전사로서의 위엄을 보이고자 했다. 하지만 그들의 눈엔 아마도 흐느적거리는 연체동물로 보이리라.

다섯 번째 도전이 끝났다. 아마도 기록은 3시간 53분여가 될 것 같다.

겨울 당항포

언제 다시
이곳에 올 수 있으리.

   마라톤은 자신감이다

빨갛게 피어나는
동백 같은 사랑,
꿈꾸는 자의 몫이런가. 것

장군의 호령소리
물보라 일으키며
내 앞에 서 있고,

기러기 따라
남도 백여 리
또다시 달려가리라.

여섯 번째 도전

2024년 2월 제6회 충주 국제 마라톤 완주기

봄이 오는 길목이다. 마음의 문을 활짝 열어 본다. 2004년 2월 29일 일요일, 아내와 함께 충주에서 열리는 '제6회 충주 국제 마라톤' 풀코스에 참가했다. 이번 마라톤은 애초부터 기록에는 관심이 없었지만, 나중에 받아 본 기록에 나는 잠시 우울해졌다. 자기 관리와 부족한 연습의 결과가 이렇게 숫자로 나타나는구나 하고.

충주 국제 마라톤 홈페이지에서 확인한 내 기록은 이랬다. '배번 460, 풀코스 기록 4시간 15분 48초, 하프 기록 1시간 59분 11초, 전체 757명 중 542등, 연령대(40대) 437명 중 313등'이었다. 어째 이럴 수가 있던가? 만으로 40세인 내가 같은 연령대 중에서 하위권에 속하다니 많이 실망스러운 결과였다.

달력에 표시해 놓은 2월 한 달간 총 달린 거리를 계산기로 두드려 본다. 2월 1일 고성 마라톤 풀코스를 포함하여 90km이다. 고성 마라톤을 빼면 고작 48km가 내가 2월 한 달 연습한 거리다. 하루에

6~8km를 일주일가량 달린 결과다.

물론 고성 마라톤만큼 힘들지는 않았다. 애당초 기록보다는 완주에 무게를 두었으며, 천천히 달리고자 마음먹은 대회였다. 아내에게도 4시간 정도 걸릴 것이라고 말해 주었다. 풀코스 5번의 관록이면 충분히 걸어서라도 들어올 수 있으리라 생각한 시간이었지만, 여전히 실망스럽긴 마찬가지였다. 아! 여기서 내가 4시간 걸릴 것이라고 이야기한 것은 분명 잘못된 이야기이다.

'나는 완주만 할 것이다.'라고 이야기했어야 했다. 완주란 어떤 경계선을 넘어서는 일이다. 그 경계선의 의미를 아직도 잘 모르는 내가 아내에게 4시간이라고 운운한 것은 명백히 잘못된 일이다.

대회 다음 날 하루만 집에서 뒹굴뒹굴 쉬다가, 월요일 이른 아침에 단국대 호수 한 바퀴를 돌아(6km 정도) 보았지만, 근육들이 별로 무리가 없는 느낌이 들었다. 단지 오른쪽 아킬레스건만이 당기는 느낌이 왔을 뿐.

그리고 이번 대회에서는 양말을 다른 것으로 바꾸어 신었다. 매번 신던 마라톤 양말이 아닌 무좀 예방용 '발가락 양말'을 한번 신어 보았다. 클럽 회원 한 분이 일전에 발가락 양말이 아주 편하다고 이야기해 준 기억이 나서이다. 확실히 편했다. 매번 풀코스를 뛰고 나면, 양쪽 발바닥 및 발가락에 물집 몇 개가 생기고는 했지만, 이번 대회에서는 물집이 한 개도 잡히지 않았다. 앞으로 발가락 양말만 신고 달려야겠다.

아침 7시 15분에 집을 나와 9시 20분경에 충주 종합운동장에 도착했다. 많은 달림이들이 가벼운 설렘과 흥분으로 움직이며 몸을 풀고 있었다. 담배를 꺼내 물었다. 모두 흘끔흘끔 쳐다보는 것 같다. '운동하면서 무슨 담배야?' 하고 조롱하는 표정이라고 생각한 것은 나만의 착각은 아닐 것이다. 나도 창피하고 아내도 창피해하는 것 같았다. 오늘 달리기의 화두(話頭)는 금연으로 삼아야겠다고 잠시 생각했다.

3월 14일 동아일보 풀코스에 도전하기 전에 무슨 수를 쓰든지 끊어야지 하고 또 하나의 다짐을 해 본다. 탈의실에서 옷을 갈아입고, 아내와 함께 디지털카메라 선전용으로 찍어 주는 사진을 한 장 찍고 출발선에 섰다.

충주 국제 마라톤 코스는 춘천 코스와 많이 닮아 있었다. 의암호와 춘천댐을 한 바퀴 도는 춘천 코스에 비해 여기는 충주호와 충주댐을 한 바퀴 도는 코스다. 몇몇 클럽 회원들을 반갑게 만났다. 작년 춘천대회에서 나와 함께 하프까지 동반주한 회원을 만났을 땐 누구보다 반가웠다.

5km를 지나자 웬일인지 입가에 저절로 미소가 지어진다. 이게 흔히 말하는 '러너스 하이(Runner's High)'인가? 하고 잠깐 생각해 보았다. 러너스 하이가 아니라도 좋다. 달리는 것이 행복하다는 것을 이제야 조금 알 것도 같다. 30km 이후에 나타나는 고통은 아직 생각할 때가 아니다. 자연과 물, 산과 호수가 있고 맑은 하늘이 있고, 함께하는 동료들이 있어서 좋다.

독일의 외무장관 요슈카 피셔도 100kg이 넘는 살을 빼기 위해 시작했지만 단지 살을 뺀 것이 아니라 건강과 자아(自我)를 찾게 됐다고 고백한 바 있다. 그는 "달리기는 자신의 정신과 육체를 순수하게 가다듬는 자아 여행"이라고 표현했다.

'잠깐 입가에 떠오른 미소가 마라톤의 명상인가?' 하고도 생각해 보았다. Focus Marathon 창간호에는 다음과 같은 글이 있다.

일정한 보폭으로 반복해서 뛰는 마라톤은 단전호흡처럼 머리

 마라톤은 자신감이다

달리기 마니아들은 말한다. "최선을 다해 달리다 보면 어느 순간 머리가 비워지고 몸이 가벼워진다."라고. 바로 이 순간이 명상에 빠진 시간이다. 달리기를 끝낸 후에 느끼는 개운함은 명상을 통해 마음을 비워 낸 효과와 다를 바 없다. 달리기할 때는 달리는 자신을 느끼고, 숨이 차오면 차오는 지금을, 가슴이 가빠오면 가빠오는 대로, 자신을 바라볼 수 있는 순간. 그 순간이 곧 명상에 빠진 시간이다. 몸의 한계에 다다를수록 명상에 가까워진다.

대부분의 마라토너는 명상을 하고 있는 셈이다. 아무 잡념 없이 끝까지 달리기 위해 호흡을 가다듬으며 나의 몸이 무슨 말을 하고 있는가에 귀 기울인다. 이처럼 한 발 한 발 내디딜 때마다 몸과 마음이 하나가 되어 달리다 보면 어느새 몸이 가벼워지고 몸의 목소리가 들려오기 시작한다. 그래서 달리기를 통해 명상에 잠기면 자신의 한계를 명확하게 깨닫게 되고, 몸의 상태를 알아챌 수 있게 된다.

입가에 번지는 미소도 잠깐, 이제 고독한 레이스가 내 앞에 놓여 있음이 느껴진다. 이번 달리기는 평소에 하지 못했던 연습을 한다는 기분으로 참석했다. 힘과 열정이 느껴지지 않는다. 쉬엄쉬엄 먹을거리 다 챙겨 먹고 마시며 달린다.

농로 중간중간에 보이는 이른 봄나물 캐는 아낙들의 모습이 정겹다. 지금은 '냉이'라는 표준어로 모든 사람이 기억하고 있지만 내가 살던 시골에선 냉이를 '나새이'라고 불렀다.

여섯 번째 풀코스 도전이지만, 30km 지난 지점에서부터의 달리기는 나약한 인간의 한계를 시험한다. 힘들다. 풀코스는 절대 쉽지 않다. 40km까지는 걷는 듯 달리는 듯했다. 40km 이후 내리막과 충주 시내를 가로지르는 시내 도로에선 어깨를 펴고, 보란 듯이 달렸다. 아마 많은 차량과 구경하는 시민들 때문이리라.

결승선에 들어섰다. 기다리던 아내가 사진을 찍는다. 한쪽 팔을 들고 한껏 멋진 폼을 지으며 여섯 번째의 도전은 끝났다. 아직까지 나에겐 많은 도전이 남아 있다. 여섯 번째가 아니라 육십 번째의 도전기를 쓸 수 있는 날이 올까? 일 년에 5회씩 참가한다고 하면 12년, 내 나이 53세, 그래, 가 보는 거야. 100회 도전의 날까지….

학교 급식소에서 무료로 나눠 주는 '충주 사과 국수'에는 사과가 없었지만, 아내와 둘이서 두 그릇씩 해치웠다. 돌아오는 차 안에서 아내에게 "빨리 운전 배워서 돌아오는 길에서만큼은 당신이 해." 하고 한마디했다. 아내의 운전 경력은 8년 가까이 된다. 장롱 면허로. 서울 이모네 집에 가 있는 아이들이 보고 싶다.

일곱 번째 도전

2004년 서울국제마라톤대회 겸 제75회 동아 마라톤 대회 완주기

일곱 번째 도전이 끝났다. 이제 조금 알 것 같다. 달리기가 나에게 어떤 의미가 있는지, 달리기를 통해서 내가 바라는 것은 무엇인지, 앞으로 어떻게 달려야 하는지, 이번 동아 마라톤을 계기로 조금은 알 것 같다. 많이 힘들고 고통스러운 대회였다.

그동안 많은 달림이들이 흘린 굵은 땀방울이 어떤 소중한 가치를 가지고 있는지? 왜 사람들이 마라톤을 정직한 운동이라고 말하며, 추운 겨울에도 방한모를 뒤집어쓰고 얼음길을 첫새벽에 뛰쳐나가는지를….

애 많은 달림이들이 대회를 위해 술 약속을 줄이고, 금연하고, 식이요법을 하는지, 과식을 하지 않고 일찍 잠자리에 드는지, 이번 동아 마라톤을 계기로 조금 아니 아주 많이 깨우쳤다.

나는 그렇게 하지 못했다. 담배를 피웠으며, 술 약속을 마다하지 않았으며, 일찍 잠자리에 들지 않았으며, 달콤하고 자극적인 입맛을 찾아 헤맸다. 그러고서 머릿속으로만 좋은 기록과 힘들지 않은 완주를

바라는 나는 이기심과 허영과 어리석음에 빠진 것이다. 이번 75회 동아 마라톤을 계기로 나는 반성한다. 또다시 반성한다.

달리기에서 자기관리를 잘한다는 것은 연습에서부터 일상생활까지 철저히 준비하고 대비하는 것이다. 달릴 수 있는 체력뿐만 아니라, 정신건강까지도 최적의 상태로 유지하려고 노력하는 것이다.

대회를 마감하고 하루가 지난 지금, 고통스러웠던 어제와는 달리 온몸이 기분 좋을 만큼 나른하다. 알갱이처럼 톡톡 터지는 몇몇 곳의 고통은 내가 살아 있음을 온전히 느끼게 해 준다.

인간은 근본적으로 움직이는 동물이고, 뛰면 살고 서면 죽는 것이 아닌지? 쿵쾅 쿵쾅 뛰는 심장 소리를 들을 때 비로소 자신이 살아 있음을 깨닫고 희열(카타르시스)을 느낀다고 생각해 본다.

전체 등수: 8,151등
참가 번호: 6597
광화문 출발 시각: 8시 5분
최종 기록: 4시간 12분 47초

작년 춘천 대회 이후 메이저 대회 참가로는 두 번째이다. 모두 정말 잘 뛰는 사람들이다. 작년 춘천 대회에서는 많은 사람을 뒤로 밀어내면서 달린 대회였다. 하지만 이번 대회는 많은 달림이들을 앞으로 보냈다. 도저히 보조를 맞추어서 같이 달릴 수 없을 만큼 온몸이 말을 듣지 않았다.

연습은 하지 않고 대회에 참석하기만을 고집한 결과이다. 올해 들어서 풀코스만 벌써 세 번째이다. 2월 초 고성 대회를 시작으로 2월 29일 충주 마라톤 풀코스, 이번 동아 마라톤까지 합쳐서. 이제 횟수만

   마라톤은 자신감이다

을 채우는 대회는 참가하지 않을 예정이다. 충분한 준비와 연습을 통해 몸이 다듬어지기 전에는 대회 참석을 하지 않을 것이다.

아침 4시 35분에 일어났다. 전날 저녁 아내가 마련해 놓은 찰밥을 한 공기 먹고, 4시 50분에 집을 나섰다. 기다리던 버스에 탑승하여 회원들께 인사를 하고 부족한 잠을 청했지만 비몽사몽이다.

동아 대회는 여느 대회와 달리 아침 8시에 출발을 한다. 여타 대회는 10시나 11시에 출발하는 것이 보통이지만. 마라톤을 하기에 가장 좋은 기온을 선수들에게 제공하기 위해서라고 주최 측에서는 설명한다. 하지만 나에겐 많이 추웠다. 달리면서 반소매 입은 선수들을 잠깐 부러워할 정도로.

광화문 앞 8차선 왕복 도로는 수많은 달림이들로 뒤덮여 있다. 몇몇 곳에는 전날 저녁 '대통령 탄핵 반대' 촛불 모임의 잔해가 여기저기 보인다. '謹弔 16대 국회'라고 쓰인 리본도 떨어져 있고 촛농도 보인다.

언제쯤 상식과 원칙이 올바로 통하는 사회가 올는지? 궁금하다. 모두 자기만을 생각하는 이기심의 발로라고 잠깐 생각해 본다. 국민의 뜻을 당리당략에 따라 해석하고, 심지어는 '탄핵 반대 촛불시위'를 보도하는 방송사의 내용이 조작되었다고까지 말한다. 이 개명 천지에….

사회의 신뢰 수준은 나라마다 크게 차이가 난다. 특히 신뢰가 한계 수준인 30%를 밑도는 나라는 빈곤의 수렁에서 빠져나오기가 쉽시 않다. 사회의 신뢰 수준을 높일 수 있는 방법은 무엇일지 진지하게 고민해 보아야 할 때이다.

교보문고 로비에서 스트레칭을 해 본다. 커다란 로비 여기저기서 몸을 푸는 달림이들이 행복해 보인다. 모두들 일요일 아침잠을 깨우고 달리기 위해 여기 왔으리라.

에드먼드 힐러리경(Edmund Hillary, 뉴질랜드)이 세계 최초로 에베레스트를 정복한 1953년보다도 훨씬 전인 1924년에 벌써 에베레스트 정복에 나섰던 산악인 조지 말로리(George Herbert Leigh Mallory, 1886~1924)는 앤드루 어빙(Andrew Comyn Irvine, 1902~1924)과 함께 불과 정상 600m 아래에서 실종되었다. 이후 무려 75년 후인 1999년 정상 부근에서 그의 시신이 발견되었다.

그는 에베레스트 원정을 떠나기 전 필라델피아의 한 강연에서 "당신은 왜 힘들고 위험하며 죽을지도 모르는 산에 갑니까?"라는 어느 부인의 질문에 "산이 그곳에 있으니 오른다(Because it is there)."라는 불후의 명언을 남겼다.

이 위대한 산악인이 남기고 간 그 한마디는 그 후로 산악인들이 가장 즐겨 인용하는 문구가 되었다. "산이 그곳에 있으니 오른다."라는 이 한마디에 "당신은 왜 산에 오르는가?"라는 어리석은 질문을 계속하는 사람들은 할 말을 잃게 한다. 이는 인간의 도전 정신을 함축적으로 표현한 말이다.

즉, 이성적인 계산보다는 존재 자체에 사람을 끌어당기는 힘이 있다. '특별함이 아니라 그냥 거기에 있으니까 도전한다.' '산이 있으니, 나는 오르고 싶다.' '그냥 거기에 있는데 안 오를 수가 없잖아요.'라고 생각하면 될 듯하다.

달리기 위해 모여 있는 많은 인파는 무슨 생각을 할까? '이렇게 민소매와 짧은 팬츠를 입고 왜 달리는가?' 하고 물으면 그들은 무슨 대답을 할까? 나 또한 무슨 대답을 할까? '길이 그곳에 있기에 달린다.' '그 길이 있으니까, 도전하고 싶으니까.'

인생에서도 마찬가지이다. 꼭 당장 필요해서가 아니라, 누가 시켜서가 아니라, 도전할 기회가 내 앞에 있으니까 우리는 그것을 하는 것이리라. 마라톤이든 인생이든, 도전 자체가 이유가 되는 것을

 마라톤은 자신감이다

"Because it is there."이라는 함축적인 문장으로 산악인 조지 말로 이는 말했다.

출발의 축포가 울린다. 거대한 인파의 무리가 광화문을 지나 숭례문을 돌아 나간다. 서울 도심을 가로질러, 한강을 건너 잠실 종합운동장까지 달리는 105리의 여정이 시작되었다. 무사히 도착하는 마라톤 여행이 되길 바라며, 나는 여행자가 되어 간다. 서울 시민들을 구경하며, 높은 건물들을 올려다본다. 자원봉사자들에게 눈길을 주며, 앞서 달려오는 엘리트 선수들을 신기한 듯 구경했다.

경찰 선도차와 대열을 이룬 경찰 사이드카에 눈길이 머문다. 도로마다 구경나온 서울 시민들을 구경한다. 그들이 날 구경하는 것인지, 내가 그들을 구경하는지 분간이 되지 않는다. 하프를 1시간 53분여에 통과했다. 지극히 느린 속도다. 지금까지 나의 하프 최고 기록은 1시간 37분이다. 이대로 가다간 SUB-4에도 못 미칠 기록이다. 조금 속도를 올려 보았지만 마음먹은 대로 속도가 나지 않는다.

모두 왜들 그렇게 잘 달리는지…. 넓은 잠실대교를 하염없이 넘는다. 나는 누가 등 밀어서 이 고행의 주로에 있는가? 빨리 끝내고 싶다. 아! 하프만 달린다면 얼마나 좋을까 생각해 본다. 하프만 달렸다면 아마 지금쯤 결승선을 지나쳐 물을 마시며 가쁜 호흡을 가다듬고 있겠지…. 다음에는 반드시 하프만 달릴까 하는 생각도 해 본다.

올림픽 공원을 지나고, 가락동 농수산물 도매시장을 지난다. 수년 전 여기 가락동 시장에 매일같이 들른 기억이 난다. 새벽에 경매 거간꾼들의 알아듣지 못할 추임새는 아직도 기억에 생생하다. 또한 몇 개월간 식품 회사를 다니며 했던 시장 영업 또한 아마 내 삶에서 양념이 되리라.

학여울역의 나지막한 언덕배기에선 걸어서 올라간다. 오르막도 아니런만 오르막이라는 핑계를 대는 것인지 모르겠다. 갑자기 누군가가 외치는 소리가 있어 돌아보니, 자원봉사하는 분이 함박웃음을 지으며 "천마클 파이팅!" 하고 외친다. 아! 기분 좋은 에너지가 온몸을 휘감고 지나간다. 그대에게도 행운 있으라.

멀리 잠실 메인스타디움의 웅장한 모습이 눈에 들어온다. 주로 양쪽에 줄지어 늘어선 참가자 가족과 응원하는 사람의 무리 속으로 한 걸음 한 걸음 옮긴다. 이 순간을 위해 그 먼 길의 고행을 자초했다.

일곱 번째 도전이 끝났다. 하지만 아직도 가야 할 길은 많다. 그 길은 결코 평온치 않으며, 멀고도 험하리라.

이제는 투정하지 않으리.
시간이 없다고,
삶이 내 뜻대로 되지 않는다고
불평하지 않으리.

쓰러지지 않고,
잠시 멈추어도 괜찮으리.

다음 완주기를 쓰는 그날까지
나는 천천히, 그러나 끝까지 걸어가리.

   마라톤은 자신감이다

여덟 번째 도전

2004년 제8회 금수산 전국 산악마라톤 대회 완주기

2004년 9월 19일 충북 제천에서 제천시 산악연맹이 주최한 제8회 금수산 전국 산악 마라톤 대회 참석했다. 나의 여덟 번째 마라톤 풀코스 도전이다. 물론 거리로는 22km이지만 마라톤 풀코스와 동일한 시간과 힘이 든다고 해서 달림이들 사이에서는 금수산 산악마라톤을 평지 마라톤과 같은 풀코스라 부르기를 주저하지 않는다.

역시 소문대로였다. 참가 번호 2212번, 기록 4시간 43분 57초. 나의 지금까지 풀코스 도전 기록에서 가장 늦다. 아무리 늦어도 4시간 언저리에는 들어왔는데, 잘못하면 제한시간 5시간에 걸려서 완주증도 못 받을 뻔한 아찔한 대회였다.

새벽 5시 8분에 근처에 사는 천안 마라톤 클럽 홍 부회장님과 같이 삼거리 공원에서 버스에 올랐다. 반가운 얼굴들과 인사를 나누고 준비해 온 인절미 2개, 김밥 서너 개로 요기를 했다. 너무 이른 아침이라 먹기가 어렵다.

금수산 가는 길의 경치는 장관이다. 왼쪽으로 내려다보이는 충주 호반은 이국의 분위기를 풍긴다. 아직 이른 가을이라 단풍이 아쉽다. 작년 제천 마라톤 행사장과는 호수의 다리 하나 건넌 반대편이다. 가는 길이 낯설지 않다. 또한, 근처 5분 거리에 있는 리조트에서 올 초에 대학 선배 두 분과 만난 곳이어서 반가운 마음도 들었다.

호수 한가운데서 높게 뿜어 올리는 분수는 동양 최대의 높이까지 올라간단다. 글쎄 다른 것을 많이 보지 못했으니 믿을 수밖에 없다. 이른 도착이라 회원들과 이곳저곳 둘러보면서, 공짜로 주는 신발 끈과 깔창과, 달릴 때 사용하는 핸드폰 넣는 지갑도 아울러 챙긴다.

기록에 신경 쓰지 않고 산악 마라톤이라는 이색 경험을 해 보고자 신청한 대회이다. 별로 긴장감도 들지 않고 축제의 행사 분위기를 즐긴다. 아마 다가올 구름 뒤의 폭풍우를 예비하지 못하는 나약한 인간의 모습이었다.

출발 폭죽이 울린다. 워낙 가파른 산악 마라톤에 겁먹은 터라, 처음 나타나는 고갯마루는 걸어서 넘는다. 아마 이렇게 페이스 조절하는 달림이들은 여기 제천 마라톤에 처음 참가하는 초보자일 게 분명하다.

나 또한 초반에 오버 페이스를 하지 않겠다는 생각이 얼마나 잘못된 것인가는 금방 알 수가 있었다. 금수산 산줄기에 접어들기 전 2~3km 지점까지의 순위가 거의 변함없이 도착 시각의 순위 및 시간과 틀리지 않는다는 것을 이번 첫 회 대회를 통해서 깨달았다.

일단 금수산 자락에 들어서면 앞으로 나아가려야 갈 수가 없다. 일렬종대로 길게 차례를 기다리며 하염없이 걷고 달리고 한다. 그럴 바엔 오버 페이스보다 더한 것을 해서라도 초반에 냅다 내질러서 앞부분에 들어와야 한다.

 마라톤은 자신감이다

초반 1분 빨리 달린 것이 후반 10분 늦어진다는 일반 마라톤 코스의 경험값은 일단 여기서는 무용지물이다. 아니 오히려 그 반대다. 초반 5분 늦게 달리면 후반 50분 늦어지는 곳이 금수산 산악 마라톤이다. 나중에 경험하게 될 달림이들이여, 참조하시라.

올해로 8회째 접어드는 금수산 산악 마라톤에 아마도 올해가 가장 많은 인원 900여 명이 참가했다고 한다. 가파른 좁은 등산로로 이 많은 인원이 한꺼번에 몰리니 지체가 되는 건 어쩌면 당연하다. 차후에는 산악 마라톤의 순위 결정 방법이나 행사 진행은 일반 마라톤과는 달리 해야 할 것 같은 느낌이 든다.

이왕 늦은 거 경치나 구경하자며 고개를 돌려 좌우를 살펴본다. 우리가 매번 뛰어 오르내리는 천안의 태조산이나 봉서산은 여기에 비하면 ‘새 발의 피’다. 아마도 경치 좋은 설악의 몇 개 봉우리를 옮겨 온 듯하다.

발아래는 시원한 충주호반이 꿈틀거리는 용처럼 뉘어 있고, 파란 하늘과 짙은 녹색의 호수 물과 초록의 산기슭, 고지대에 나타나는 껍질 벗은 소나무의 허허로움은 등산 때의 느낌과는 또 다르다. 기묘한 암벽 사이에서 외줄 타는 모습에 아찔하다. 한 발짝만 좌·우로 벗어나면 천 길 낭떠러지로 굴러갈 듯하다. 살금살금 바위 끝으로 가본다. 다리가 후들거려 도저히 아래를 쳐다볼 수가 없다.

지동치기 올라올 수도 없고, 물러서기도, 앞으로 나아가기도 어려운 이곳에서 사고가 난다면, 생각만 해도 답이 떠오르질 않는다. 혹여나 중간에 헬기 착륙장이라도 있는지 살펴보았다. 어떻게 하려나? 걱정된다. 다행히 한 건의 사고도 없었다는 이야기는 나중에 들었다.

시계도 없고, 느낌으로 두어 시간을 달린 듯해서, 자원봉사자에게 물으니 6km가 지났다고 말한다. 배도 고프고, 다리도 아프고, 굉장히

목도 마르다. 정상에서 주는 물 한 병이 꿀맛 같다. 이젠 내리막이다. 조심해야지. 내리막길이 원래 오르막길보다 사고도 훨씬 잦고 위험하다. 아니나 다를까 어떤 여성 마라토너가 그대로 엉덩방아를 찧는다. 아프겠다. "조심하세요."라고 말하고 내가 가야 할 길 부지런히 움직인다.

며칠 전 비가 와서 흙길이 많이 질척인다. 조심하지만 신발이 젖고 온몸에 흙탕물이 튀는 건 어쩔 수 없다. 산기슭을 따라 내려오는 계곡물이 참 맑다. 그냥 온몸으로 뛰어들어 멱 감고 놀다 가고 싶다. 계곡이 끝나는 지점, 드디어 먹거리가 있다. 바나나와 오이 반토막으로 자른 것, 또 하나 기막힌 것은 얼음물에 탄 미숫가루다. 미숫가루 두 그릇과 바나나 한 개를 전부 먹고 "아자!" 하고 힘껏 소리 지르고 또다시 출발한다.

이제부터는 완만한 코스의 언덕이다. 여러 명이 한꺼번에 달릴 수 있는 좀 넓은 길이지만 땅은 상당히 많이 젖어 있다. 햇볕이 들지 않는 나무숲 사이를 여럿이서 달리는 기분 또한 특별하다. 목표를 정했다. 나보다 10여 미터 앞서가는 여성 마라토너를 목표로 잡고 반드시 따라잡겠다는 목표를 세웠다. 결국 결승선에 도착하기까지 따라잡지 못했다. 나중에 시상식 때 나와 비슷하게 달린 그분이 여성 일반부에서 6등인가로 입상하여 상장과 부상을 받는 것을 지켜보았다.

멀리 애드벌룬을 띄운 행사장이 보이며 주최 측의 마이크 소리가 들리는 그곳에서부터는 또다시 하산길이다. 맑은 가을 하늘 아래 산 정상에서 가쁜 숨을 몰아쉬며 내려다보는 산 아래의 경치 또한 가을 하늘만큼이나 아름답다. 그리고 눈부시다. 아! 살아 있음이여!

달리기 중독은 누가 뭐래도 굉장한 흡인력을 갖는 '긍정적 중

　　　　　　　　　　　마라톤은 자신감이다

독'임에 틀림없다. 3~4킬로를 달리고 나면 땀방울이 머리카락 사이에서 배어 나오며 온몸이 후끈 달아오르고, 어느새 전신의 감각세포는 짜릿한 쾌감에 젖어 점점 마비 상태에 접어든다. 가쁜 호흡이 평정을 되찾고 나면 심장 근육의 쿵쾅거리는 요동만이 온몸을 지배하게 되고, 머릿속에는 약간의 저산소혈증을 느낀 뇌세포들에 의해 일상적 사고가 정지된다.

이러한 생리현상에 매료되기 시작하면 누구든지 다음날 뛰지 않고는 못 배기는 즐거운 중독에 빠지게 된다. 자신과 정신적으로 겨뤄 보기 위해 길거리에 나선 모든 러너는 매우 행복한 사람들이다. 왜냐하면, 달리기라는 '긍정적 중독'이 우리 사회에 더욱 만연한다면, 자신의 땀과 노력을 통해서가 아니라 다른 사람을 속이거나 세상의 어지러운 틈새를 노려 출세하거나 축재하는 나쁜 관습들이 점점 더 그 존재의 자리를 잃을 것이기 때문이다.

이왕준, 『잘 달린다』 中에서

맞는 말이다. 마라톤은 오로지 자신의 굳건한 두 다리와 의지로만 가능한 것이다. 가로질러 가거나, 요령이나 꾀가 통하지 않는 오로지 땀과 노력만으로 승부하는 것이 마라톤이다.

드디어 결승선을 목전에 눈 아스팔트 노로에 들어선다. 평시의 아스팔트 길을 달리는 것이 이렇게 편할 수가 없다. 결승선에서 누군가가 큰 소리로 이야기해 준다. "2212번 4시간 43분 도착했습니다."라고.

아! 또 다른 도전이 막을 내렸다. 가쁜 숨을 몰아쉬며 잠시 허리를 굽히고, 무릎을 잡고 있었다. 나를 4시간 30분 만에 여기 이 자리에 다시 데려다준 것은 무릎과 발목과 발과 심장과 그리고 온몸의 혈관

들이 터질 듯이 나를 기다려준 덕택이다. 모두에게 고맙다.

청풍 인공암벽 뒤편의 샤워실에서 얼음 같은 지하수로 샤워를 하고, 간식 주는 그곳에서 깨소금을 뿌려서 주는 녹색의 냉면 두 그릇을 뚝딱 해치운다. 가방을 맡겨 놓은 곳에 가니, 아니! 가방이 없다. 가슴이 콩닥 콩닥 뛰기 시작한다. 그 안에 카메라와 옷가지와 지갑이 있는데 큰일이었다. 지키고 있는 사람도 없이 번호표 떨어진 몇 개의 배낭만이 쌓여 있다.

하얗게 질린 얼굴로 본부석으로 가려는데 애초에 받아놓은 곳이 아닌 앞 광장에다 옮겨놓고 나눠 주고 있었다. 놀란 가슴을 쓸어내린다. 작년 제천 마라톤에서 누군가 내 뒤에 있는 차부터 줄줄이 무려 다섯 대나 유리창이 부서지고 물건을 훔쳐 갔던 기억이 났기 때문에 더 놀란 것 같다.

배낭을 챙겨 주는 자원봉사 아주머니에게 진심으로 고맙다는 인사를 하고 회원들이 있는 곳으로 발길을 옮긴다. 아뿔싸! 그런데 배낭 안에는 내가 입고 간 점퍼가 없다. 아무리 찾아도. 일전에 고성 마라톤에 가서 마라톤 클럽의 고 회장과 같이 바지와 함께 1만 원에 산 점퍼인데 없다. 출발하기 전 돌아다니면서 어디에 두고 챙기지 못한 게 틀림없다. 아깝다.

하지만 경품추첨에 당첨(내 배번호가 아니라 클럽의 총무를 맡고 있는 선봉이 형의 배번호로 대신 달렸다.)되어 허리에 차는 물통을 선물로 받았다. 이를 전화위복이라고 해야 하나? 이번 대회에서 천안 마라톤 클럽은 많은 수확이 있었다. 여자부 풀과 하프 우승, 그리고 입상, 남자 청년부 입상 3명과 장년부 입상 1명 외 단체전 3등을 우리 클럽에서 이루었다.

첫새벽, 별 보고 집 나와서 별 보고 들어가는 하루를 마감한다.

     마라톤은 자신감이다

아홉 번째 도전

동아일보 2004 백제큰길 마라톤 완주기

2004년 10월 10일 종합운동장에서 열린 '동아일보 2004 백제큰길 마라톤'에 참가했다. 배번 1555번, 완주기록 3시간 46분 56초. 마라톤 완주 기록 중 작년 춘천 마라톤 이후 제일 잘 나온 기록이다. 물론 내 최고 기록에는 못 미치지만 그런대로 만족한다. 연습하지 않은 셈 치고는 잘 나온 기록이다.

원래 이번 대회는, 10월 24일 조선일보 춘천 마라톤을 대비한 LSD용으로 신청한 대회이다. 4시간에 완주하겠다는 목표를 잡았다. 연습도 작년과 비교하면 절반 정도밖에 하지 않은 것 같다. 작년에는 무조건 많이 뛰면 죄고인 줄 알고, 달리고 또 딜리고 했지만, 올해는 그렇게 하지 않았다. 몸 상태를 봐 가면서 컨디션을 조절하는 것을 우선으로 삼았다. 그리고 혼자서 달리기보다는 여러 명이 함께 달리는 것이 경쟁도 되고 지루하지도 않아서, 되도록 함께 달리고자 했다.

신부동 달리기팀들과 수요일엔 태조산으로 산악 훈련 겸 크로스컨트리, 화요일에 단국대 호숫가를 한 바퀴 돌고 일요일엔 함께 모여 종합 운동장 보조경기장까지 20여km를 몇 번 뛰었다. 클럽에서 마련한 버스의 차창 밖으로 보이는 가을하늘과 풍요로운 들녘은 온통 황금색 일색이다. 풍년과 좋은 기록을 예감해 본다.

출발선에서 출발 신호를 기다린다. 이제는 아주 여유로워진 기분이다. 크게 긴장되지 않았지만, 속으로는 무사 완주를 빌어본다. 앞에는 3시간 30분대의 페이스메이커가 있고 뒤에는 4시간 페이스메이커가 색색의 풍선을 매달고 있다. 두 풍선 사이에서 3시간 45대의 페이스로 달리고자 마음먹었다.

내외귀빈 소개 시, 이번에 참가한 최고령의 89세 할아버지와 가장 어린 4세 된 꼬마의 소개가 있었다. 커다란 박수로 환영하며 내가 과연 80 넘어서도 할아버지처럼 정정하게 마라톤을 신청할 수 있을까 하고 잠시 생각했다.

9시 정각에 출발 신호가 울렸다. 쏜살같이 밀려 나가는 달림이들로 인해 공주 종합운동장 입구는 금방 가득 찬다. 서서히 무리를 따라 움직이기 시작했다. 안내요원이 옛날 백제 시대 때의 군사들 복장을 하고 있다. 투구와 갑옷을 쓰고 창을 들고 서 있는 자세가 수백 년 전의 역사 현장에 온 듯하다.

금강을 가로지르는 백제큰다리를 건너 공주 시내에 들어섰다. 화창한 가을 일요일 아침에 모두 나와서 큰 소리로 손뼉 치며 즐거워한다. 백제큰다리 끝단에서는 신나게 징과 꽹과리를 치는 사물놀이 동네 어르신들은, 초반 몸이 풀리지 않은 달림이들에게 힘을 불어넣어 준다.

좌측 언덕배기에는 공산성이 올려다보인다. 명실공히 공주 역사,

문화의 1번지로 불려도 전혀 손색이 없는 공산성(公山城)은 백제의 대표적인 고대 성곽이다. 문주왕 원년(475) 한강 유역에서 이곳으로 천도하여 삼근왕, 동성왕, 무령왕을 거쳐 성왕 16년에(538) 부여로 옮길 때까지 64년간 왕도를 지킨 산성이다.

올려다보기만 해도 공주 시내와 금강이 한눈에 들어온다. 언제 다시 한번 아내와 아이들과 함께 오고 싶다. 발아래 찰랑거리는 금강이 있고, 팔짱을 끼고 한가롭게 산책 할 성벽 길이 있는 이곳에.

맞은편에는 벌써 공주 시청 앞에서 돌아오는 제1반환점을 지난 선두 그룹들이 힘차게 레이스하고 있다. 선두 그룹에 끼어 있는 두어 명의 클럽 회원들도 보인다. 5km를 지난 지금 이제 서서히 몸이 풀린다. 200~300m 전방에 3시간 30분 페이스메이커가 한 무리의 달림이들을 이끌고 달린다.

서서히 피치를 올려 본다. 금방 그들 무리에 끼일 수가 있었다. 혹여나 오버 페이스하는 것이 아닌가 걱정되지만 컨디션이 참 좋다. 이대로 달리겠다고 마음먹는다. 아마 이 페이스대로 30km까지 간다고 하면 오늘 레이스는 성공일 것이다. 올 3월, 서울 동아 마라톤에서 4시간 15분을 거의 기다시피 해서 들어온 것에 비하면 얼마나 더 나은가?

제1반환점을 지나 금강교를 지나 시원한 가로수가 있고, 강물이 내려다보이는 도로를 따라 달린다. 예로부터 금강은 비단처럼 아름답다고 해서 금강(錦江)이라 했다. 금강은 한강과 낙동강에 이어 남한에서 세 번째로 큰 강이다.

전북 장수 신무산 계곡에서 발원한 금강의 물줄기는 북서 방향으로 흐르다가 신탄진에서 갑천과 합류하고, 또 다시 부강에서 미호천과 합류하여 물줄기의 방향을 서남방으로 틀어 공주, 부여를 거쳐 서

해로 유입한다. 그만큼 장강이다.

『택리지』에는 금강의 물 근원이 되는 상류 지역을 '적등강'이라 하고, 공주 부근을 '웅진강' 또는 '금강' 그 아래를 '백마강'이라 기록되어 있다. 금강을 따라 한발 한발 달리는 지금, 그 절경을 배경으로 아름다운 경치를 노래한 시인 묵객과 내가 하나가 된다.

풀코스 제2반환점을 지나 10시 45분에 하프 도착(21km)했다. 정확히 3시간 30분 페이스로 달리고 있다. 25km 지점에서 이온 음료 두 컵이나 마시고 보니 페이스메이커는 저 멀리 도망가고 없다. 공주 시외버스 터미널을 지나고 30km 지점에서부터 급격히 레이스가 처지는 것을 느낄 수 있다.

누군가가 '마라톤은 30km까지의 달리기와 그 이후의 12km'라고 구분한 것을 읽은 적이 있다. 맞는 말이다. 이제부터 자신과의 고독한 인내와 한계를 몸소 느껴야만 하리다.

지금까지 풀코스를 달리면서 오늘처럼 준비물을 못 챙긴 적도 없었다. 모자, 마라톤시계, 선크림 같은 것을 저녁때 챙겨 놓고 아침에 하나도 가져오지 못했다. 선크림은 클럽 회원의 것을 빌려서 쓰고, 모자나 머리띠를 사려고 운동장을 몇 번 몸도 풀 겸 돌아보았지만 결국 사지 못하고 그냥 뛰기로 했다.

가을 햇볕이 서서히 따가워지기 시작한다. 오른쪽 눈으로 흘러 들어간 땀은 눈을 뜨게 할 수 없을 만큼 따갑다. 35km 지점에선 자원봉사자에게 물을 부어 달래서 양쪽 눈을 닦고 달린다. 가로수 하나 없는 제3반환점의 23번 국도는 마라톤 코스로는 너무 지루하다. 그늘도 없고. 80~90여 리를 달려온 달림이에게 그늘 하나 없는 뜨거운 아스팔트 도로는 인간 한계의 시험장이다.

36km, 37km, 38km를 지난다. 아마도 모든 풀코스가 다 그렇듯이

     마라톤은 자신감이다

이 지점이 가장 넘기 어려운 고개가 아닌가 한다. 왼쪽 뒷다리가 저리다. 쥐가 날 듯싶다. 걱정된다. 인라인 자원봉사자의 스프레이 파스를 잔뜩 뿌려 본다.

제4반환점을 앞둔 공주 종합운동장 앞길에서는 거의 모든 달림이들이 흐느적거린다. 애써 고개를 옆으로 돌려 황금색 들판을 바라본다. 따가운 가을 햇살을 머리에 인 허수아비가 외롭게 새들과 친구가 되어 있다. 길옆 하늘거리는 코스모스는 달림이들과 어쩌면 저리도 같을까?

아! 한줄기 시원한 바람이 얼굴에 닿는다. 그래 조금만 더 가자. 거기엔 시원한 얼음물이 날 기다리고 있으며 숨털 같은 휴식과 쉼터가 있으리라. 조금 전 지나친 종합운동장은 가도 가도 끝이 없는 듯하다. 105리의 여정을 달려온 달림이에게 제4반환점의 코스는 분명히 잘못된 것이다. 제2반환점, 제3반환점을 더 길게 잡더라도 제4반환점은 없애고 고개를 넘자마자 바로 운동장으로 들어오게끔 코스를 설계했으면 한다. 다음 대회는.

출발한 지 3시간 46분여 만에 다시 출발한 그 자리에서 두 손을 번쩍 들고 기진한 몸으로 포즈를 취한다. 클럽 회원이 건네 준 물 한 병을 정수리에 들이붓는다. 등을 타고 흐르는 이 한줄기의 시원함을 맛보려고 이렇게 먼 길을 돌아왔던가! 소방차에서 뿌려주는 물에 소금기 묻어나는 서걱거리는 얼굴과 팔뚝과 다리를 씻는다. 이제 세상은 또 다시 내 것이다. 다음에 달릴 때까지….

학창 시절에 참 좋아하던 신동엽 시인의 '금강'이라는 시로 완주기를 맺고자 한다.

錦江

신동엽

우리들의 어렸을 적
황토 벗은 고갯마을
할머니 등에 업혀
누님과 나, 곧잘
파랑새 노랠 배웠다

울타리마다 담쟁이 넌출 익어가고
밭머리에 수수모감 보일 때면
어디서라 없이 새 보는 소리가 들린다.

우이여! 훠어이!

쇠방울 소리 뿌리면서
순사의 자전거가 아득한 길로 사라지고
그럴 때면 우리들은 흙토방 아래
가슴 두근거리며
노래 배워주던 그 양품장수 할머닐 기다렸다.

새야 새야 파랑새야
녹두밭에 앉지마라
녹두꽃 떨어지면
청포장수 울고 간다

마라톤은 자신감이다

잘은 몰랐지만 그 무렵
그 노래는 침장이에게 잡혀가는
노래라 했다.

지금, 이름은 달라졌지만
정오가 되면 그 하늘 아래로 오포가 울리었다.
일 많이 한 사람 밥 많이 먹고
일하지 않은 사람 밥 먹지 마라.

…

열 번째 도전

2004년 조선일보 춘천 마라톤 완주기

2004년 10월 24일 일요일 강원도 춘천에서 열린 조선일보 춘천 마라톤에 참가하고 돌아왔다. 작년에 이어 두 번째이다. 지금까지 10번의 풀코스를 도전했지만, 춘천처럼 두 번째로 참가한 대회는 이 대회가 처음이다. 될 수 있으면 같은 대회보다는 많은 대회에 참가하여 코스나 대회 분위기를 익히고자 하는 기준을 세웠다.

작년에 비해 4,000여 명이나 더 늘어서 2만 4,592명이 참가한 춘천 마라톤은 명성에 걸맞게 많은 이야깃거리가 신문 기사에 올랐다.

출발부터 장관이었다. 한국 풀코스 마라톤 사상 최다인 2만 4,259명이 참가한 이번 대회는 원활한 진행을 위해 기록별 순차 출발을 도입했음에도 전원이 출발선을 떠나는 데 역대 최장 시간인 42분 15초가 걸렸다. 2만 871명이 출전했던 2003년엔 34분 21초가 걸렸다. 오전 11시를 기준으로 떠났지만 42.195km

마라톤은 자신감이다

를 달려 춘천종합운동장에 돌아온 시간은 참가자 수만큼 다양
했다. 일반 참가자 레이스에 참가한 이동길(29) 씨는 춘천 마라
톤 일반 부문 사상 최고 기록인 2시간 25분 56초에 주파했다.
어둠이 짙게 깔린 오후 7시 55분 58초에 결승선을 통과한 '자랑
스러운 꼴찌'도 있었다. 경문고 체육 교사인 이정원(55) 씨는
대회 전날 학생들에게 유도 시범을 하다 무릎 부상을 당했지
만 8시간 54분 39초가 걸린 집념의 레이스를 펼쳤다.

올해 일반 참가자 2만 4,202명 가운데 74.1%인 1만 7,931명이 완
주했다. 지난해엔 1만 6,276명이 완주했으며, 미국육상연맹은
올 4월 춘천 마라톤을 완주자 기준 세계 10대 마라톤으로 발표
했다. 올해 완주자 가운데 아마추어들에게 '꿈의 SUB- 3'로 통
하는 3시간 이내 완주에 성공한 철각들은 252명이었다. 여성
가운데는 일반 여자부 우승을 차지한 문 기숙(42) 씨가 유일했
다. 여성 참가자들은 1,948명이 도전해 69.7%인 1,357명이 완주
했다. 단체 가운데서는 용왕산 마라톤 클럽은 99명이 참가해
90명이 완주에 성공해 90.9%의 완주율을 기록하는 기염을 토
했다. 70세 이상 참가자 16명 가운데 11명이 결승선을 통과해
노익장을 과시했다.

조선일보, 10월 26일 자

작년엔 '가을의 전설'을 위하여 나름대로 16주 훈련 프로그램을 만
들어서 훈련도 하고 춘천 마라톤에 집중했지만, 올해는 그렇게 하지
못했다. 결과를 놓고 보면 작년엔 3시간 40분 53초에 완주했고, 올해
의 완주 기록은 3시간 40분 7초이다. 겨우 46초를 앞당겼다. 나름대

로 마음속으로는 컨디션을 봐서 20분 후반이나 늦어도 30분대 중반에 들겠다고 벼르고 별렀건만 결국 모든 것은 연습이 말해 준다.

어떤 클럽 회원분이 이야기했다. "연습이 장땡이다." 이 말에는 모든 게 함축되어 있다. 크로스컨트리, 인터벌, LSD 모든 길이 로마로 통하듯 마라톤의 모든 것은 연습이 말해 주는 것이리라.

새벽 5시, 알람 시계 소리에 눈을 떴다. 생식 한 봉지를 두유에 타서 마시고는 떡 방앗간에 회원용으로 준비해 놓은 인절미를 찾으러 갔다. 버스에는 우리 클럽 회원들과 비회원이 절반씩 되는 것 같다. 풀코스 단일 대회로 열리다 보니 하프나 10K에 참가하는 회원이 없어서이다. 그리고 2주 뒤에 있는 중앙일보 대회를 클럽 공식 대회로 하여 회원들이 많이 분산되었다.

중앙 고속도로에서 내려다본 춘천은 예나 지금이나 다를 바 없어 보인다. 작년 처음 참가 때만큼 감회가 새롭진 않다. 네 번째 완주기에도 나와 있듯이 이곳 춘천은 젊은 날의 나의 회색 초상이 묻어 있는 곳이다.

전형적인 가을하늘 아래 형형색색의 복장을 한 달림이들이 장관이다. 출발과 함께 파도처럼 밀려가는 달림이들 사이에 나 또한 쓸려간다.

5km, 몸이 풀리지 않은 상태에서 언덕배기를 오르는 것은 힘들다. 모자 쓴 뒷머리로 땀이 흘러내린다. 몸이 무겁다. 달림이가 너무 많아서 중앙선을 넘어 반대편에서 달리기로 한다. 그리고 시간에 너무 구애받지 않기로 했다.

10km, 의암댐과 건너편과 삼악산의 단풍이 절정이다.

컨디션을 봐서 3시간 30분대에 골인하기로 마음먹는다. 아직 몸이 덜 풀린다.달림이들 머리 위로 헬기와, 수중 모터를 단 요트에서

　　　　　　　마라톤은 자신감이다

는 물살을 가르며 카메라들이 왔다 갔다 한다. 5km와 10km 급수대에서 주는 물은 모조리 마신다. 일전 백제큰길에서 30km 이후에 갈증이 나서 엄청나게 고생했던 기억이 난다.

50분 24초에 10km를 통과했다. 5km 의암호수 건너 중도가 보인다. 예전에 저기에서 야유회를 가진 기억이 난다. 만화 이미지센터 같은 것은 새로 생긴 건물이다. 3시간 20분의 페이스메이커는 눈 깜작할 사이에 사라지고 없다.

20km 도착 시각 1시간 39분 37초. 많이 늦은 시간이다. 하프를 이 시간대에 통과해야 30분대에 들어오는데…. 찰떡 파이와 바나나가 있지만, 손도 대지 않았다. 배가 고프지 않았고, 속이 좀 거북한 듯하다. 이번 대회에 처음으로 준비한 파워젤 하나를 꺼내서 짜 먹는다. 효과가 있으려나?

25km, 오전 11시에 출발하여 그동안 햇볕 아래에서만 달리다가 춘천댐 못미처 서상2교 부분은 산그늘로 인해 엄청 시원한 느낌이다. 페이스를 좀 올려 본다. 생각만큼 속도가 나지 않는다. 클럽 회원 한 분이 다리에 쥐가 나서 힘들어한다. 크게 힘내시라고 소리치고 달린다.

30km, 작년에 여기서부터 발바닥이 아파서 애를 먹었는데 이번에 괜찮다. 연습이 부족하여 여전히 조심스럽다. 2시간 31분 43초에 통과한다. 실망스러운 기록이다. 나머지 12km를 한 시간 이내에 달려야 한다. 마음속으로 외친다. '그래, 기록보다 완수에 더 신경 쓰자.' 연습 부족을 자꾸만 합리화한다.

35km, 목이 자꾸 마른다. 물 마시는 지점이 같건만 자꾸만 길어진 느낌이다. 물 한 잔과 이온 음료 한잔을 다 비우고 도로 경계석에 다리를 올리고 스트레칭을 한다. 카메라맨들이 많이 몰려있는 소양대

교에서는 힘들지 않은 표정을 애써 지으며 포즈를 취한다.

클럽 회원 두 분이서 나란히 힘찬 레이스로 추월한다. 한 1km가량을 보조를 맞추다가 포기한다. 여기저기 걸어가는 사람들도 보이고, 주저앉아 있는 사람도 눈에 띈다.

결승점 42.195 열 번의 도전이 끝났다. 최종 기록 3시간 40분 7초, 기록순위 2,928등 나이(40~44세) 순위 1,031등 나름대로 만족한다. 막판 30분대에 들어오려고 스퍼트를 했지만, 7초 차이로 아깝게 실패했다. 주 경기장 입구에선 대학 선배(김인원)가 나를 알아보고 힘차게 소리를 질러 준다. 결승 라인 근처에서의 아는 얼굴과 격려의 목소리는 평상시와는 또 다르게 왜 그렇게 고마운지.

2004년 한해의 달리기를 마무리했다. 이제 더 이상 신청해 놓은 대회도 없고, 내년 3월에나 동아 마라톤에 신청하려고 한다. 그전에 11월 28일 우리 집 마당에서 열리는 '제2회 천안 탈리아 하프 동호인 대회'가 있지만 크게 부담 가지 않는다.

올해의 풀코스 마라톤을 마무리하며 생각해 본다. 올해는 정말로 많은 일이 내 주변에서 해가 뜨고 달이 지듯 이루어졌다. 직장을 옮겼으며, 편찮으신 어머니를 시골에서 모셔 왔으며, 친한 친구를 영원히 먼 곳으로 떠나보냈다.

앞으로 더 많은 일들이 나에게 다가왔다가 떠나가리라. 나 또한 마라톤을 하듯 그들을 맞이하고 떠나보내리라. 그러니 결승 라인에서 나를 알아주는 한 사람의 목소리가 있다면, 나는 달려가기를 포기하지 않을 것이다.

열한 번째 도전

2006년 동아 국제 마라톤 완주기

2006년 3월 12일 일요일 열한 번째의 풀코스 도전을 또다시 성공했다.

출발: 8시 20분

20km 통과: 10시 13분

도착: 12시 27분

최종 기록: 4시간 7분 5초

3일이 지난 아직, 그날의 흥분과 설렘과 두려운 마음이 오롯이 남아 있다. 풀코스 도전은 재작년 2004년 10월 춘천 마라톤 이후 거의 1년 6개월 만이다. 너무 오랜만이라 처음으로 마라톤 풀코스를 완주한 거제 마라톤 대회가 자꾸만 생각났다. 하지만 지금까지 열 번이나 도전하여 성공하지 않았던가?

열한 번째 마라톤을
완주하며

몇 달이 지나가 버렸다. 열한 번째 완
주기는 사진 한 장으로 마무리할 수밖
에 없다. 회사 일로 정신없이 몇 달이 흘
러가서 기억해서 쓰기가 쉽지 않다. 나
름대로 변명한다.

마라톤은 자신감이다

열두 번째 도전

2003년 11월 첫 풀코스 완주 이후 최고 기록이다. 2007년도에는 하프 코스 또한 최고 기록을 세웠다. 평택항 마라톤 대회에서 1시간 36분 40초 기록으로.

전체 순위: 1932

나이 순위: 1190

10km 기록: 49분 10초

반환섬 기록: 2시간 3분

완주(Net Time) 기록: 3시간 34분 28초

오전 8시 출발이라서 천안에서 새벽 5시에 일어나 클럽의 단체 버스에 올랐다. 비몽사몽 잠을 청했으나, 정신은 더 또렷해지고 몸은 자꾸만 긴장되어 간다. 열두 번째 도전이나 첫 번째 도전이나 긴장되고 설레고 흥분되는 건 마찬가지인가 보다. 클럽에서 처음 풀코스를 완주하러 가는 어떤 회원은 잠을 두어 시간밖에 못 잤다고 한다. 완주할 수 있을지 걱정이 된다.

물품 보관소에서 옷을 갈아입고, 바셀린과 밴드를 붙였다. 만반의 준비를 갖추고 출발선에 섰다. 사람들이 너무 많다. 스트레칭하기가 어려워 서서 발뒤꿈치만 들었다 놓았다 했다. 원활한 출발을 위해 A, B, C그룹별 출발을 한다고 했으나, 사람들이 앞으로만 몰려 있는 듯하다.

드디어 출발 신호가 왔다. 천천히 또 천천히 달린다. 초반 1분 무리가 후반에 10분 이상 손해 볼 수 있다는 계산을 하면서 여유롭게 달린다. 5km 지점을 지나 천호사거리와 길동사거리를 우회하여 올림픽 아트빌까지 평탄한 도로를 달리며 도심 한가운데를 구경하듯 달린다. 이른 아침이라 많은 사람이 보이지 않는다. 아직 몸이 풀리지 않는다. 나는 7km 이상 지나면 어느 정도 풀리는데 오늘따라 좀 늦게 풀리는 모양이다. 뒤 종아리가 특히 무겁다.

10~20km쯤 구간에 들어서자 슬슬 몸이 풀린다. 뛰쳐나가고 싶은 생각이 굴뚝같지만 참고 또 참는다. 지하차도를 우회하여 약간의 오르막에 올라서니 탄천교를 지나 수서로 진입하는 내리막이다. 잘 나간다. 아랫배가 딱딱해 오기 전까지는. 수서역을 지나 노란 은행잎이 펼쳐진 코스를 약간은 지루하게 달린다.

20~30km 구간이다. 맞은편에서 달려오는 엘리트 선수들을 보기 위해 중앙선 쪽으로 한 줄 나란히 서서 달린다. 한 떼의 무리가 쏜살같이 다가온다. 검은색 일색이다. 껑충한 다리들이 초원을 뛰어다니는 야생마, 또는 가젤이 연상된다. 몇몇 아는 얼굴도 있는 듯하다. 우리나라 선수가 우승하면 더 좋으련만.

달리는 낙엽길: 중앙 마라톤 홈페이지

하프 지점을 지나니 저절로 속도가 난다. 평상시보다 조금 속도를 올려 본다. 아름사거리를 지나 유턴하자마자 배가 아프기 시작한다. 점점 더 딱딱해 오면서 배가 땅긴다. 숨을 쉴 수가 없을 지경이다. 속도를 줄이고 줄이고 걷는 듯 뛰는 듯했다. 아침에 억지로 먹은 찰떡 한 봉지 탓인가? 아니 이건 온전히 뱃심 탓이다. 뱃심이 부족하다. 그래서 아픈가 보다. 천천히 달리면 괜찮다가 속도를 내려 하면 또 아프다. 조심조심히 달린다.

아마도 분당 6분의 속도로 달리는 듯했다. 35km 지점에서 클럽의 철규 형을 만났다. "야 따라와." 하면서 내빼는 속도가 장난이 아니다. 꼿꼿이 세운 허리 하며 성큼성큼 내딛는 발걸음이 예사롭지가 않다. 따라가 보려고 하지만 턱도 없다. 그래도 완주는 충분히 할 수 있을 것 같은 예감이 든다. 아직 힘이 남아 있는 게 다행이다.

어느 지점에서인가 경쾌한 발걸음으로 달리는 아저씨가 있어 보조를 맞추면서 피치를 올려본다. 한 1~2km 되려나 역시 뱃심이 딸린다. 40km를 지나 잠실운동장 입구까지의 길은 참으로 길다. 온 힘을 다하여 러너로서 위엄을 보이고자 애써 본다. 흐트러진 자세도 바로 잡고 얼굴에서도 힘든 표정을 감추려고 애써 본다.

드디어 운동장 입구이다. 양쪽으로 늘어선 관중들 사이로 멀리 플래카드 하나가 펼쳐져 있다. "포기하지 않는 당신이 자랑스럽습니다." 메인스타디움을 들어서서 달리는 300여 m는 나 자신을 향해 달린 거리라고도 할 수 있다. 고통에 비례하여 다가오는 감동과 희열은 이 순간을 달려 본 사람만이 알 수 있으리라.

다음은 2007 중앙마라톤 안내 책자에 나온 '당신의 마라톤은 무엇입니까'에서 응모작이다.

   마라톤은 자신감이다

대상작

- 마라톤은 홍어이다. 처음 맛 들이기가 어렵지만 맛 들이면
  중독되는 ….

최우수상

- 마라톤은 청양고추이다. 멋모르고 먹었다가 후회하고, 그 매
  운맛 때문에 다시 찾게 된다.
- 마라톤은 가마에서 구워 낸 도자기이다. 활활 타오르는 온몸
  의 열기를 목표 시간 동안 참아내면 고려청자나 조선백자처
  럼 심신이 우아하고 멋진 모습으로 다시 태어나니까.

우수상

- 마라톤은 거꾸로 가는 인생이다. 하면 할수록 젊어지니까.
- 마라톤은 '뫼비우스의 띠'이다 끝났는가 싶으면 또 달리고,
  완주한 후에는 또 대회를 찾는다.

열세 번째 도전

2008년 3월 2일 제11회 서울 마라톤 완주기

2008년 처음으로 도전한 제11회 서울 마라톤에서 핸드폰 문자메시지로 보내온 기록은 다음과 같다.

출발: 10시 1분 28초

반환: 11시 56분 23초

도착: 14시 51초

기록: 3시간 59분 24초

2003년 제6회 서울 마라톤에서 4시간 1분 16초에 골인한 이후 5년 만에 다시 같은 장소에서 풀코스를 도전했다. 그해에는 4시간 안에 들어오기 위해 엄청 열심히 뛰었지만 이번에는 반대로 4시간대에 뛰려고 천천히 또 천천히 달렸다. 3월 16일에 예정되어 있는 동아 마라톤에 대비하여 LSD로 참가했기 때문이다.

출발선에 서자 일본에서 온 달림이들이 많이 보인다. 나이 많은 중년에서부터 젊은이들까지. 신발을 유심히 보니 하나같이 미즈노와 아식스 일색이다. 행여 나이키나 뉴발란스 같은 신발을 찾아도 보았지만 없었다. 아마도 일본인들은 국산품 애용이 생활화되었나 보다.

5~10km 지점에서는 4시간 30분대를 목표로 뛰고 있는 여운종 회원님과 앞서거니 뒤서거니 하면서 달린다. 누가 시켜서도 아니지만, 머리에 달고 뛰는 노란 풍선이 이채롭다. 또한, 구름 위를 밟듯이 가볍게 달리는 자세는 영락없는 울트라맨이다. 나도 언젠가는 100km, 200km 울트라맨이 될 날을 상상해 본다.

10km~하프 지점에 들어섰다. 서울 마라톤에서 가장 기억에 남는 것은 푸짐한 먹거리라고 했던 어떤 선배 이야기가 사실인가 보다.

1. 김에 싸서 주는 김이 모락모락 나는 흰쌀밥
2. 처음에는 막걸리인 줄 알았던 따뜻한 된장국
3. 즉석에서 부쳐 주는 달걀부침(이건 좀 이상하다. 달걀부침이 소화가 쉬운 음식이 아닌 것으로 알고 있어 먹고 싶은 맘이 굴뚝같았지만, 지난번 중앙 마라톤처럼 배가 아플까 봐 먹지 못했다.)
4. 초콜릿, 찹쌀떡
5. 바나나
6. 각종 음료수

저 많은 걸 다 먹고 뛴다면 분명 배탈 나리라. 된장국은 두 그릇 마셨다. 물 대신에.

곧이어 멀리서 남산타워가 보인다. 저 타워를 오른쪽으로 끼고 돌아 한참을 가야만 63빌딩이 나타날 것이라 생각하니 멀기는 멀다. 아직까지 완주하기에는 문제가 없을 듯하다. 오른쪽 출렁거리며 흘러가는 한강 물이 무심하다.

풀코스 마라톤의 모든 이야기는 30km 이후에 있다. 또한 35km 지난 시점에서부터 나타나는 1km의 표지판은 청포도가 주렁주렁 열리듯, 지나온 훈련의 애환과 땀이 묻어 나오는 곳이다. 천천히 달리든 빨리 달리든 힘든 것은 마찬가지인 듯싶다. 5시간대에 들어오는 주자와 SUB-3 주자의 고통이 다르지 않듯이.

드디어 멀리서 63빌딩의 머리끝이 보인다. 서서히 조금씩 높이 솟아오른다. 그 황금빛 건물이 한 층 한 층 태양이 솟아오르듯 보이기 시작하며, 눈에 잡힐 듯하다. 열세 번의 도전이 끝나고 있다.

작년 9월 동종 사업체를 인수한 이후 나의 화두는 '두 배 힘든 상황으로 나를 몰아넣어라.'였다. 달리면서 힘들 때마다 나는 나에게 소리쳤다. '두 배 힘든 상황으로 나를 몰아넣어라.' 현실에 안주하는 나로부터 벗어나기 위해서였다.

1986년 미국 기업가 협회에서 발표한 기업가 다짐을 되뇌며 나의 열세 번째 완주기를 마무리한다.

나는 평범한 사람이 되는 것을 거부한다.

나의 능력에 따라 비범한 사람이 되는 것은 나의 권리이다.

나는 안정보다는 기회를 택한다.

나는 계산된 위험을 단행할 것이고, 꿈꾸는 것을 실천하고, 또 성공하고 실패하기를 원한다.

나는 도전 없는 안락한 삶보다 삶에의 도전을 선택한다.

나는 유토피아의 생기 없는 고요함이 아니라 성취의 전율을 원한다.

나는 자유를 자선과 바꾸지 않으며, 존엄을 구호품과 맞바꾸지 않을 것이다.

나는 어떤 권력자 앞에서도 굴복하지 않고, 어떤 위협에도 굽히지 않을 것이다. 자랑스럽고 두려움 없이 꿋꿋하게 몸을 세우고, 세상을 향해 신의 도움으로 내가 이 일을 달성했다. 이것이 기업가다. 라고 담대하게 말할 것이다.

열네 번째 도전

2008 서울국제 마라톤 겸 제79회 동아 마라톤대회 완주기

2008년 광화문에서 잠실올림픽주경기장에서 열린 제79회 동아 마라톤 대회에 참가했다.

출발: 8시 8분 52초

도착: 11시 38분 30초

기록: 3시 29분 28초

이번 동아 대회에서는 몇 가지 특별한 경험이 있었다. 첫째 클럽 소속 회원들과 기록으로 내기를 했다. 둘째 그동안 열네 번의 풀코스 도중 한 번도 경험해 보지 못한 곳에 부상을 입었다. 셋째 여성 탈의실에 잘못 찾아들었다가 도망쳐 나왔다. 넷째 친구 송석호를 운동장에서 만나 반갑게 격려를 주고받은 아주 흐뭇한 경험을 했다.

대회가 끝난 후 내기에 참가한 회원가족 모두가 무교동 낙지집에서 회식을 했다. 앞으로 기록으로 내기를 하는 일은 더 이상 없어야 하겠다. 부담이 너무 많이 가며 승부욕에 불타 부상으로 이어질 확률도 높다. 내기를 하더라도 순위별 내기가 아니라 본인의 기록을 본인 의지대로 얼마만큼 단축하겠다 해 놓고 지키지 못했을 시 벌금을 내는 방식으로 바꾸는 것이 현명할 듯하다.

또 한 가지는 열네 번의 풀코스 도전 중에 중요한 곳이 옷에 쓸려 피부가 벗겨진 아주 힘든 경험을 한 것이다. 나중에 탈의실에서 깜짝 놀랐다. 중요한곳이 피투성이가 되어 있었다. 대회 끝나고 휴게소에 들렀는데 엉성한 자세로 걷기도 어려웠다. 회원들과 사우나에 가서 물에 들어가지 못하고 엉거주춤 있다가 샤워만 하고 일회용 반창고를 붙여 놓았다. 반드시 달리기용 내의를 입어야 한다.

그리고 차가채서 여성 탈의실에 들어가는 황당한 경험도 했다 탈의실 휘장을 걷고 들어섰는데 의외로 사람도 몇 명 없고 한산해서 눌러보니 웬걸 여성 탈의실이었다. 귀퉁이에서 어떤 여성 선수가 엉덩이를 드러내 놓고 옷을 갈아입고 있었다. 도망쳤다.

마지막으로 청주에 있는 내 20년 친구는 진즉 SUB-3 선수다. 그날 B그룹 맨 앞쪽 오른쪽에서 만나자고 했다. 역시 SUB-3 주자답게 탄탄한 몸매를 드러내며 내 앞에 나타났다. 열심히 뛰자고 약속한 뒤에 결승선에서 다시 만났다. 무려 나를 위해 30분이나 기다렸다가 신발 끈을 풀어 주고 양말을 벗겨 주었다. 그는 SUB-3를 했다고 한다. 매번 동아 대회에서 3시간 1분 또는 3시간 3분을 뛰어서 아쉬웠는데 아마 이번에는 소원을 성취한 것 같다. 고마운 친구여.

인터넷 클럽 카페에 올린 글로써 이번 완주기를 대신하고자 한다.

나는 1등이라고 철썩 같이 믿고 있었다. 이번 동마에서 나는 2등을 했다. 지난 2007년 어느 대회에서 3시간 20분 59초(보스톤 참가 신청 가능 기록)안에 들지 못하면 10만 원을 내놓겠다고 술자리에서 호기를 부렸다. 결국 기록 달성에 실패하고 서해안 어느 횟집에서 눈물을 머금고 10만 원을 지불했다.

정모 형님이 그 당시 안쓰러웠는지 조금 깎아 준다고 했을 때도 "형님도 언젠가는 돈 내야 될 날이 있을 거요." 하고 거절했더랬다.

마침내 기회가 왔다. 내심 금액을 더 크게 하고 싶은 욕심이 있었지만 더 이상은 무리인 듯 싶어 1등 0원, 2등 5만 원, 3등 10만 원, 4등 15만 원, 5등 20만 원으로 정했다.

계약서에 도장 찍는 날 이후부터 동네 사람들이 바뀌기 시작했다. 트릭인지 진짜인지 엄살들이 늘어나기 시작했다. 발등이 아프다. 종아리가 아파서 지난주 한 번밖에 뛰지 못했다. 2월 간 달린 거리가 몇 km네, 벌침을 맞았네 등등 이루 헤아릴 수 없다. 아프지 않는 사람은 나밖에 없는 듯했다.

나도 어느 때부터 인지 10km를 달렸으면 5km쯤 달렸다고 하고 대여섯 번 뛰었으면 서너 번 뛰었다고 하고… 분위기에 휩쓸려 나가면서 잔머리를 굴리기 시작했다. 가장 강력한 다크

　　　　　　　　　　　　마라톤은 자신감이다

호스인 최승대는 F조이니까 아마도 20분은 까먹을 것이고….

실제로 지난해 동아 대회에서 그 좁은 청계천 변을 헤치고 뛴 내 친구 SUB-3 주자는 3시간 25분에 들어왔다. 인도로 오르락 내리락 하다 보면 제 실력 나오기가 쉽지 않을 것이다. 그렇지만 광덕사에서 마곡사 코스를 달리는 훈련 때 보면 동네 사람들 중에 항상 일등을 해서 언젠가는 '일내겠다.'라고 생각하고는 있었다.

정모 형님은 진즉에 허리를 삐끗해서 광천에 있는 용하다는 양봉원에 다니고 있었지만 그래도 준치가 아니던가. 동네 사람 중에 아직까지 가장 빠른 기록을 가지고 있고 타고난 스테미너 '강'이 아니던가. 형님 벌침 맞으러 가는 길에 화분하고 꿀을 주문해서 몸보신하겠다는 몰염치도 저질렀다. 대회 막판에 혼자서 성거까지 하프 코스 연습하다가 회원들한테 들켰지만 본인은 죽어도 10km밖에 나오지 않는다고 했다.

이창재. 매일 새벽 5시 반에 출근해서 11시 가까이 퇴근하는 이 땅의 전형적인 40대 386. 일 년의 반을 해외에서 보내는 까닭에 출장 가방에 요새는 운동화부터 챙겨 넣는다고 한다. 비록 35분을 빼준다고 하지만 4시간 안에만 들어오면 동네 사람들 전부 뒤집어질 테니 이 또한 무시 못 할터….

박철규. 내가 이 양반한테 당했다. 같은 B그룹이라서 처음부터 동반주하기로 했다. 화장실두 같이 다녀왔고 파워젤도 똑같이 3개씩 사서 나눠 가졌다. 초반에 같이 달리면서 나보고 자꾸 빠르다고 한다. 속으로 '그래 2월에 발등을 다쳐서 5번밖에 못 달렸다니.' 그 말이 맞는 듯싶었다. 실제로 2월 어느 날 북일고 뒷산을 뛸 때 자꾸만 뒤처지는 것이 아프긴 아픈가 보다 했다. 10km까지 같이 달리다가 물 마시는 곳에서 어느 순간 잃어버렸다. 나는 물을 별로 잘 마시지 않는 탓에 물을 마시고 따라오겠지 생각하고 앞서나 가기 시작했다.

20km를 지나고 30km를 지나도 앞서나가는 것을 보지 못했다. 속으로 생각했다 '그래 이 속도로만 나가자 퍼지지만 말자. 그러면 1등이다.' 컨디션 또한 아주 좋다. 매번 아프던 발바닥도 아프지 않고. 이대로 결승까지 들어갈 것 같은 봄빛 예감… 아! 동네 사람 중에 내가 일등이구나….

작년 중앙 마라톤에서 37km 지점에서 철규 형에게 잡힌 기억이 있다. 어깨를 툭 치면서 '야 따라와.' 하면서 꼿꼿이 내달리는데 도저히 따라갈 수가 없어졌던 기억이 있다. 결승선 다 들어갈 때까지도 나는 내가 죽어도 1등인 줄 알았다. 아직 나를 추월해 가는 것도 못 봤고 철규 형 또한 나를 보고 그냥 모른 척 지나치지는 않았을 것이니까.

결승 라인, 3시간 29분 28초. 내 친구가 기다렸다가 칩을 풀어주고 양말을 벗겨 준다. 아직 힘이 조금 남아 있다. 학교 다닐 때도 한번 해 본적 없던 1등을 내가 여기서 하다니. 감개가 무량했다. '그래! 풀코스 열네 번의 관록이 고스톱 쳐서 딴 게 아니잖아!' 하고 스스로를 대견해했다.

한 5분쯤 있었나? 철규 형이 보인다. '30분 넘었겠네?' 하고 물어보니 시계를 보여주는데 웬걸 25분이 선명히 찍혀 있었다. '어! 이게 아닌데!'

이로써 내 열네 번째 풀코스 도전은 막을 내렸다. 관중도 떠나고 물통의 물은 비었고. 또다시 어느 봄날에 새살이 오롯이 돋아나겠지.

 마라톤은 자신감이다

열다섯 번째 도전

2008 조선일보 춘천 마라톤 완주기

춘천 마라톤 홈페이지에 나의 km당 레이스는 5분 40초라고 한다. 많이 늦은 속도다. 올해 봄 동마에서 풀코스 개인 최고 기록인 29분에는 한참을 모자라는 기록이지만, 연습량과 몸의 컨디션에 비하면 양호한 기록이다. 퍼지지 않고 완주한 그것만으로도 행복하다.

2008년 10월 26일 일요일 10시
마라톤 입문 7년 차, 풀코스 도전 15회

풀코스 완주 기록

5KM	10KM	15KM	20KM	Half
27:46	54:27	1:21:21	1:48:25	1:55:33
25KM	30KM	35KM	40KM	Finish
2:17:22	2:45:23	3:14:55	3:44:23	3:57:50

　새벽 4시 30분, 어김없이 알람 시계는 운다. 클럽 버스를 동네 다리 목에서 5시에 만나기로 했기에 이때쯤 일어나야 한다. 어제는 막내 처남 결혼식이라 여러 가지 바쁘게 보낸 하루였다. 결혼 축의금 정산하고, 오늘 먹거리 준비하는 천마클 회원님 가게에서 저녁 10시까지 있다가 집으로 왔다.

　저녁에 준비해 놓은 배낭을 메고 버스에 올랐다. 이런 너무 많은 사람을 태워서 좌석이 없다. 마라톤 생활 수년 만에 버스 통로에 앉아서 가기는 처음이다. 보조 의자도 등받이 있는 낚시 의자도 아닌 플라스틱으로 된 목욕탕 때밀이 의자다. 그리고 너무 작다. 오늘을 위하여 온 여름내 칼 갈은 회원께 송구스러운 마음 금할 수 없다. 그러나 어쩌랴 이미 엎질러진 물인데.

　마지막 휴게소에서 준비한 소머리 국밥을 한 그릇씩 먹였다. 의외로 많은 회원님이 맛있게 먹어서, 버스 통로에 앉아서 오게 한 미안한 마음이 조금은 가신다.

　출발선에서, C그룹 맨 뒤에 선 채로 출발을 기다린다. 여자 회원 한 분을 페이스메이커를 해 주기로 한 클럽 회원 형님께서 양손에 음료수를 들고 대기하고 계신다. 3시간 30분 이전에 들어오는 것이 목표라 하여 먼저 가시라고 했다. 나는 목표기록을 잡지 않았지만 내심 4시간 안에는 무슨 일이 있어도 들어오고 싶었다. 그리고 아무리 연습을 못해도 4시간 안에는 들어갈 자신이 있었다.

　의암호까지 5km를 천천히 달린다. 마음속으로 내가 가장 편하게 달릴 수 있는 속도로 달리자고 마음먹는다. C그룹 사람들 다 보내고 뒤에 그룹 사람들이 추월하고 추월한다. 예전하고 다르다. 추월해도 빨리 뛰고 싶은 생각이 나지 않고 뛰기가 정말 싫다. '왜 이럴까?' 생각하며 달렸다.

10km 지점에 들어섰다. 아직도 달리기가 싫다. 바람이 분다. 삼악산 아래에는 그나마 맞바람이 아니라서 평온하다. 많은 사람이 추월한다. 무심하다. 그러고 보니 이제까지 달린 거리가 6월 84km, 7월 97.8km, 8월 167km, 9월 115km, 10월 129km에 불과했다. 남들은 월간 300~400km를 뛴다는데.

늘 하는 이야기지만 마라톤만큼 정직한 운동이 없다는 것이 새삼스럽지가 않다. 마라톤은 벼락치기나 편법이 있을 수 없는 지극히 우직하고 단순한 운동이다. 또한, 한 달 전 오른쪽 아래 어금니를 하나를 뽑았다. 10여 년 전 결혼 직후 보철로 씌운 어금니가 흔들려서 치과의원에서 보철을 벗겨 내었더니, 웬걸 전부 이빨이 상해 있었다. 멀쩡한 이빨이었는데 속상했다. 보존과에서 뽑자는 뉘앙스로 말했지만 그러고 싶지 않았다. 이제 어금니가 두 개나 없다. 혀를 디밀어 보니 휑하다. 마음마저 휑한 느낌이다.

며칠간 기분이 우울했다. 이러다가 틀니를 하는 건 아닌지. 그러고 음식도 잘 씹히지 않고 상처도 늦게 아물고 해서 먹는 것도 부실했다. 더군다나 2주 전 장염을 약을 먹지 않고 버티었더니 1주일간이나 고생했다. 달리는 것이 싫다. 많은 달림이들이 나를 추월해서 가고 있다.

20km 지점에 들어섰다. 춘천 레이스 중 가장 힘든 레이스가 펼쳐지는 곳이 바로 이곳이다. 춘천댐으로 향하는 긴목과 춘천댐 직전의 서상교를 건너게 되는 이 구간은, 엘리트 선수들의 치열한 접전이 벌어지는 곳이기도 하다.

특히 엘리트 선수를 포함, 많은 달림이들이 '중도하차'를 경험하는 쓰라린 구간이기 때문에 호흡조절과 에너지 소모를 최소화해야 한다. 오른쪽 엄지발가락과 왼쪽 엄지발가락의 바깥쪽에 나 있는 티

춘천 마라톤 홈페이지 자료화면

눈이 자꾸 신경이 쓰인다. 발바닥 물집도 생긴 듯 오른쪽 정강이가 가끔 찌릿찌릿하다.

서서히 몸이 풀리는 듯하다. 춘천댐 상단에서 스피드를 주변 달림이들과 맞추어 보았다. 그런대로 괜찮다.

30km 지점이다. 자그마한 언덕들이 나타나며 내리막 느낌이 드는 도로이다. 몸이 완전히 풀리다. 예전에 풀코스 달릴 때는 달리면 달릴수록 완주할 수 있을까 하는 회의가 자꾸 드는 레이스를 펼쳤지만, 이번에는 이상하다. 거리가 늘어나면 늘어날수록 완주할 수 있다는 느낌이 자꾸 들면서 속도도 빨라지고 더 이상 나를 추월해 가는 달림이들이 없다.

그해 상반기 음성 반기문 마라톤 대회

물을 마시는 지점에서는 일부러 서서 한 컵을 다 마시고 먹을거릴 챙겨 먹는다. 초코파이 한 개를 다 먹었으며, 바나나도 모두 먹었다. 배도 고픈 듯하다.

시내에는 많은 사람이 구경하고 있다. 개인적으로 물을 받아와 제공히는 시민도 있다. 소양대교 긴 구간에는 여전히 바람이 차다. 해마다 있었던 카메라맨을 의식해 가장자리에서 날린다. 천마클 새내기 회원께서 파이팅을 외치며 앞서 나간다. 한 손에 든 영양 젤을 "드릴까요?" 하고 묻는다. 손사래를 쳤다.

40km 지점에 들어섰다. 의암호를 오른편에 두고 8차선의 넓은 길은 지루하다. 가도 가도 끝이 없다. 많은 달림이들이 걷는 듯 뛰는 듯

하다. 예년에는 없었던 방울토마토를 준다. 5개를 먹었다. 맛이 좋다. 아삭거리는 것이 갈증이 가시는 듯하다.

많은 가족 및 회원들이 마중 나와 화이팅을 외쳐 준다. 운동장 앞에서 막판 스퍼트에서 나보다 먼저 들어간다. 운동장 초입에 양쪽으로 늘어선 가족과 응원객의 환호를 들으면 스타디움에 들어섰다.

결승선을 앞두고 있다. 멀고 먼 대장정의 길을 마치는 순간이 나를 기다리고 있다. 생애 열다섯 번의 마라톤 풀코스가 끝났다. 남들은 100회니 200회니 뭐라고 떠들지만, 나에게는 15번이 150번과 다르지 않다. 나를 15번이나 완주하게 해 준 나에게 또 다시 박수갈채를 보낸다.

열여섯 번째 도전

2009 조선일보 춘천 마라톤 완주기

2009년 10월 25일 일요일 10:00
마라톤 입문 8년 차, 풀코스 16회

풀코스 완주 기록 1

5KM	10KM	15KM	20KM	Half
28:47	57:19	1:26:15	1:55:06	2:04:12
25KM	30KM	35KM	40KM	Finish
2:28:11	2:59:27	3:30:49	4:01:22	4:16:14

km당 6분 7초

따져 보면 일 년에 평균 2회 정도 풀코스에 도전하는 것 같다. 춘천 마라톤은 네 번째 출전이었으며, 빙상경기장으로 출발과 결승선이 바뀐 이후 처음 참가한 대회이다. 처음 참가한 2003년 3시간 41분 43초, 2004년 3시간 40분 7초, 2008년 3시간 57분 50초, 2009년 4시간 16분 14초. 써 놓고 보니 세월이 지날수록 기록이 향상되는 것이 아니라 오히려 뒷걸음질 치고 있다.

올해 하반기 월간 달리기 연습량을 살펴보면 7월 88km, 8월 94km, 9월 79km, 10월 76km와 같다. 이런 연습량으로 풀코스에서 좋은 기록을 바란다는 것은 솔직히 도둑놈 심보이며, 수많은 러너들에게 돌 맞을 수 있다. 참고로 엑셀로 된 나의 훈련일지를 9월 한 달 동안만 공개한다.

훈련일지

날짜	요일	코스	거리	시간	비고
9월 1일	화	안서호2.3km ×2회/ 자전거 2km	5	60	호숫가에서 스트레칭 +기구이용
9월 3일	목	북일고뒷산 ↔ 약수터까지	10	80	벤치20+10 윗몸46+20 타이어패기45
9월 4일	금	단대호숫가	5	60	스트레칭/ 팔굽혀펴기
9월 5일	토	북일고뒷산 ↔ 약수터까지	10	80	
9월 13일	일	천안 이봉주마라톤 하프	23	113	
9월 16일	수	안서호 2.3km×5회	11.5	60	호숫가에서 스트레칭 +기구이용
9월 20일	일	보조경기장 운동장 12회×400M	5	40	
9월 24일	목	북일고뒷산 → 단대병원 → 안서호	10	50	사우나 들리다 08:00
월간계			**79.5**	**543** **(운동시간/분)**	

훈련량이 적은 이유와 향후 계획을 밝히며, 스스로에게 변명한다. 첫째 골프를 시작했다. 그래서 새벽에는 달리기하고 퇴근 후에는 골프 연습장엘 가기로 하다 보니 달리기도 안 되고 골프도 안 된다. 많은 변명거리 중 하나이다. 그래서 목표를 수정했다. 2009년 말까지

 마라톤은 자신감이다

골프는 안정된 보기 플레이어 이내에 들면 다시 달리기를 시작하여 SUB-3를 하리라고.

두 번째로는 사업을 시작한 지 3년째이다. 초창기 좌충우돌하는 것에서 벗어나 이제는 서서히 자리가 잡혀 간다. 하지만 아직도 해야 할 일도 많고 특히 여러 개의 모임에 가입하여 집행부 및 활동을 하다 보니 시간이 부족하다. 공부하는 모임도 두어 개 있다. 물론 이것도 변명이다. 내 친구 SUB-3 주자에게 비하면 한없는 변명이다. 사업 관련 이야기는 다음에 할 기회가 있으리라.

다시 춘천 달리기 이야기로 돌아가자. 우선 예전의 종합운동장에서 출발할 때보다 더 많은 사람들을 수용해야 하는 빙상경기장은 비좁은 느낌이 든다. 옷을 보관하는 야외 장소의 혼잡과 기다림도 메이저 대회치고는 어색하고 프로답지 못하다.

40km 이후에 나타나는 두 개의 언덕은 포기하고 싶고, 주저앉고 싶은 주자에게는 악마의 언덕이다. 보스턴 마라톤에 '심장 파열' 언덕이 있다고 하는데 나는 이 언덕을 주저함이 없이 '마(魔)의 언덕'이라 부르고 싶다. 훈련하지 않는 자에게만 나타나는 신비로운 '마의 언덕'이라고.

막판 결승선을 통과하기 위하여 벽돌로 된 운동장 외곽을 한 바퀴 도는 것도 죽을 맛이다. 결승선의 많은 응원객으로 인해 늠름한 전사(戰士)의 모습을 보이고자 애쓰지만, 속으로는 얼마나 힘들겠는가? 내리막 언덕 지나자마자 바로 북문으로 입장하여 결승선을 밟노록 설계하면, 훨씬 러너들을 위한 배려가 아닐까 생각해 본다.

새벽 5시에 집을 나와 저녁 10시가 다 되어서 집으로 왔다. 거의 며칠간 계단을 엉금엉금 기어서 오르내렸다. 사무실 건물이 엘리베이터 없는 4층이다. 다시 시작하리라. 올겨울을.

수첩에 적어 놓은 어디선가 본 구절로 마무리한다.

숲은 아름답고 어둠은 깊다.
허나 나에게 지켜야 할 약속이 있고
잠들기 전 몇 마일을 더 가야만 한다.
잠들기 전 몇 마일을 더 가야만 한다.

  마라톤은 자신감이다

열일곱 번째 도전

2022년 11월 6일 7시 45분

마지막 풀코스에 도전한지 13년 만에 다시 42.195km 마라톤 Start Line에 섰다. 공식 대회 명칭으로는 '2022 LIFEPLUS JTBC SEOUL MARATHON'이다. 예전의 중앙 마라톤의 다른 이름이라 생각되지만, 코스도 새롭게 설계하여 한강 다리를 3개씩이나 넘나들면서 서울 시내를 관통하는 코스로 짜여 있다.

짧은 마라톤 바지 주머니에 후불교통카드가 내장된 신용카드 한 장과 현금 5만 원을 준비하고, 여차하면 지하철을 타던지, 택시를 타리라 생각했다. 주변에 참석자 둘이서 "카드를 챙기면 마음이 약해질까 봐 안 가지고 왔다."라는 이야기를 나누는 소리도 들렸지만 나는 개의치 않았다.

13년 만의 풀코스 도전이라 내 몸의 상태가 과연 어떨지 감이 잡히지 않았기 때문이다. 훈련 거리 중 가장 먼 거리인 30km를 달릴 때, 27, 28, 29km가 거의 37, 38, 39km처럼 느껴졌기 때문에 완주에 자신이 없었다.

마라톤은 '30km까지는 달리고, 30km 이후부터가 진정한 마라톤이다.'라는 이야기는 마라톤을 시작한 20년 전이나 지금이나 이 말은 변하지 않는 진리이다. 아마도 기원전 490년 마라톤 평원에서 수적으로 불리한 아테네군이 페르시아 군대를 물리치고, 이 기쁜 소식을 전한 전령 피디피데스(Phidippides) 또한 이 진리에서 예외이지는 않았으리라.

그리고 무엇보다 두려웠다. 오금이 떨어지지 않아 한 발짝도 움직일 수가 없는 모습이 자꾸 상상되었기 때문이다. 하도 오랜만이라 예전의 풀코스를 할 때의 마음가짐과는 달리 자신감도 많이 떨어져 있었고, 몸도 마음도 많이 위축되어 있었다. 생물학적으로 그럴 수 있는 나이에 접어들었다.

이번에 JTBC 마라톤 대회에 참석하기로 한 것은, 2022년 7월경 미국 서부 시애틀에서 아들과 레이니어산과 올림픽파크 등 로키산맥 트레킹 중에 누군가가 JTBC 마라톤 대회에 참가 신청을 하면 몇 명 추첨하여 보스턴 마라톤대회에도 보내 주니 한번 신청하라고 해서였다. 트레킹하는 도중 와이파이도 잘되지 않는 산속에서 어렵게 신청을 했다.

아들과 18박 19일의 트레킹을 끝내고, 무더운 8월부터 훈련일지를 쓰기 시작했다. 총 달린 거리는 8월 39km, 9월 169km, 10월 275km를 달렸다. 마지막 한 달간 달린 거리 275km는 내가 한창 달리기를 할 때, 최고 기록(3시간 29분)이 나온 13~14년 전의 훈련량과 비슷하다.

JTBC Full 마라톤 훈련일지

날짜	요일	장소	거리	시간	내용
8월 23일	화	천호지	3	30	비 맞다. 마음은 우중주가 꿀뚝 같았으나 여분의 옷과 준비물 부족으로 포기하다.
8월 24일	수	천호지	4	25	아내와 함께 걷다. 길가에 연보라색 칡꽃이 떨어져 있다. 색깔이 참 이쁘다.
8월 25일	목	하천길 걷다		50	동네 하천 길 걷다. 배추밭 비닐 씌우다.
8월 26일	금	하천길 따라 천호지 가다	10	70	달리기에 가장 좋은 날씨가 되다. 처음으로 달린 코스이다. 만족하다.
8월 27일	토	신방동 하천길 달리다	7	55	8분 페이스로 걷다가 달리다 하다.
8월 28일	일	보조경기장 달리다	7	43	6분 04초 페이스로 운동장 뱅글뱅글 돌다. 회원들과 식사하고 커피 마시다.
8월 29일	월				뭘 했는지 기억나지 않는다.
8월 30일	화	원성천 걷다	5	50	아내와 함께 걷다.
8월 31일	수	태조산 야영장	3	44	비 오다. 우산 쓰고 14분 페이스로 걷다.
월간 계			**40**	**367**	**6**
9월 1일	목	원성천 달려서 천호지 가다	10	68	날씨가 많이 선선해지다. 킬로당 7분의 속도로 달리다. 시애틀에서 구입한 무릎 보호대 착용하고 달리다. 땀이 차는 것 외에는 대체로 만족하다.
9월 3일	토	신방동 체육공원 걷다	4	50	
9월 4일	일	보조경기장 걷다	6	30	마지막에 100m씩 인터벌 몇 개 하다. 땀을 많이 흘리다.
9월 5일	월	비 오다			태풍의 영향으로 비 오다.
9월 6일	화	비 오다			태풍으로 인하여 비 많이 오다. 사우나 들렀다 출근하다.

날짜	요일	장소	거리	시간	내용
9월 7일	수	원성천 달려서 천호지 가다	10	70	태풍 '힌남노'가 지나간 뒤라 도로 군데군데 물이 고여 있다. 조심해서 달리다. 새로 구입한 나이키 런닝화(178,000원) 신고 달리다. 나름 만족하다. 바닥에 착지하는 소리가 크게 들린다. 달리기 자세의 문제인지? 새 신발이라 그런지?
9월 8일	목				
9월 9일	금	천호저수지 뛰다	12	75	혼자서 달리다가 신부동 팀과 다섯 번째 바퀴 같이 뛰다. 정수형이 밥 사다.
9월 10일	토	추석날			장모님 단국대 병원 응급실로 모시다.
9월 11일	일	업성저수지 1과 2/1바퀴 돌다	8	60	두 번째로 업성저수지 달리다. 몇 개의 달리는 코스가 나올 듯하다.
9월 12일	월	천마클 광시 마라톤 참가하다	22	147	오랜만에 하프마라톤 달리다. 땀이 비 오듯 하다. 발바닥에 물집이 잡히려고 한다. 바셀린이 필요하다. 광시 한우타운에서 식사하다. 가성비 높다. 맥주 몇 잔 마시다.
9월 13일	화	동네 뒷산 오르다	3	30	동네 뒷산 오르다가 비가 오는 듯하여 서둘러 내려오다.
9월 14일	수	안서저수지 주변 한바퀴 돌다	7	56	일어나자마자 물 한 컵과 혈압약 챙겨 먹다. 운동 전 145/95 운동 후 125/90
9월 15일	목	안서저수지 2바퀴	5	31	좀 빠르게 달리다. 단대병원에 입원한 장모님 간식 챙겨서 넣어 드리고 아내랑 같이 운동하다.
9월 16일	금	안서저수지	6	45	계속 늦게 나오다. 사우나 들리다. 오후에 출근하다.
9월 17일	토	신방동 주민생활센터	10	68	일교차가 크다. 아침에는 쌀쌀한 느낌이나 금방 땀이 나다.
9월 18일	일	불당동 시청 주변 달리다	7	45	보조경기장 3.3km 두 바퀴 돌다. 천마클 회원들 공주백제 마라톤 정기대회 참가하다. 땀 한 바가지 흘리다. 경기 참가자들 탈수 탈진자 속출하다.
9월 19일	월	원성천 따라 천호지 가다	10	68	
9월 20일	화	아내와 차로 제주여행하다 제주 올레길 걷다			20일 01시 목포항에서 퀸스제노비아에 내 차 가지고 타다.

마라톤은 자신감이다

날짜	요일	장소	거리	시간	내용
9월 21일	수				풍랑주의보 발령으로 1시 배편이 5시로 변경되다.
9월 22일	목	아내와 차로 제주여행하다 제주 올레길 걷다			제주에서 목포 오다. 22:30분 천안 도착 하다.
9월 23일	금				
9월 24일	토	천호지 6바퀴 뛰다	14	88	30분 먼저 나와서 두 바퀴 뛰다. 창재와 나머지 4바퀴 돌다. 신부동팀 8명과 아침 해장하다.
9월 25일	일	신방동 하천 상행	10	60	천마클 회원들과 동반주 하다. 처음으로 하천길 상행을 뛰다.
9월 26일	월	천호지 주변 뛰다	7	52	병원 들러 몇 가지 처방 받다. 조금 우울 하다.
9월 27일	화	CRIC조찬포럼 참석하다			사무실 회식하다.
9월 28일	수	천호지에서 신부동으로 뛰다	9	65	회식 이후 컨디션이 좋지 않다. 몸이 무겁 다. 마트에서 마라톤 장갑(18,000원) 구 매하다.
9월 29일	목	원성천 왕복하다	10	69	원성천 따라 신방동으로 왕복하다. 집에 와서 배추벌레 잡고 처음으로 호박 2개 따다.
9월 30일	금				쉬다.
			169	1177	20
10월 1일	토	봉서산 걷다	5	50	헌욱이와 걷다. 승수는 뛰고.
10월 2일	일	원성천 따라 신방동 왕복하다	14	100	혈압약을 먹어서 그런지 몸이 조금 가벼 운 느낌이다.
10월 3일	월	비 오다			비 와서 믹내저님꽈 사우니 디녀오디.
10월 4일	화	천호저수지 5바퀴 돌다	12	73	퇴근해서 차량에서 옷 갈아 입고 뛰다. 회 사 일로 스트레스 많이 받다.
10월 5일	수	뛰지 못하다			저녁 약속이 있어 뛰지 못하다. 씨 뿌려 놓 은 청갓에 비닐 씌우다. 싹이 나지 않는다.
10월 6일	목	원성천 왕복하다	10	57	몸이 조금 무겁다.

날짜	요일	장소	거리	시간	내용
10월 7일	금	천호저수지 4바퀴 돌다	7	60	스트레칭하다. 날씨가 점점 싸늘해지다. 달리기용 장갑 끼고 달리다. 급여일이다. 4일 근무 3일 휴무, 일하는 시간이 부족하다.
10월 8일	토	보조경기장	8	51	3.3Km 두개 돌고 운동장 몇 바퀴 돌다. 새로 개발한 해장국집에 가다.
10월 9일	일	보조경기장	5	30	천안마라톤 클럽 회원들과 같이 달리다. 산림조합에 들러 가을 꽃 몇 개 구입하다.
10월 10일	월	원성천 따라 단대 3바퀴 돌다	22	141	가을비 조금 맞다. 찻집에 들러 라떼 한 잔 마시고 한참 앉아 쉬다가 다시 뛰다.
10월 11일	화	천호저수지 주변 천천히 돌다	5	38	아침 햇살 퍼지는 가을 아침이 참 좋다. 따뜻한 커피 한 잔 뽑아와서 사무실에서 마시다.
10월 12일	수				거래처 미팅과 저녁 월례모임 있어서 달리지 못하다.
10월 13일	목	업성저수지 3바퀴 오후에 돌다	12	78	지인 만나서 호숫가에서 간단히 저녁 먹다. 자동차 수리 및 바퀴 교체하다.
10월 14일	금				잠들기 전 차가운 맥주 한 잔에 치즈 먹고 배탈나다. 점심은 죽으로 떼우다. 음식 조심해야겠다.
10월 15일	토	원성천 → 곡교천 → 아산 터미널에서 버스 타고 귀가하다	30	217	아! 멀다. 풀코스 완주가 결코 아무에게나 주어지는 것이 아니라고 생각한 하루였다. 걱정스럽다. 남은 보름의 기간 동안 얼마의 준비가 필요한지 몸소 체험하다. 아산 '좋은아침' 커피숍에서 따뜻한 한 잔의 라떼를 잊을 수가 없다.
10월 16일	일	천마클 보조 경기장 나오다	2	15	어제 장거리 훈련해서인지 온 몸이 많이 삐걱거리다. 살살 몸 풀기 조깅하다. 대회가 여러 개 있어서 회원들이 많이 나오지 않다. 평택/당진/유관순마라톤 등
10월 17일	월	원성천 따라 천호지 도착하다	10	71	아내가 마중 나오다. 아침 기온이 조금 내려가다. 7도라고 한다. 가을의 초입이다. 양파를 심어야 한다.
10월 18일	화	천호지 외곽 2 내곽 2바퀴 돌다	10	69	금년 중 제일 춥다고 하는 날이지만 뛰니까 땀이 난다. 은행잎이 금방 노랗게 물들겠다.
10월 19일	수	원성천 달리다	6	42	

마라톤은 자신감이다

날짜	요일	장소	거리	시간	내용
10월 20일	목	원성천 달리다	7	50	예전 회원(85세) 만나서 한참 이야기하다. 아직 건강하시다. 드시는 약도 없으시다고 한다. 대단하다.
10월 21일	금	원성천 달리다	11	68	어제 부족한 부분 채울려고 좀 길게 달렸으나 1Km 추가하다.
10월 22일	토	봉서4인과 함께 하다	27	195	원성천 → 천호지 도착. 천호지 혼자서 3바퀴 승수랑 4바퀴, 도합 7바퀴 돌다. 발바닥이 아프다. 다시 뛰어서 집으로 가기로 했으나 창재랑 해장하느라 헌욱 차 타고 집에 가다.
10월 23일	일	보조경기장 걷다	2	20	클럽에서 춘천마라톤 정기대회 참가로 몇 명만 나와서 간단히 몸 풀다.
10월 24일	월	천호지 달리다	11	73	일찍 퇴근하여 천호지 5바퀴 돌다 날씨가 쌀쌀해지다. 고혈압약 처방 받아오다.
10월 25일	화	업성저수지 3바퀴 돌다	12	82	업성저수지 10바퀴를 돌아야 풀코스 완주이다. 다섯바퀴가 하프이고 또 다시 다섯바퀴.
10월 26일	수	천호지 주변 신부동 달리다	7	50	회사 일정이 빡빡하여 아침에 달리다.
10월 27일	목				1시에 깨어 4:30에 잠들다. 맥주 한 캔 마시고 잠들었더니 술 기운이 깨면서 잠도 깨다.
10월 28일	금	원성천 따라 천호지 3바퀴 돌다	19	130	다시 한번 풀코스가 멀다는 생각이 든다. 자신감이 자꾸 떨어지다. 위축되다. 원성천 → 천호지 10km 천호지 3.5바퀴.
10월 29일	토	배방 곡교천 달리다	7	45	승수와 달리다
10월 30일	일				뛰지 못하다. 많이 아쉽다. 서울 이태원에서 할로윈데이 참사가 일어나다. 밤새 아들 핸드폰이 꺼져 있어 걱정하다가 잠을 제대로 자지 못하다.
10월 31일	월	신방동 행정복지센터 → 원성천	14	97	어제 못 뛴 거리 뛰다고 거리 좀 늘리다. 마사지 받고 퇴근하다. 몸이 많이 뻣뻣하다고 한다.
			275	1902	32
11월 1일	화	천호저수지 세바퀴 돌다	8	55	스트레칭하고 사우나하고 라떼(디카페인) 한 잔으로 몸 따뜻하게 데우다.

날짜	요일	장소	거리	시간	내용
11월 2일	수	천호저수지 두바퀴 돌다	6	40	사우나하고 10:30 출근하다. 서서히 거리 줄이고 컨디션 조절하다. 단풍이 이렇게 아름답고 이쁜지 새삼 깨닫는 가을 아침이다.
11월 3일	목	천호저수지 돌다	4	35	걷다 뛰다 하다. 스트레칭 많이 하다.
11월 4일	금	천호저수지와 주변 운동장 돌다	5	43	단대저수지 주변을 오후 16시 30분에 달리다. 은행잎이 금방 지려고 하다.
11월 5일	토	신방동에서 하천 따라 걷다	8	60	봉서2인과 하천길 따라 걷다.
11월 6일	일	D-day			04:43:50으로 완주하다

훈련일지를 작성하면서 살아 있음을 조금씩 느끼기 시작했다. 아직도 해야 할 일도 많이 있음을 알았다. 한 달 중 4~5일을 빼고는 매일 조금씩이라도 달리고자 했다. 전날 먹은 것이 체해서 도저히 뛸 수 없거나 비가 오는 날 외에는 가능한 달리고자 애썼다.

회사의 출근 시간이 조금씩 늦어졌다. 직원들에게 양해를 구했다. 이해할 수 없다는 표정이다. 하기야 그럴 만도 할 것이다. 꼭두새벽에 10km 가까이 달리기하고 출근 시간이 자꾸 늦어지는 사장을 누가 이해할 것인가?

새벽 4시 알람이 울린다. 아내도 같이 일어났다. 전날 해 놓은 찹쌀밥 반 공기를 먹고 바나나 3개와 초콜릿 1줄을 가방에 챙겼다. 이는 20년 전이나 지금이나 거의 변하지 않는 루틴이다. 전날 저녁에 잘라 놓은 무릎 테이핑 테이프와 바셀린, 선크림, 마사지용 크림, 선글라스를 챙겼다. 오랜만이지만 그래도 예전 열여섯 번의 풀코스와 하프대회 참가 노하우가 있으니, 짐 챙기는 것이 그리 어렵지 않다.

4시 30분 출발한 마라톤 전세버스에서 바나나 1개와 약밥 1줄과

 마라톤은 자신감이다

물 한 병을 준다. 아내에게 문자를 보내려는데 '약밥'이라는 단어가 생각이 나지 않아 한참을 생각했다. 노화현상일까? 나만 그런 건가? 걱정스럽다. 사람 이름이 갈수록 더 생각이 나지 않는다. 컴퓨터를 켰을 때 모래시계가 한참을 열려 있듯이, 기억회로가 컴퓨터 화면의 모래시계처럼 열려 있는 시간이 자꾸만 길어지는 듯하다.

버스 안의 실내등을 끄니 다시 한밤중이다. 잠이 오지 않는다. 상암 월드컵 경기장에 도착하여 화장실을 다녀 온 후 옷을 갈아입었다. 마라톤 팬츠는 집에서 입고 와야지 하는 생각을 했다. 무릎 테이핑과 발바닥 테이핑 같은 것도 시간 여유를 가지고 천천히 해야지 하는 생각이 든다. 짐을 맡기고 함께 참가하자고 권유한 일산호수마라톤 클럽의 김인원 선배를 만나 사진 한 컷을 찍었다. 이분은 올해가 회갑이라서 띠동갑들 몇 명이서 회갑 기념 풀코스를 달리기로 한 모양이다. 같이 뛰기로 한 막내 처남에게 전화했으나 받질 않는다.

대학 4년 동안 숙식을 함께 한 인연 깊은 선배의 추천으로
13년 만에 풀코스 마라톤 다시 시작하다. 출발하기 前

출발 라인에 섰다. 날씨가 조금 쌀쌀하다. 최근 3년간의 기록이 없어 앞 그룹에 배정받지 못하고 가장 뒷 그룹인 D조에 배정받았다. 가장 많은 사람들이 D조를 배정받은 듯싶다. A조 근처에서 어슬렁거리면서 혹 벗어 던진 비닐 우의가 있는지 기웃거렸다. 클럽의 후배를 만났다. 한 치의 망설임 없이 입고 있던 비닐 우의를 벗어 준다. 얼마나 고마운지…. 배려하는 마음이 정말 예쁘다.

일주일 전 일어났던 이태원 사고의 영향으로 시끄러운 음악 소리와 축제 분위기를 지양하고자 하니 양해를 바란다는 안내 멘트가 나온다. 충분히 이해한다. 하루 빨리 선진 안전 사회, 신뢰 사회가 되어 이러한 억울하고 후진적인 사고로 꽃다운 젊은이들이 더 이상 희생되는 일이 없어야 한다. 마음이 많이 아프다. 희생자의 명복을 비는 묵념을 하고 엘리트 그룹이 출발하고 A그룹부터 차례로 출발한다.

5분여를 기다렸다가 D그룹의 카운터 다운이 시작되었다. 출발 신호가 울리고, 밀물처럼 사람들이 쓸려 나간다. 시계를 보니 5분 30초의 페이스이다. 이렇게 빠를 수가 없다. 나는 6분 50초의 페이스로 5시간 안에 완주하는 것이 목표이다. 기록은 언감생심 꿈꿀 수 없고, 도로 교통 통제가 풀리기 전 5시간 안에 완주하여 회수 버스나 지하철을 타지 않는 것을 일차 목표로 했다.

속도를 줄여 본다. 많은 사람들이 앞질러 나가고 있다. 도저히 D조(최근 3년 이내 풀코스 기록이 없는 그룹)라고 생각지 못하는 속도이다. 속도를 줄였지만 그래도 6분 초반대의 속도이다. 속으로 늦게 더 늦게라고 외치며 달려간다.

금방 양화대교에 도착하여 5km 지나 여의도로 접어든다. 노란 은행잎이 떨어지기 시작한다. 날씨가 달리기에는 더없이 좋다. 여의도 공원과 KBS 여의도 본관을 지나 마포대교를 지나 10km 지점에 도

   마라톤은 자신감이다

달했다. 아직까지 별다른 이상이 없다. 모두 빠르다. 많은 사람들이 추월하여 지나간다. 개의치 않다. 나만의 속도로 달리자고 다시 한번 마음먹었다. 공덕역 사거리에서 집이 가까운 아들이 혹 응원 나와 있으려나 싶어 둘러보았다.

광화문 세종대로에 들어서는 서소문 쪽의 내리막을 지나 15~17km 지점에 접어들면서 광화문의 넓은 길이 보인다. 차 없는 이 도심 한가운데를 언제 또 뛰어 볼지. 연신 주변을 두리번거리면서 달린다. 버스에서 받은 콩알만 한 포도당 2알 중 1알을 까서 물 없이 녹여 삼킨다. 짭쪼름하면서 사탕보다 더 기분 좋은 힘이 나는 듯하다. 나머지 한 알은 30km 지점에서 먹기로 했다. 드디어 하프를 지나서 저 멀리 천호대교의 이정표가 보인다.

'시작이 반'이라고 벌써 하프 지점이다. 이제 남은 거리가 달려온 거리보다 적다. 아직까지 별다른 이상은 없다. 하프 기록 2시간 17분 46초 지극히 정상적인 속도다. 더 이상의 욕심은 금물이다. 끝까지 이 상태로만 달리길 소원하며 달리고 또 달린다.

천호대교를 지나기 전 25km 지점에서 큰 소리로 옆 사람이 들릴락 말락 하게 "10km만 더 가자." 하고 나지막히 말했다. 27km를 지나 천호대교를 지나며 '한강 다리가 참 길다.'라는 생각을 했다. 달리면서 다리 끝부분 난간에 아픈 다리를 올리고 스트레칭을 하고 싶었지만 어씨 달리나 보니 그냥 지나쳤다.

아, 드디어 소원하던 30km 구간에 접어들었다. 3시간 18분의 기록이다. 이제부터가 진정한 '빵가메'2이다.

---

2 심성보 감독의 영화 '해무'에 중국에서 밀입국하는 홍매와 순진한 여수 뱃놈 동식이가 컵라면을 가지고 대화하는 장면에 나오는 말이다. 홍매가 컵라면을 중국에서는 '빵가메'라고 하니까 동식이가 '원조 뱃놈의 진정한 빵가메는 라면에 해삼, 꽃게, 멍게, 문어, 뿔소라 넣고 마지막에 청양고추 팍 썰어 넣은 것을 말한다.'고 하는 대화에서 따온 것이다.

속도와 기록에 관계없이 13년 만의 완주가 목표인 나에게는 가장 조심스러운 구간이다. 한 발 한 발 내디딘다. 1km씩 지나가는 속도가 느낌상으로 이상하리만큼 상당히 빠르다. 35km 지점에 다다러서야 이제는 완주할 수 있으리란 예감이 든다. 종합운동장에 다가갈수록 사람들이 많이 모여 있다. 큰소리로 화이팅을 외쳐준다. 힘이 난다.

그전까지의 풀코스 중에서 가장 힘든 구간을 이야기하라고 하면 35~40km 구간이다. 이 구간은 정말 1km가 그렇게 멀 수가 없었다. 하지만 이번에는 정말로 1km를 생각보다 쉽게 지나간 듯하다. 달리기 고통은 훈련량에 비례하는 듯하다. 흘린 땀 한 방울 한 방울이 풀코스 한 걸음 한 걸음이 되어 지금 이 시간 이 장소에서 나타나는 것이리라. 이는 2개월 반 동안 흘린 땀방울의 결과이리라. 30km 초반에 오른쪽 발바닥의 물집이 고통스러웠다. 그게 35km 이후에는 아프지 않은 것은 아니지만 점점 잊혀져 가는 것 같다. 고통에 적응하기 위하여 우리 인간의 뇌에서 고통 망각 호르몬을 분비하는 것이라고 어디에선가 본 듯하다. '러너스 하이' 또한 이와 동일한 작동 원리가 아닌가 생각한다.

러너스 하이(Runner's High)에 관여하는 뇌에서 분비하는 화학물질로는 엔도르핀(endorphin), 도파민(dopamine), 세로토닌(serotonin), 엔도카나비노이드(endocannabinoid) 등이라고 한다. 이는 통증을 줄이고 긴장을 완화하며, 기분을 안정시키고, 행복하게 한다고 한다.

마의 35~40km 구간을 지나고 마지막 물을 마시는 40km 구간에서 막내 처남을 반갑게 만났다. 반가웠다. "내 앞으로 달리지 말고 내 뒤에서 따라오라."라고 윽박지르고 앞으로 나아갔지만 얼마 못 가서

   마라톤은 자신감이다

13년 만의 완주 후 받은 메달

금방 추월당하고 말았다. 잠실운동장의 스타디움으로 들어갔다. 막내 처남은 나보다 2분 빨리 도착해 4시간 41분의 기록을 얻었고, 나는 4시간 43분에 도착했다.

아! 13년 만에 느껴 보는 완주의 이 기쁨. 이 성취의 기쁨을 도대체 무엇과 바꿀 수 있다는 말인가? 매번 느끼지만 감개무량하다. 앞으로 뭐든지 할 수 있을 것 같은 자신감이 생긴다. 아직 나도 녹슬지 않았다며 안도감도 들고, 그동안 돌보지 못했던 내 몸에 미안한 마음도 든다. 그리고 그 외에도 수많은 감정들이 지나간다. 결승선에서 다리에 쥐가 나 힘들어하는 처남과 사진 한 장을 찍고 메달과 물을 받았다. 분홍색의 끈에 매달려 있는 은색의 완주 메달이 보름달만 하다고 느낀 것은 나만의 착각인가.

스타디움을 나와 옷을 갈아입고 클럽 회원들이 모여 있는 식당으로 향했다. 잠실 메인 경기장을 벗어나 야구장 앞에서 핸드폰을 확인하니 아들의 문자가 와 있다.

– 아빠 어디예요? 도착하면 연락 주세유.

늦게 도착한 데다가 운동장 결승 라인을 못 찾아서 한참을 헤매다가, 아버지가 도착하는 장면을 놓치고 말았다고 한다. 아들과 상봉했다. 냉큼 아버지의 운동 가방을 빼앗아 메고 클럽 회원들의 식당까지 동행해 주고 헤어졌다.

"용돈이 필요하냐?" 하고 물으니 자기도 버는 게 있다고 사양한다. 아르바이트해서 학생이 벌어 봤자 얼마를 벌겠냐마는 그래도 대견하다. 뭐라도 사 먹여서 보내야 하는데 좀 미안하다.

"아들아! 고마워 마중까지 나오고."

식당에 도착하니 클럽 회원들은 거의 다 식사를 하고 나오는 중이었다. 식사 안 해도 된다고 하고 단체 사진을 찍고 버스로 향했다. 정기 대회도 아니고, 클럽 에이스들만 참석했다 보니 모두들 기록이 어마했다. 내가 꼴찌이다. 내 바로 위 기록이 1시간이나 이른 3시간 40분대의 기록이다. 이러니 식사를 할 수가 없다.

그렇지 않아도 민폐가 될 듯싶어 전세버스를 타지 않고 개인적으로 움직이려고 했었지만 서울이고 운전하기도 만만치 않아 버스를 탔다. 그것도 대회 며칠 전에 버스를 타겠다고 신청했다. 내려오는 버스 안에서 잠깐 10분 눈 감았나 싶었는데 천안에 도착했다. 뒤풀이 장소로 향하지 않고 집으로 향했다.

이로서 13년 만의 새로운 도전이 끝났다. 13년 만에 느껴 보는 완주의 희열을 이 완주기에 다 쓰기에는 나의 글솜씨가 너무 미약하여 아쉽다.

풀코스를 달리지 않았던 지난 13년 동안에도 여지없이 많은 일들이 일어났다. 16년 가까이 운영한 사업은 이제 외감법인이 되었다. 나의 버팀목으로 늘 한결같으셨던 아버지께서는 2020년 3월 8일 96세의 연세로 하늘나라로 떠나셨다. 내년 3월이면 3주기이다. 먼저 돌아가신 어머니 곁에서 영면하시리라.

이제 다시 달리고자 한다. 물리적 공간과 시간만을 달리는 것이 아니라, 나의 삶 전체를 다시 달리도록 하고자 한다. 마라톤만큼 우리 삶을 새롭게 리셋하기에 좋은 운동은 없다고 생각한다. 어두운 새벽의 차가운 공기와 마주하면서 헝클어진 생각들을 피하지 않고 온전히 부딪혀 보고자 한다. 이번 JTBC 마라톤 풀코스에 도전하여 완주한 이 기쁨은, 앞으로 얼마가 남아 있을지 모르는 내 삶의 커다란 자극이자 전환점이 되리라 생각한다.

강물을 생각하려 한다.
구름을 생각하려 한다.

그러나 본질적인 면에 대해서는
아무것도 생각하고 있지 않다.
나는 소박하고 아담한 공백 속을,
정겨운 침묵 속을 그저 계속 달려가고 있다.

그 누가 뭐라고 해도,
그것은 여간 멋진 일이 아니다.

무라카미 하루키

한 달 보름여 뒤에 도착한 우편물에 JTBC 서울 마라톤의 코스 레코드는 다음과 같이 기록되어 있다.

15년 전에 비해 참가비가 비싸졌지만 보내온 물품 또한 한 보따리이다. 달리기용 티셔츠와 허리에 차는 소형백, 무릎 및 근육 테이퍼링 테이프, 소염진통 마사지젤, 달리면서 짜 먹는 파워젤, 쿨맥스 자외선 차단 팔 토시, 물품 보관용 중형 비닐과 배번호

1. SUB-3. 330. SUB-4 기록보유자 19년 대비 최대 70% 증가

2. 메이져 3사 풀코스 출전 기록을 보유한 완주자 40%가 자신의
   PB를 갱신

3. 미스터즈 1위 2:26:16 기록 포함 SUB 330 완주자 총 1,500여 명

4. 젊은 풀코스 참가자가 늘어났다. 19년 대비 30대 79% 증가

5. 10K 완주율 99%, 풀코스 완주율 90.5%로 풀코스 완주율 19년
   대비 10% 증가

6. 여성 풀코스 주자 완주율 19년 대비 18.7% 증가

회갑(回甲) 나이에
열여덟 번째 풀코스 완주하다

2024년 10월 13일 MBN 전국 나주 마라톤대회

무더위가 거짓말처럼 물러가고 가을비가 충만하게 내리는 아침이다. 마음 또한 충만하다. 어제 MBN 전국 나주 마라톤 대회에 참가하여 풀코스를 완주했다. 공식기록으로는 4시간 35분 21초. 2022년 10월 JTBC 서울 마라톤에 참가하여 완주한 지 2년 만이다.

또 하나 의미 있는 것은, 만 60세 회갑 기념으로 풀코스를 완주했다는 것이다. 클럽의 동갑내기 한 분과 같이 참석했다. 준비해 간 플래카드와 화관을 쓰고 기념사진을 찍었다. 완주의 고통과 기쁨 또한 같이 느꼈다.

서른아홉의 나이에 달리기에 입문하여, 매일은 아니지만 회갑을 맞이하기까지 20년 가까이 달리기를 해 왔다는 것은 나름대로 의미가 있다고 생각한다. 물론 중간에 '만성 구획증후군'이라는 듣도 보도 못한 근육 고장으로 일여 년간 쉬었지만.

만 60세 회갑 기념으로 풀코스 완주 후 기념 촬영

얼마 전 어떤 사적인 모임에서 사업을 크게 하시는 회장님께서 이렇게 물으셨다.

"황 대표님은 사업 시작하신 지 몇 년 되셨나요?"

내가 "거의 17년 가까이 됩니다."라고 이야기했더니, "저는 어떤 일이든지 10년 이상 하신 분하고만 같이 사업을 합니다." 하시면서 "어떤 일이든지 그 바닥에서 10년은 해 봐야 산전수전 겪었다고 말할 수 있으며, 어떤 어려움이 있더라도 능히 헤쳐 나갈 수 있는 경험과 신뢰가 갖추어집니다."라고 말씀하셨다.

맞는 말씀이라고 생각한다. 어떤 분야에서든지 10년 이상 하면 도가 트일 만하며, 상대의 초식을 읽는 충분한 내공은 쌓였다고 생각한다.

용혜원 시인 또한 어느 조찬 강연에서 이렇게 말씀하셨다. "붓으로 한일(一)자를 10년 동안 쓰면 글자에서 강물이 흐른다." 굳이 채근담에 나오는 승거목단(繩鋸木斷) 수적석천(水滴石淺)(노끈으로 톱질하여 나무를 자르고 물방울로 바위를 뚫음)을 말하지 않아도, 어떤 일에서든 꾸준히 한 우물만 판다면 큰 결과를 이루리라 생각한다.

나도 20여 년간 달리기를 해 왔다. 산악자전거와 골프 때문에 잠시 소홀한 적은 있지만, 내 손에서 달리기를 아주 놓아 본 적은 없다. 다른 것을 하고 있어도 항상 달리기 주변에서 서성거렸다.

달리기와 함께 달리기 주변에서 늘 서성거려 온 나의 20여 년은 "달리기가 인생을 충분히 바꾸어 놓은 시간이었다."라고 말하고 싶다. 나는 그 변화를 직접 겪어 보았기에 자신 있게 말할 수 있다.

삶을 주도적으로 살고 싶다거나, 마음에 안 드는 자신의 어떤 부분을 바꾸고 싶다거나, 무엇이든 해낼 수 있는 자신감을 갖고 싶다거나, 누구에게도 말 못 할 마음속 깊은 상처를 떨쳐내고 싶다면 변화를 시

　　　　　　　　　　　　　마라톤은 자신감이다

도해야 한다. 달리기는 여기에 적합한 운동이다.

나도 이번에 완주를 위한 훈련을 하면서 여러 가지 변화를 시도했다. 모두 적중된 것은 아니지만 희망을 본 것도 몇 가지 있다. 아주 작고 사소한 것부터 시작해 보는 것도 좋다. 이것이 사소한 것인지 잘 모르지만 일단 해 보았다. 커피 적게 마시기, 10시 전후에 잠자리 들기, 가능한 하루도 달리기 빠지지 않기, 과식하지 않기 등이다.

> 라이프 스타일의 변화는 습관으로 자리 잡을 때까지 시간을 들여 우선순위를 삼다 보면, 결국 내가 원하는 변화는 찾아오게 된다. 그리고 그 변화는 오래 지속될 것이다. 중요한 것은 내가 정한 원칙의 일관성을 지키는 일이다. 새로운 습관으로 자리 잡을 때까지 우선순위로 정한 원칙을 일관되게 행동으로 옮기면 그만이다. 어쨌거나 삶의 우선순위에 해당하는 원칙조차 없다면 사는 동안 이리저리 흔들릴 뿐 앞으로 나아가기 쉽지 않다. 그렇기에 우선순위를 명확히 인식하고 큰 틀을 벗어나지 않는 원칙을 정한 다음, 상당한 시간을 들여 습관으로 만들어야 한다.
>
> 안철수, 『내가 달리기를 하며 배운 것들』 중에서

새벽 4시 10분에 알람을 맞추어 놓았다. 저녁에 낋여 놓은 삿죽으로 간단히 아침 요기를 했다. 이제는 죽 끓이는 것에도 일가견이 있다. 함께 가기로 한 마라톤 클럽의 훈련 이사님을 태우고 천안을 출발했다. 천안에서 나주까지는 2시간 반에서 3시간 가까이 걸리는 거리이다. 한 시간을 좀 지나자 졸린 듯하여 아내와 운전대를 바꾸었다. 잠깐 잠들었나 싶었는데, 벌써 나주 종합운동장에 도착했다.

이른 새벽에 이부자리를 정돈하면서, 오늘 저녁에 다시 이 자리에서 깊은 휴식이 가능할까 하는 생각도 잠깐 해 보았다. 인생은 그러한 것일지도 모른다. 다시 이 자리에 어제와 같은 모습으로 잠들 수 있다는 것이 얼마나 온전한 삶인지를 모르고 사는 것이 인생일 수도 있으리라. 평소와 다르게 어떤 비장함마저 드는 새벽 기상이었다. 내일의 상황이 어떨지 모르듯이, 1km 이후의 상황을 누가 알 수가 있다는 말인가.

목표는 내심 4시간 30분 안에 들어왔으면 좋겠다고 생각했지만, 마음 한편으로는 '그래 완주만 해도 어디야.'라는 생각이 든 것도 사실이다. 초반은 최대한 천천히 또 천천히 달리려고 했다. 하프를 지날 때까지만 해도 크게 어디 아픈 곳도 없었으며, 모든 것이 순조로웠다. 5km 지점에서 간이 화장실에 들른 것과 신발 끈이 풀어진 것 외에는 특별한 일이 없이 평화롭게 영산강 강변을 뛰었다.

강변의 은빛 갈대와 분홍색 코스모스는 어쩌면 저리 예쁜지…. 크고 너른 황금빛 나주평야는 풍년을 예감하는 듯하다. 이 코스는 영산강 강가를 따라서 끝까지 갔다가 돌아오는 것으로 아주 단조롭다. 고저도 크게 없으며 평탄하다. 넓은 도로는 교통 통제 탓에 더 넓어 보였다. 원 없이 쉼 없이 달리고 또 달렸다.

회갑이 다 된 중고차이지만 몇 가지 손볼 곳을 제외하고는 그래도 말썽 없이 굴러가는 것에 대해 스스로 만족한다. 물론 몇 가지는 아주 불만인 곳도 있다. 조만간 갈아 끼워야 할 부품이 있는 것도 사실이다.

마라톤 클럽에서 함께 간 동갑내기 회원과 훈련 이사님을 하프 반환점 이전에 만나서 30km 가까이 동반주했다. 이런저런 이야기들을 했으며 훈련 이사님께서 페이스메이커의 역할을 미안할 정도까지 해 주었다. 물컵까지 전달해 주는 페이스메이커를 본 적이 있던가. 이

  마라톤은 자신감이다

분들이 아니었으면 아마도 더 힘들었을지도 모른다.

일전에 보스턴 마라톤 우승자인 이봉주 선수를 초대하여 강연을 들은 적이 있다. 이봉주 선수는 "인생에 한 명 정도의 페이스메이커를 곁에 두어라."라고 말했다. 험한 세상과 1km 앞을 알 수 없는 광야에서 나를 이끌어 주고 기꺼이 희생하는 페이커메이커를 둔다는 것은 실로 엄청난 일이다. 이봉주 선수는 오인환 감독, 경쟁자였던 김이용, 황영조 선수도 페이스메이커였다고 말했다.

이봉주 선수는 인생의 마라톤을 완주하는 방법으로 다음과 같은 세 가지를 들었다.

> 1. 규칙의 힘을 믿어라.
> 2. 믿음직한 페이스메이커를 두어라.
> 3. 데드포인트에서 절대로 포기하지 마라.

이번 나주 마라톤에서 많은 경험을 했다. 페이스메이커의 위대함과, 예고 없이 갑자기 찾아온 데드포인트와 이를 극복한 경험, 하루도 달리기를 빼 먹지 않으려고 한 규칙의 힘이 어떻게 작용하는지도 경험했다.

2년 전과 이번 풀코스를 비교해 보면, 2년 전에는 10주 동안 506km를 뛰었다. 이번에는 7주 동안 515km를 뛰었다. 기간은 짧았지만 거리는 거의 비슷했다. 그러나 결정적인 차이가 있다. 2년 전에는 30km 이상 장거리 훈련을 해 본 경험이 있었지만 이번에는 30km 이상을 달려 본 적이 없었다. 그래서 내심 걱정이 컸다.

그리고 예상대로였다. 37km 지점에서부터 온몸이 굳어 한 걸음 내딛기가 점점 더 어려워졌다. 마라톤에서 말하는 바로 그 '데드포인트

(dead point)'가 찾아온 것이다. 흔히들 "인생은 마라톤과 같다."고 말 한다. 인생에서도 데드포인트는 찾아오며, 그 시점은 사람마다 다르게 찾아온다. 욕심이 앞서고 현실과 욕망의 균형이 흔들리면, 그 순간 우리는 쓰러진다. 그렇다면 데드포인트를 맞이했을 때 우리는 어떻게 해야 하나. 평소 꾸준한 연습과 준비 외에는 왕도가 없다. 지속주이든, 크로스컨트리이든, 인터벌이든, 무산소든, 유산소든 무엇이든지 해 두어야 한다.

데드포인트를 넘느냐 포기하느냐가 결과를 결정한다. 누구에게나 찾아오는 그 순간, 두려움에 주저앉지 말고 앞으로 나아가야 한다. 나는 완주했다. 데드포인트에 주저앉지 않았고 걷지 않았다. 포기할 수도 있었지만 오로지 달렸다. 그리고 완주했다. 멈추지 않고 끝까지 달렸다.

새벽 4시부터 시작한 감사하고 충만한 하루였다. 예순의 나이에 인생 숙제를 또 하나 풀었다.

영산강 은빛 갈대밭과, 황금빛 나주평야의 추억은 오래 기억될 것이다.

 마라톤은 자신감이다

마라톤 풀코스 도전 완주 기록

횟수	대회명	일자	기록	
1회	거제 마라톤	2003년 1월 12일	4시간 19분 58초	마흔의 나이에 처음 완주하다
2회	서울 마라톤	2003년 3월 12일	4시간 01분 16초	
3회	제천 마라톤	2003년 10월 5일	4시간 02분 50초	
4회	춘천 마라톤	2003년 10월 19일	3시간 41분 43초	
5회	고성 마라톤	2004년 2월 1일	3시간 53분 30초	
6회	충주 마라톤	2004년 2월 29일	4시간 15분 48초	
7회	서울 마라톤	2004년 3월 20일	4시간 12분 47초	
8회	금수산 산악 마라톤	2004년 9월 19일	4시간 43분 57초	
9회	백제 마라톤	2004년 10월 10일	3시간 46분 56초	
10회	춘천 마라톤	2004년 10월 24일	3시간 40분 07초	
11회	동아 마라톤	2006년 3월 12일	4시간 07분 05초	
12회	중앙 마라톤	2007년 11월 4일	3시간 34분 28초	
13회	서울 마라톤	2008년 3월 2일	3시간 59분 24초	
14회	동아 마라톤	2008년 3월 16일	3시간 29분 28초	최고 기록
15회	춘천 마라톤	2008년 10월 25일	3시간 57분 50초	
16회	춘천 마라톤	2009년 10월 25일	4시간 16분 14초	
17회	JTBC 마라톤	2022년 11월 6일	4시간 43분 30초	13년 만에 다시 완주하다
18회	전국 나주 마라톤	2024년 10월 13일	4시간 35분 21초	회갑기념 완주하다

제2장

달리며 확장된 나의 세계

당신이 달리겠다는 생각을 할 때부터
당신의 인생은 무지개입니다.
나는 달리지 않는다면 오랫동안 또는
행복하게 살지 않을 것이라고
단호하게 믿습니다.

- The Essential Runner의 막스 포퍼

10킬로 100회 달리기

2023년 초봄에 시작하다

한국 나이로 2023년에 60세가 되었다.

나에게만큼은 절대로 오지 않을 것만 같았던 60세가 드디어 내 눈앞에 나타났다. 새로운 정부에서 나이 계산법을 '만 나이'로 통일하는 방안을 채택한다고 한다. 이 기준이 채택되면 현재 나의 나이는 최대 두 살까지 어려진다. 내년 2024년 생일이 지나야만 만 60이 되는 것이다.

만 60이 되기 전까지 10km를 100회 달리는 목표를 세웠다. 5km를 달렸으면 0.5회이고 하루에 20km를 달렸으면 2회가 되는 것으로 했다.

1년 6개월에 10km씩 100회 달리는 것이 일반 러너들에게는 '식은 죽 먹기'일지 모른다. 하지만 나는 '러너'가 아니다. 러너를 흉내 내는 사람이다. 현재로서는 그렇다. 2023년 1월에 목표를 세웠지만 3월이 된 지금까지 4회가 전부이다. 이게 무슨 러너인가! 지난해 JTBC 마라

　　　　　　　마라톤은 자신감이다

톤 대회의 마지막 달에는 280여 km를 달렸으니 한 달에 28회를 뛴 셈이다. 그때만큼 달린다고 생각하면 3~4개월, 아무리 게으름을 피운다고 해도 4~5개월이면 달성하는 목표이다. 이것을 1년 6개월로 일단 길게 잡아 놓았다. 일찍 끝나면 또 다른 목표를 세우면 되는 일이다. 이제는 예전처럼 한계에 도전하는 그런 목표를 세우고 싶지는 않다.

이 책의 제목도 한때는 '구름 위를 걷듯이 뛰고 싶다'라고 정하려고 한 적이 있었다. '구름 위를 걷듯이'는 울트라 마라톤의 달리기 주법이다. 울트라 마라톤이라 함은 최소 100km 이상 국토 횡단 또는 종단을, 원 없이 밤낮을 달리는 종목이다. 이때는 일반 마라톤보다 체력소모를 극히 덜 하여야 한다. 그래서 보폭이라든가 팔 흔듬 등 달리기에 사용하는 모든 근육과 움직임을 가능한 적게 하여야 한다. 그러기 위해서는 행여 구름에 빠질세라 구름 위를 걷듯이 살금살금 쉼 없이 달려야 한다.

이제는 경주마처럼 박차고 달리기에는 나이도 많고 기력도 딸린다. 가능한 목표도 실현 가능한 현실에 바탕은 둔다. 나 같이 잘 달리지 못하고 오로지 인내와 끈기로 쉼 없이 불평 없이 달리는 사람은 '노역마(勞役馬)'라고 부른다. 이제는 나이가 들어 노역마로 쓰이기에도 벅참이 현실이다. 곧 있으면 퇴역마(退役馬)라고 부르는 날이 올지도 모른다.

이제는 어떤 코스를 달리든지 기록보다는 완주를 목표로 한다. 그것이 5km, 10km 또는 하프, 풀코스일지라도 기록보다는 완주를 목표로 한다. 예전에는 '기어가는 한이 있더라도 절대로 걷지는 않는다.'라고 스스로에게 닦달하고는 했지만 지금은 그렇지 않다. 걷기도 하고 쉬었다가 가기도 하고, 또 때에 따라서는 멈추기도 할 것이다.

또한 과감히 포기도 할 것이다.

15년 동안 다니던 직장생활을 그만둔 가장 큰 이유가 정년까지 직장생활을 못 할 것 같아서였다. 그 당시만 해도 직장인의 정년은 54세였다. 지금은 거의 모든 회사의 정년이 60세이고, 또 어떤 곳은 그 이상까지 정년을 늦추어 놓았지만 그때만 해도 54세가 정년이었다. 그 54세 정년까지 직장생활을 계속 다니지 못할 것 같은 예감에 불안했다.

IMF 때 구조조정의 칼날을 한 번 맞본지라, 회사에서 해고되었을 때의 '죽음보다 깊은 잠'을 더 이상 견디고 싶은 생각도 없고 자신도 없었다. 사표를 쓰기 전 몇 달 동안은, 자율신경에 의해 움직임이 느껴지지 않아야 할 심장의 박동 소리가 들렸다. 처음에는 한 달에 한 번 정도 들리고 느껴지다가, 보름에 한 번, 일주일에 한 번, 어떤 때는 하루에도 한 번씩 심장 박동 소리와 움직임이 감지되었다. 그 주기가 점점 빨라지고 있었다. '아 이러다가 내가 죽을 수도 있겠구나.'

마흔셋의 나이, 12월에 다니던 회사에 스스로 사표를 던졌다. 스스로 건너는 것을 자도(自渡)라 했듯이 스스로 건넜다. 나의 의지로 흙바람 부는 광야에 혼자 나왔다. 아무런 대책 없이. 어찌하여 6개월가량을 '맨땅에 헤딩'을 하다가 지인의 사업 제안을 수락하여 현재에까지 이르렀다. 사업 개시한 지 16년째이다. 2년째 외감법인을 유지하고 있으며 2022년에 특수관계인의 법인을 하나 더 설립하여 운영하고 있다.

다시 달리기 이야기로 들어가 보자. 언제 어느 꼭지에서 말한 듯싶은데 회사를 그만두면 금방 SUB-3를 할 것 같았다. 웬걸 회사를 그만둔 이래로 풀코스를 몇 번 뛰었는지 기억이 가물가물하다. 힘든 달리기가 시들해졌으며, 그즈음 골프를 시작했다.

　　　　　　　　　　　　　마라톤은 자신감이다

오전에 달리기를 하고 퇴근 후 골프 연습을 하는 것이 불가능했다. 그리하여 달리기가 주말에 친구들 만나러 가서 아침밥 먹고 오는 수준으로 전락해 버렸다. 달리기에 시들해지고 골프를 시작한 이래로 나의 정신과 육체도 시들해진 듯하다. 지금 와서 생각해 보면.

달리기에 시들해진 50대 중반에 여기저기 고장 나는 소리가 들렸다. 갑자기 손발이 차가워졌다. 친구들과 냇가에서 고동을 잡으러 갔는데 발이 시려워서 냇물에 들어갈 수가 없었다. 소화력이 떨어져 아침을 먹어도 체했으며, 저녁을 먹어도 체했고 특히 오후에 간식을 먹으면 무조건 체할 정도였다.

무엇인가 전환이 필요했다. '그래 집을 옮기자.' 샘플 하우스를 보고 온 이틀 후에 타운하우스 단독주택 시공 계약서에 도장을 찍었다. 20년 이상을 아파트에서 살아 봤으니 전원주택에서 나만의 공간을 가지고 싶었다. 또한 지금까지와는 다른 나의 삶을 살아 보고도 싶었다. 집 짓기의 어려움을 많이 들어서 의사결정이 많지 않을 것 같은 타운하우스의 단독주택을 선택했다.

그러나 많은 의사결정과 판단이 필요 없는 만큼, 또 다른 속 썩임이 부지기수였다. 우여곡절 끝에 입주했다. 이 글을 쓰고 있는 지금 햇수로 6년째, 문 열면 마당을 밟는 단독주택의 봄을 맞이했다.

100회 목표 중 12회

2023년 4월 9일 제19회 예산 윤봉길 마라톤대회 하프 코스

주말에만 5km 또는 10km 미만으로 몇 번 달리고 하프 마라톤에 도전했다. 힘들었다. 아주 힘들었다. 지난 20여 년간 달리면서 깨달은 '연습하지 않고 쉽게 달리는 왕도는 이 세상에 없다.'라는 사실을 다시 한번 깨달은 날이다. 출발 전부터, 아니 전날 저녁부터 후회가 밀려왔다. '10km만 신청할걸…' 하고 후회했다.

그러고는 걱정스러웠다. 주로에서 다리가 굳어서 앞으로 가지도 걷지도 서지도 못하는 상상이 현실이 되지 않을까 하고…. 사실 잠도 제대로 자지 못하고 선잠을 자다가 깨다가 한 것도 같았다.

출발하기 전 용띠 회원들과 사진을 찍었다. 용띠 회원 중에는 나보다 12살이나 더 많은 두 분 중, 한 분은 하프를 신청하신 분이다. 주로에서 20여 m 앞쪽에서 달리고 있었는데, 결국 결승선 들어올 때까지 따라잡지 못하고 먼발치에서 후회만 했다.

달리는 내내 그분을 바라보면서 '나도 12년 후에 저 회원만큼 달

릴 수 있을까?' 하고 스스로에게 물어보
았다. 쉽지는 않다는 생각이 든다. 지금
보다 더 철저히 자기 관리를 하지 않으
면 어림 없을 것이다. 그분이 존경스러
웠다. 12년 후에 이 대회에 참석하여 내
가 지금 느낀 감정을 기억해 보리라. 나
의 기록은 2시간 9분 43초이다. 먼저 들
어오신 용띠 회원님은 2시간 4분 18초
이다. 그때까지 살아 있다면 12년 후에
한 번 비교해 보리라. 12년 후, 일흔두
살에 2시간 4분에 이 길을 달릴 수 있다
면, 오늘 나의 이 각오는 헛되지 않을 것
이다.

이번 마라톤은 코로나19로 인하여 2
년의 공백기를 거치고 3년 만에 개최
한 대회이다 보니 예상 인원 3,500명보

예산 윤봉길 하프 마라톤
2시간 9분 43초로 완주하다

다 훨씬 많은 4,500여 명이 참석했다고 한다. 3년 전에 참가한 대회에
서는 벚꽃이 아직 피지 않아 이상했는데, 이번에는 꽃이 다 지고 말았
다. 기후 변화로 벚꽃 개화 시기를 예측하는 데 많은 어려움이 있다
고 한다. 올해는 예년에 비하여 2주 정도 빨리 개화했다. 또한 대회 시
작 3~4일 전에 비까지 내려서 벚꽃의 흔석이 희미하게 남아 있다. 아
쉽다.

기후변화로 인해 봄꽃의 개화시기에 관련한 어느 신문 기사를 본
적이 있다. 기후 위기로 인해 뒤영벌의 생존이 위협받고 있다고 한
다. 뒤영벌의 영어 이름은 바로 범블비(bumblebee)이다. 전 세계적

으로 히트한 영화 '트랜스포머'에 등장하는 노랗고 검은색을 가진 자동차 로봇이다. 이 벌은 영화 속에서도 계속 위기에 처했는데 지금 실제 이 세상에서도 기후변화로 인해 심각한 위험에 빠져 있다.

개화 시기가 빨라져 뒤영벌이 수분 매개를 못 해 꽃이 위험해진다는 것은 결국 뒤영벌이 양질의 꿀을 채밀하지 못한다는 뜻이다. 벌의 처지에서 보면 식량부족으로 인해 군집에 위협이 되고 있다는 것이다. 개화 시기를 포함한 각종 기후변화의 영향이 많은 곤충들에게 위협으로 다가오는 것은 사실이다. 정리해 보면 개화 시기가 빨리진다는 것은 종다양성(biodiversity)의 위기를 의미한다고 한다. '개화-벌의 수분 매개-인간의 식량(농작물)'으로 이어지는 거대한 먹이사슬의 관점에서 보면 개화 시기가 빨라지는 것은 생태계의 식량 서비스 저하 그리고 나아가 인간의 식량 위기를 유발할 수 있기 때문이다.

이뿐만 아니라 개화 시기가 빨라지면서 나타나는 식물 군락의 변화는 기존의 지구 육상생태계가 가지고 있는 물, 에너지, 탄소 순환이라는 지구 시스템의 거대한 물질순환에 기능 변화를 유발한다고 한다. 서울대 환경대학원 정수종 교수는 "결국 일찍 개화하는 봄꽃은 사람보다 멍청해서 추운 겨울을 향해 꽃을 피우는 것이 아니라 너무도 현명하여 목숨을 걸고 인간에게 메시지를 보내는 것이다. 지구의 종 다양성이 위협받고 있다는 것을. 그리고 이것이 바로 우리가 기후변화에 대응해야 하는 결정적 이유이다."라고 이야기한다.

기후변화와 관련하여 스스로에게 위기의식을 불어 넣자는 의미에서 이 글을 써 보았다.

예산 윤봉길 마라톤 대회의 또 다른 이름을 나는 '예산 벚꽃 마라톤'으로 기억하고 있다. 벌써 두 번씩이나 개화 시기를 맞추지 못하여 만개한 벚꽃 구경을 하지 못한 아쉬움이 남아 있다. 그리하여 기후

     마라톤은 자신감이다

변화까지 생각을 내달려 보았다. 내년에는 부디 개화 시기를 잘 예측하여 꽃대궐 속에서, 봄바람 살랑 불어 꽃비를 맞으며 내달리는 상상을 해 본다.

100회 목표 중 13.5회

원성천을 따라 천호지에 도착

원성천을 따라 뛰다 보면 계절의 변화와 꽃들의 피고 짐을 금방 알 수가 있다. 가장 먼저 봄을 알려 주는 민들레, 매화, 수선화, 튤립에 이어 원성천 근처에는 누가 언제 심었는지 모르는 조팝나무의 장관을 볼 수가 있다. 좁쌀처럼 생긴 작디작은 꽃의 달콤한 향기는 달리는 발걸음을 한결 가볍게 해 준다.

조팝나무의 꽃말은 '헛수고, 하찮은 일, 노련하다.'라고 한다. 기본 정보로는 쌍떡잎식물 장미목 장미과의 낙엽관목. 이와 비슷한 꽃으로는 이팝나무가 있다. 이팝나무는 가로수나 조경수로 이용되며 키가 크고 꽃이 흰 쌀 밥알처럼 생겼다고 해서 이팝나무라 하고 조팝나무는 꽃이 좁쌀알처럼 작게 생겼다고 해서 조팝나무라 한다. 울타리나 길가, 도로변에 이용되는 키 작은 덤불 식물이다.

이팝나무의 꽃은 꽃잎이 길쭉하며 꽃잎이 4장이고, 조팝나무꽃은 작고 동글동글하며 꽃잎은 5장, 가운데에 노란 꽃술이 있다. 개화 시

<상> 사무실 벽면의 조팝나무 그림
<하> 원성천 조팝나무 군락

기는 이팝나무는 4월 말에서 5월 중에, 조팝나무는 3월 말에서 4월 첫 주에 꽃을 피운다. 개화 시기가 조금 다르다. 이렇듯 달리기를 하며 별것을 다 보고 다닌다.

마라톤은 자신감이다

100회 목표 중 22회

2023년 5월 21일 제20회 유관순 평화 마라톤대회

어제 참석한 제20회 유관순 평화 마라톤대회는 몇 가지 의미가 있는 대회였다. 아들과 함께 처음으로 하프 대회를 동반주한 날이다. 약 한 달 전에 서울에서 대학원에 다니고 있는 아들에게 카톡이 왔다. 이 대회 링크와 함께.

- 아빠, 이 대회 참석할 거예요?
- 그래 무슨 대회인데.
- 천안 독립기념관에서 열리는 하프 대회에요
- 아부지 참석할 거야. 왜, 너도 같이 뛰려고?
- 네. 한번 뛰어 볼까 해서요. 최근에 달리기 시작했는데 목표가 있
  어야 될 거 같아서요.
- 그래. 같이 뛰자. 두 시간 목표로 해서.
- 열심히 준비할게요.

이렇게 해서 아들이 나의 참가비까지 납부하여 신청했다. 며칠 후 다시 문자를 보냈다.

- 내기 할래? 이긴 사람한테 10만 원 주기.
- 헐, 그러면 저 진짜 매일 연습합니다.
- 나도 바라던 바다.

아들과 아버지 간 세기의 달리기 시합이 이렇게 시작되었다.

아내와는 오랜만에 함께 대회에 참석했다. 그동안 골프다 뭐다 하면서 제대로 된 대회에 참석하지 않았으며, 코로나로 인하여 거의 2년 가까이 야외 활동을 못 했다. 잘 기억나지 않지만 거의 수년 만에 대회에 함께 참석했다. 아내는 아들 때문에 참석했는지 나 때문에 참석했는지 잘 모를 일이다.

출발 전에 스트레칭을 하면서 아들에게 말했다.

"천천히 천천히 또 천천히 뛰어라."

"그래야 완주할 수 있다."라고 여러 차례 말했지만 출발 폭죽이 터지고 밀물처럼 달림이들과 휩쓸려 나갈 때 아무리 "천천히 천천히."를 외쳐보지만 시계를 보면 km당 5분대 초반이다. 오늘의 목표가 2시간 10분대이면 최소 km당 6분 30초의 페이스로 달려야 한다.

독립기념관 단풍나무 길의 언덕배기는 어렵다. 몸이 풀리지 않는 달림이들에게 초반 오르막은 힘들다. 아들에게 말했다.

"여기 오르막 다음에는 내리막인데, 돌아올 때는 반대야. 여기가 내리막이고 반대편이 오르막이야. 내리막에서 편하게 달릴 때 언젠가는 그 길이 오르막이 되는 날이 반드시 있다는 것을."

아들도 알고 있으리라. 어느 쉬운 날이 있었던 만큼 어려운 날이

　　　　　마라톤은 자신감이다

또 있으리라는 것을…. 매일이 꽃길이고 사시장춘 봄날인 인생이 얼마나 되랴?

아들과의 동반주는 또 다른 느낌이다. 그동안 몇몇 클럽사람들과 또는 혼자서 달리는 것에 비하면 한결 든든하다. 1km의 거리목이 금방금방 나타나는 것처럼 컨디션 또한 좋다. 자주 달리면 좋겠다는 생각을 해 본다. 그렇지만 사는 곳도 다르고 두 사람의 일정과 라이프사이클을 맞추기가 쉽지 않다.

무슨 노래인지 몰라도 귀에 이어폰을 끼고 음악을 들으면서 달린 것 또한 이번이 처음이었다. 12km를 지난 시점에서 아들과 나는 하나의 이어폰을 나누어 끼었다. 아들이 선곡한 팝송은 달리기에 적합한 비트로 쿵쾅거렸다.

15km까지는 그런대로 보조를 맞추어 같이 뛰었다. 이후부터 아들의 속도가 느려지는 느낌이 들었다. 한두 발씩 뒤로 처지는 느낌이다. 보조를 맞추어 조금 더 천천히 달린다. 2km를 남겨둔 지점 오르막 언덕길에서 허리에 손을 대고 밀어 주었다. 처음엔 완강히 사양하더니, 오르막 마지막 지점에서 한 번 더 밀어 주었더니 편하게 받아들인다. 둘이서 나란히 결승선을 통과했다.

이후 아들이 내게 말했다.

"아버지 제가 졌어요. 이따 저녁에 갈비 사 드릴 테니 그걸로 퉁 쳐요."

속으로 생각했다. '그래, 풀코스 17회 완주와 달리기 입덕 20년이 그냥 고스톱 쳐서 딴 게 아니야, 이 녀석아.'

이로써 아들과 처음이자 마지막인 세기의 대결은 싱겁게 끝났다.

100회 목표 중 30.5회

2023년 7월 31일 월요일

간헐적 단식을 시작했다. 어느 시간부터 시작하든지 8시간 동안은 먹고 나머지 16시간은 아무것도 먹지 않는 것을 간헐적 단식이라고 한다. 8시간 먹는 동안은 2끼를 먹든 3끼를 먹든 자유이다. 대신 나머지 16시간 동안은 아무것도 먹어서는 안 된다. 이 간헐적 단식은 딸이 추천하여 주었다. 몇 개의 동영상도 함께 보여 주면서.

딸은 미국에서 이 간헐적 단식을 실행하여 다이어트를 했다. 물론 이것만으로 체중을 줄인 것은 아니다. 아침과 저녁에 여러 가지 운동을 했으며, 식이요법을 병행한 결과이다. 딸은 미국 실리콘밸리에 취업하기로 되어 있다. 8월 중순이 입사일이다. 한국에 나와 있는 동안 아버지와 태조산 등반과 천호지 달리기를 함께 여러 번 했다.

앞으로 간헐적 단식에 관하여 공부한 것과, 몸의 변화에 대하여 기록해 보고자 한다. 내가 간헐적 단식을 하고자 하는 이유는 심한 과체중 때문이 아니다. 한국 나이로 60세가 되고 나서부터 건강검진을 받으면 하나둘씩 기준치를 벗어나는 항목이 많아졌기 때문이다.

처음에는 혈압이 높아졌다. 90~140선을 유지하던 것이 지난해 가을쯤에 찍히지 않던 150, 술 마신 다음 날은 160이란 숫자도 보이곤 했다. 주치의께서 이제는 혈압약을 먹자고 하신다. 그래도 아직까지 미련이 남아 "운동하고 식이요법 하면 혈압이 떨어지지 않을까요?" 하고 물었더니, "젊어지면 좋아지지요." 한다.

'젊어진다.'라. 젊어질 리가 없다. 고로 혈압약은 먹어야 한다. 그래서 먹기 시작한 지가 1년이 되어 간다. 그 외에도 여러 곳에서 노화의 증세가 이미 시작되었다. 신체 구석구석이 이상증세를 보이기 시작한다. 뭔가 대책이 필요하다. 이런 시점에 딸의 간헐적 단식 추천은 단비와 같았다.

처음 한 이틀간은 우울했다. 집에 퇴근하고 와서도 삶에 의욕이 없는 사람처럼 아무런 재미가 없었다. 하기야 먹는 낙이 없으니 무슨 재미가 있겠는가. 그동안 참 많이도 먹었다는 생각을 해 본다. 아침에 일어나는 것이 훨씬 쉽다. 그리고 몸도 많이 가벼워진 느낌이다. '그래 이거다.' 하는 느낌을 지울 수 없다. 수면의 질도 훨씬 좋아진 것 같다. 물론 아직 자다가 깨는 것은 여전하지만.

8월 11일. 간헐적 단식을 시작한 지 10여 일이 조금 지났다. 100% 모두 지킨 것은 아니다. 한 번의 저녁 식사가 있었다. 서울에서 학업에 열중하고 있는 아들이 집에 내려왔다. 외식하는 것보다는 마당에서 삼겹살을 구워 주고 싶었다. 맥주도 두어 캔 같이 나눠 마시면서 간헐적 단식으로부터 하루를 벗어났다. 미국에서 잠시 와 있는 딸이 말했다.

"아빠 일주일에 한 번 정도는 치팅데이3라고 해서 먹고 싶은 음식, 맘껏 먹는 것도 단식의 한 방법이야."라고 말한다. 이는 음식과 식단 조절에 대한 스트레스를 해소하는 보상의 개념이자 다음 식단을 버틸 수 있는 원동력 그리고 충분한 칼로리 섭취를 통해 퍼포먼스 향상 등을 목표로 하는 것이지만, 치팅데이로 인해 다이어트가 물 건너간 경험이 모두들 있는 듯하다.

인터넷 블로그에 올라와 있는 효과적인 치팅데이 방법을 올려 본다.

첫째, 주기는 보통 일주일에 1회로 정하지만 빠른 체지방 감량을 위해서는 최소 2주일에 1번 혹은 최대 한 달에 1번 갖는 것을 추천한다. 그리고 치팅데이 주기는 단순히 몇 주에 몇 번이 아닌 구체적으로 요일을 정하고, 하루에 한 끼. 혹은 하루 내내, 혹은 하루 몇 시간만 하겠다 등등 구체적으로 정한다. 참고로 밤늦게 야식이 아닌 평소 내가 식사하던 시간에 치팅데이 주기를 정해 놓는 것이 가장 좋은 방법이다.

둘째, 음식은 아무거나 먹는다고 다 허용되는 것은 아니다. 평소 탄수화물이 적은 식단을 하고 있었다면 탄수화물 위주로 음식을 정하는 것이 좋다. 대신 본인이 섭취할 열량을 정해 놓고 그 안에서 먹는다면 치팅데이 다음 날 무리 없이 일상으로 돌아갈 수 있다.

셋째, 먹는 양은 남성의 경우 최대 2,500kcal 여성의 경우 최대 2,300kcal를 넘기지 않는 것이 좋다. 이 정도는 치팅데이 다음 날 대처 방법만 올바르게 지킨다면 체중이 늘어나지 않고 오히려 운동 퍼포먼스 향상으로 근육량이 늘어나는 효과를 볼 수가 있다. 물론 같은 칼로리 안에서는 최대한 건강한 음식을 먹는 게 당연히 좋다. 피자보다

---

3 국어사전 치팅데이(cheating day)는 '(몸을) 속인다.'라는 뜻의 'cheating'과 '날(日)'
   이라는 뜻의 'day'가 합성되어 만들어진 용어로, 식단 조절 중 부족했던 탄수화물을
   보충하기 위해 1~2주에 한 번 정도 먹고 싶었던 음식을 먹는 날을 뜻하는 말.

    마라톤은 자신감이다

는 단백질 함량이 높은 소고기나 채소와 함께 먹는 비빔밥 등 인스턴트 음식은 최소 섭취해야 한다.

넷째, 치팅데이 다음 날 대처 방법은 이렇다. 다음 날은 우선 소화를 위해 가볍게 30분 정도 산책 같은 유산소 운동을 해 주는 것이 좋다. 음식을 과하게 먹다 보면 혈당이 높아지고 이때 체내에서는 인슐린이 분비되는데 인슐린은 몸속 포도당을 지방으로 변하게 만들어 체지방이 늘어나기 때문에 다음 날 가벼운 유산소 운동을 통해 혈당 수치를 내려 주면 많은 도움이 된다.

그리고 본격적으로 남아 있는 칼로리를 태울 수 있도록 고강도 웨이트를 해 준다. 우리 몸은 탄수화물로부터 에너지가 공급되면 탄수화물에 들어 있던 글리코겐은 근육을 만드는 재료이다. 글리코겐을 너무 적게 섭취하면 수분도 함께 손실되며 근손실이라는 결과를 만들 수 있다.

다섯째, 같은 음식을 먹어도 죄책감보다 긍정적으로 먹어야 살이 찌지 않는다. 이왕이면 좋은 음식을 행복하게 먹을 것을 권한다. 그리고 자신에게 언제나 친절한 태도를 보이기를 바란다. 칭찬하며 변화하는 스스로를 보며 기쁘게 간헐적 단식에 동참하시라.

100회 목표 중 34.5회

9월 한 달간 총 달린 거리가 25km밖에 되지 않는다. 간헐적 단식을 하는 와중에, 일본 북알프스 트레킹 및 여행을 다녀왔다. 여행이 끝나자마자 찾아온 지독한 독감이 몸의 컨디션을 제자리로 돌려놓지 못했다.

달리기는 많이 하지 못하고 걷기는 여러 차례 했다. 걷기를 하다가 우연히 동아일보 양종구 기자의 「양종구의 100세 건강팁: 마라톤도 걷기부터」라는 제목의 기사를 보았다. 다음 내용은 해당 기사를 인용한 것이다.

9월 24일(현지시간)부터 30일까지 6박 7일간 칠레 아타카마사막 마라톤 250km를 완주한 유지성 아웃도어스포츠코리아(OSK) 대표(52)는 사막마라톤을 달리기 위해 2001년부터 걷기 시작했다. 평생 달려보지 않던 그는 걷기로 시작해 1km, 5km,

10km 등 천천히 거리를 늘렸다. 그는 "5km를 넘길 때가 가장 힘들었다. 10km를 넘긴 뒤에는 20km, 30km까지 쉽게 거리를 늘렸고 40, 50km 장거리 달리기를 거의 매일 했고, 대회를 앞두고는 산을 달렸다"고 했다. 체중이 90kg을 넘었던 그는 사막 마라톤 준비와 완주를 하면서 67kg까지 20kg 넘게 빠졌다.

마라톤의 첫 출발은 걷기다. 잘 걸어야 달릴 수 있다.

마라톤이 다이어트에 좋다고 해서 바로 달리기 시작하면 탈이 날 수 있다. 평소 운동을 하지 않았던 사람이라면 걷는 게 시작이다. 인간이 할 수 있는 가장 기본적인 운동은 걷기다. 특히 지금까지 운동이라는 것을 해 보지 않은 사람이라면 그 출발은 당연히 걷기여야 한다. 시작이 쉽고 몸에 큰 무리를 주지 않기 때문이다.

사실 우리는 걷기를 밥 먹듯이 한다. 자거나 앉아서 쉴 때, 식사할 때, 사무실에서 일할 때 등을 제외하면 우리는 늘 걷는다. 물론 차를 타고 이동할 때도 있지만 걷기는 우리가 언제나, 항상 하고 또 할 수 있는 아주 친숙한 활동이다. 하지만 일상적인 걷기와 건강을 증진시키기 위한 걷기엔 약간의 차이가 있다. 짧은 거리라도 걷기를 생활화하는 자세가 중요하지만 우리 몸이 활기를 느낄 만큼의 스트레스(부하)를 주려면 어느 정두 지속 시간이 필요하다.

걷기는 인간이 땅에 직립하는 순간부터 시작된 가장 오래된 운동이다. 아프리카 케냐 북부 나이로비에 사는 마사이족은 하루 평균 3만보를 걷는다. 한국인은 잘해야 하루 평균 5,000보 안팎을 걷는다. 자가용을 이용하는 사람이면 약 3,500보. 주

부는 3,000보. 하루 1,000보도 걷지 않는 사람도 있다. 잘 뛰어노는 아이들의 경우 2만6,000보를 걷는다. 보통 1일 권장 걸음수가 1만보다. 1만보면 보폭에 따라 8km에서 9.5km다. 빠르게 한 번에 걸으면 1시간 20분에서 1시간 30분이 걸리는 거리로 상당한 운동량이다.

걷기와 달리기를 구분하는 일반적인 기준은 속도다. 시속 7km 이상이면 달리기, 이하면 걷기다. 학술적으론 두 발 중 한 발이 항상 땅에 닿아 있으면 걷기, 그렇지 않으면 달리기다. 좀 더 구체적으로 설명하면 걷기는 하중이 뒤꿈치부터 바닥을 거쳐 발가락 쪽으로 전달되는 식(계란이 굴러가는 모양)인 반면 달리기는 공이 바닥에 튀는 방식으로 이어진다.

따라서 걷기보다 달리기가 순간적으로 막중한 체중을 이겨내야 하는 부담이 따른다. 걸을 때 발목과 무릎, 허리에 가해지는 충격은 체중과 비슷하지만 달릴 때는 최대 4배까지 충격이 가해진다. 걷기가 달리기에 비해 몸에 스트레스를 적게 주는 이유다.

걷기는 지방과 탄수화물을 반반씩 쓰지만 달리기는 지방을 적게, 탄수화물을 많이 소비한다. 즉 체지방을 태워 날씬한 몸매를 만들고 싶은 사람에겐 달리기보다는 걷기가 더 좋다. 국민체육진흥공단 한국스포츠정책개발원(과거 체육과학연구원)의 조사결과 걷기와 달리기를 1회 30분, 주 3회씩, 20주간 실시한 결과 걷기(13.4%)가 달리기(6.0%)에 비해 체지방 감소율이 두 배 이상 높았다. 그만큼 걷기의 효과는 크다.

하루 10분 이상씩 3회를 걷자. 다만 걸을 땐 산보하듯 하면 안

　　　　　　　　마라톤은 자신감이다

되고 조금 빨리 걸어야 한다. 10분을 걷고 나면 목이나 등에 땀이 살짝 밸 정도가 돼야 한다. 걷기의 속도 조정은 평소 걸을 때보다 약간만 속도를 내면 된다. 물론 더 많이 걸어도 된다. 단 호흡이 가쁘거나 근육이나 통증이 오면 멈춰야 한다. 운동은 몸에 적절한 스트레스를 줘야 하지만 무리한 스트레스는 오히려 독이 된다. 걷기의 올바른 자세는 목과 팔, 다리를 바르게 하고 편하게 걸으면 된다.

오랜 기간 걷기를 했다면 몸이 어느 정도 단련됐다는 것을 의미한다. 체중도 줄었을 것이다. 심장과 폐도 좋아졌을 것이다. 뼈와 근육을 이어주는 건(腱)과 뼈를 연결하는 관절을 견고하게 하는 인대 등도 예전보다 강해졌을 것이다. 이젠 본격 운동에 들어가도 된다.

잘 짜인 유기체인 몸이 운동이란 스트레스를 이겨내려면 준비가 필요하다고 했다. 걷기가 생활화되고 신체에 체중의 현저한 감소 등 변화가 나타났다면 이젠 한 단계 업그레이드된 운동에 들어가도 된다. 이제부터는 운동의 기본 원칙에 따른 준비운동과 정리운동을 꼬박꼬박 해야 한다는 것을 명심해야 한다.

본격 운동의 시작은 달리기다. 미국의 마라토너 제프 갤러웨이는 마라톤을 좀 더 쉽게 하기 위해 '워크 브레이크'(Walk-Break)를 만들었다. 어떻게 해야 좀 더 쉽게, 잘 뛸 수 있을까를 고민하다 '달리다→걷다'를 체계적으로 반복하는 워크 브레이크주법을 개발했다. 워크 브레이크를 우리말로 풀면 '걸으면서 휴식 취하기'다. 그런데 이제 걷기 시작한 사람이 달리다 걷기로 휴식을 취할 순 없을 터. 역발상으로 걷다가 짧은 시간의 조깅 브레이크를 가져보자. 여기서의 조깅 브레이크는 '조깅하며 휴식 취하기'라는 의미가 아니라 '조깅하는 구간(Break)'으로 생각하면 된다.

갤러웨이도 달리기 입문자에게 조깅 브레이크를 권한다. 가장 일반적인 게 5분 걷고 1분 조깅하며 달리는 능력을 키워 나가는 것이다. 5분 걷고 1분 달리기를 하루 30분씩 해 보자. 달리는 것은 걷는 것 보다 조금 빠르게 하면 된다. 이렇게 해도 심장 등 신체에 무리를 주지 않는다면 4분 걷고 1분 조깅, 3분 걷고 1분 조깅을 하다가 2분 걷고 1분 조깅, 1분 걷고 1분 조깅으로 걷는 시간을 줄여나가면 된다.

달리기는 걷기와 마찬가지로 상당히 융통성이 있는 운동으로 꼭 야외로 나가지 않더라도 트레드밀을 사용해 실내에서도 할 수 있다. 초보자들은 올바른 동작에 집중해 강도와 거리를 천천히 늘려가야 한다는 것을 명심해야 한다. 달리기는 신체에 강한 충격이 가해지는 운동으로 무릎에 문제가 있는 사람은 해서는 안 된다. 걷기나 수영 등으로 무릎을 강화한 다음 하는 게 순서다.

처음엔 조깅 브레이크로 달리기를 시작하고 걷고 뛰다를 반복하다 나중에는 계속 뛰는 게 좋다. 본격적으로 달릴 때 중요한 것은 운동의 강도 조절이다. 달리기는 고강도 유산소운동으로 심박수가 아주 빠르게 증가한다. 따라서 계속 해오던 달리기 방식이 쉽게 느껴질 때 강도를 높이는 게 좋다. 시속 7, 8km를 달리기가 전혀 힘들지 않을 때 시속 9km, 10km, 11km 순차적으로 올리는 것이다.

중요한 것은 강도를 올려 힘들면 걸으면 된다. 마라톤도 '처음부터 끝까지 달리는 게' 아니다. 엘리트 선수들과 '서브스리(3시간 이내)' 기록을 노리는 사람들을 제외하면 대부분 마스터 스마라토너들이 중간중간 쉬면서 달린다. 힘들면 쉬거나 걸으면 된다. 그게 즐거운 운동의 법칙이다.

워크 브레이크까지 마스터했다면 이젠 마라톤에 도전할 수 있다. 물론 5km, 10km 등 단축마라톤부터 시작해야 한다. 5km를 완주하기 위해선 최소 33분에서 38분간 계속 뛰어야 한다. 초보자의 경우 시속 8~9km로 달린다면 5km를 완주하는데 33분에서 38분 정도 걸리기 때문이다. 시속 10km로 달리면 30분이면 되는데 초보자가 시속 10km로 달리기는 무리다. 시속 8km도 힘들다면 시속 7km로 달리면 되는데 시속 7km는 조금 빨리 걷는 속도와 같다. 따라서 시속 8km가 초보자에겐 적당한 속도다. 시속 8km면 1km를 7분 5초 페이스로 달리는 것이다. 보통 걷는 것 보다 약간 빠르게 달리면 시속 8km는 된다.

10km는 1시간 이상을 뛰어야 하는 초보자에게는 다소 힘든 거리다. 10km를 시속 8km 페이스로 달린다면 1시간 10분이 좀 넘게 거리고, 시속 9km 페이스로 달린다면 1시간 6분 정도 걸린다. 하지만 5km든 10km든 뛰다가 힘들면 워크브레이크(Walk - Break)를 하면 된다. 마라톤은 '처음부터 끝까지 뛰어야 한다'는 강박관념을 벗어나는 순간 즐거워진다. 마라톤에 입문하는 초보자는 이 점을 명심해야 한다. '마라톤은 절대 처음부터 끝까지 쉬지 않고 달릴 필요가 전혀 없다'는 점을. 이는 5km와 10km 같은 단축마라톤에도 적용된다. 우리 능력에 맞게 달리

면 된다. 달리다 힘들면 걸어라.

이런 점에서 초보자들에게 워크브레이크는 아주 유용한 마라톤 완주주법이다. 달리다 힘들면 걸으면 된다. 달리기 입문 과정에서 달리다 힘들면 걸었듯이 마라톤을 하는 중에도 힘들면 일정 시간을 걷고 다시 달리면 된다. 하지만 2분 이상 걷는 것은 삼가야 한다. 1분에서 2분 정도 잠시 걷고 다시 달려라. 이렇게 하다보면 10km, 20km, 30km…. 계속 거리를 늘릴 수 있다. 어느 순간 진짜 마라톤을 하고 있을 것이다.

 마라톤은 자신감이다

100회 목표 중 39.5회

2023년 11월 2일 목요일

10km 100회 달리기의 진도가 나아갈 기미가 안 보인다. 그래도 어쩌라! 시작이 반이라고 거의 40회 가까이 달리지 않았던가? 얼마 전 20년 가까이 함께 달려온 마라톤 클럽의 2024년도 차기 회장직을 수락했다. 한때는 150명 가까이 유지해 오던 인원이 이제는 100여 명 내외이다.

한 공동체의 리더가 된다는 것은 또한 무거운 책임감을 동시에 갖는다는 것이리라. 그동안 마라톤 클럽으로부터 20년간 얻어먹고 받기만 해 왔다. 이제는 좀 갚으라는 뜻일 게다. 그렇게 생각하니 중압감에서 조금이나마 벗어나는 듯하다. '피할 수 없으면 즐겨라.'라는 이야기도 있지 않은가?

어떤 공동체이든 그 공동체가 발전하기 위해서는 가장 기본적으로 다음 세 가지가 꼭 필요하다고 했다.

첫째는 소통이다. 내가 누구와 소통하고자 진심으로 노력했는지,

내 주장만 내세우지 않았는지, 어느 한쪽의 이야기만 듣고 있지는 않은지 확인해야 한다.

둘째는 배려다. 나의 이야기가 누구에게는 공격적인 말인 것은 아닌지, 내가 무엇을 도와주어야 하는지, 공동체를 위한다고 이야기하면서도 사심이 있지는 않은지, 배려에는 따뜻한 마음가짐이 절대적으로 필요하다.

셋째는 성장이다. 마라톤 클럽을 예로 들면, 기록이 단축되고 SUB-3 주자가 많아져야 한다. 풀코스 완주자, 그리고 회원과 회비도 늘어나야 한다는 온전히 나만의 생각도 해 본다.

어떤 공동체이든 리더에 따라서 영고성쇠가 있을 것이다. 하지만 늘 나쁜 일만 있는 것도 아니고, 늘 좋은 일만 있을 수도 없다. 그게 세상일의 보편적인 이치가 아니겠는가.

마라톤은 자신감이다

100회 목표 중 43.5회

2024년 1월 3일 목요일

일요일 달리기 공동 훈련이 끝나고 아침 식사 시간에 어떤 마라톤 회원의 챌린지 기록을 보았다. 맨 위 1등을 한 회원의 월간 달리기가 550km에 육박했다. 나의 생각으로는 거의 불가사의하다. 월간 550km를 뛰려면 매일 거의 20km를 쉬지 않고 뛰어야 한다. 마라톤 선수들의 월간 훈련량이 얼마일지는 모르겠지만, 아마추어 달리기 선수의 운동량이라고는 믿기지 않는다.

부끄러운 이야기이지만, 나의 지난 12월과 1월의 달리기는 횟수로 보아도 30km가 전부이다. 지독한 독감으로 보름 가까이 집에서 요양하다시피 했다고 하더라도 달리기를 했다고 말할 수 없나. 걷기를 하고 태조 뒷산을 몇 번 다녀오기는 했다.

여기에 맞는 위안의 글일 수 있으려나.

아무도 이기지 않았지만

나는 누구에게도 지지 않았다.

그 깨달음이 내 인생을 바꿨다.

영화 '아워 바디' 중에서

          마라톤은 자신감이다

100회 목표 중 55회

2024년 5월 28일 목요일

예산 이순신 마라톤 대회에 하프 참가했다. 하프 완주의 컨디션이 아닌 듯하여 함께 간 친구와 15km 정도만 뛰고 들어오자고 했지만, 끝까지 완주했다. 처음부터 2시간 20분 페이스메이커를 뒤따라 뛰었다. 연세가 나보다 한참 많은 듯 보이는 페이스메이커의 군살 한 점 없는 탄탄한 몸매와 꼿꼿한 자세는 흠잡을 데가 없었다. 궁금하여 연세를 여쭈니 무려 일흔다섯 살이라고 했다.

50세에 마라톤을 시작하여 풀코스를 800여 회 뛰었으며, 1,000회를 채우고자 했으나 무리하는 것 같아서 2년 전부터는 하프만 뛴다고 했다. 일 년을 52주라고 하면 매주 거의 빠짐없이 풀코스를 뛰어야만 하는 엄청난 기록이다. 기록도 좋을 듯하여 최고 기록이 어떻게 되는지 물어보니 의외로 최고 기록은 3시간 25분이라고 했다. 그러면서 말씀하시길 25년 가까이 달리면서 한 번도 아프거나 다쳐본 적이 없다고 하셨다. 그 비결이 기록에 욕심내지 않는 것이라고 했다.

오늘도 진정한 마라톤 고수를 만나 진하게 한 수 배우고 간다. 무림의 세계로 치면 내공이 한 갑자 이상으로 차이가 날 듯하다. 참고로 한 갑자(甲子)는 육십갑자로 60년을 뜻한다. 즉, 수련 기간이 60년이나 차이가 난다는 뜻이다. 요즘 말로 하면 '넘사벽'이다.

이순신 하프마라톤대회에서 나의 기록은 2시간 19분 24초이다. 함께 손잡고 들어온 친구는 2시간 19분 25초이다. 연습 좀 열심히 하라고 말했다.

100회 목표 중 61회

2024년 7월 1일 일요일

미국에서 대학원을 졸업한 딸이 취업하여 살고 있는 캘리포니아(California) 실리콘밸리 레드우드시티(Redwood City)로 나의 회갑 기념 겸 가족여행을 다녀왔다. 보름 가까이 가 있는 동안 비 한 방울 오지 않는 캘리포니아의 뜨거운 태양과 건조한 날씨는 이상했다. 또한 습도가 없어서인지 날벌레(모기, 파리 등) 종류와 지표벌레(지렁이, 쥐며느리 등)가 없어서인지 숲속에서 새소리 또한 없는 게 신기했다.

우리나라 같으면 아침에 시끄러운 새소리와 매미 소리에 아침잠을 깨는 것이 일상일 텐데 말이다. 그리고 온노는 높아도 습도가 낮다 보니 우리나라처럼 그렇게 후덥지근하지 않다. 오히려 아침저녁으로는 쌀쌀한 기운이 들어 긴팔 셔츠를 입어야 한다.

충분한 일조량으로 모든 과일의 과육이 단단하고 당도가 높다. 그래서 포도 농사가 발달하여 캘리포니아의 포도주는 세계적으로도 명

레드우드(Redwood)
시내를 달리다

성이 있다. 여행하는 동안 나파 밸리 (Napa Valley) 와이너리에 들러 포도 주 시음도 해 보고 친구와 지인들을 위 해 몇 병은 구매했다.

보름 가까이 가 있는 동안 딸과 둘이 서 동네 주변을 몇 번 달렸으며 레이크 타호(Lake Tahoe)에 가서 아들과 셋이 서 7.5km를 달렸다. 아내와 다 같이 요 세미티 국립공원(Yosemite National Park)은 다섯 시간 가까이 트레킹을 했 다. 처음 미국에 올 때는 매일같이 달리 기를 해야겠다고 생각했으나 그러질 못했다.

딸은 현지에 있는 러닝 크루에 가입

　　　　　　　마라톤은 자신감이다

레이크 타호(Lake Tahoe) 남쪽 전경

요세미티 국립공원 터널 뷰(Tunnel View)

하여 이제 제법 탄력이 붙은 듯하다. 이번 가을에 하프대회에 참가하여 2시간 이내에 달리겠다는 목표를 세우고 있었다. 동생을 러닝 크루에 데리고 가서 15km 가까이 같이 달린 후, 회원들에게 천안에서 공수해 온 천안 호두과자를 나누어 주기까지 했다.

요즈음 젊은 친구들의 달리기는 우리 때와는 많이 다른 듯하다. 별도의 클럽 티셔츠도 없으며, 원하는 시기에 원하는 장소에서, 언제든 SNS를 통하여 모여서 본인의 실력에 맞는 페이스로 달린 후, 원하는 사람들만 뒷풀이 후 헤어지는 '쿨'한 방식을 선호하는 듯하다.

이들은 대회에서의 기록보다는 달리기를 즐기는 것이 더 우선이다. '다리로 달리는 것이 아니라 가슴으로 달린다.'라는 말이 이들에게는 맞는 말일지도 모른다. 그러고 보면 달리기 연령이 점점 더 낮아지고 있다. 내가 마라톤에 정식으로 입문한 것이 마흔이 다 되어서인 것만 봐도 그렇다.

나의 20대와 30대의 사회 분위기는 지금처럼 달리기를 하기에는 적합하지 않았다. 산업이 고도화 되어가는 시기에 지금과 같은 '워라밸(work-and-life balance)'은 언감생심이었다. 조출과 시도 때도 없는 회의, 연장근무, 출장, 당직, 숙직 등 또한 그 당시에는 회식 같은 걸 하면 빠진다는 것을 상상하지 못하던 때였다.

지금 세상은 많은 것이 달라졌다. 해외여행 자유화가 불과 30년 전 1989년 1월 1일부터 시작된 것만 봐도 알 수 있다. 이렇게 지구 반 바퀴 돌아서 해외에까지 나와서 마음에 맞는 친구들과 달리기를 즐기는 요즈음 세대들이 솔직히 부럽기는 하다. 하고 싶은 달리기를 부상 없이 오랫동안 이어 갔으면 하는 바람이다.

　　　마라톤은 자신감이다

100회 목표 중 64회

2024년 8월 2일에, 만으로 60세가 되었다. 흔히 말하는 회갑 생일을 맞이했다. 회갑의 또 다른 말은 '환갑'[4]이라고도 한다. 예전 같으면 친인척들과 동네잔치라도 했지만, 요즘은 그러하지 않는다. 워낙 고령화 사회에 접어들었으며, 평균수명도 길어졌기 때문이지 않나 싶다. 역대 조선의 왕 27명 중 환갑을 맞이한 군주는 단 5명뿐이라고 한다.[5]

무언가 기념될 만한 것을 찾으려고 하다가 회갑 기념으로 마라톤 풀코스 완주를 하고 싶었다. 마라톤 클럽의 공식 행사는 아니지만 그래도 회갑 때 몇몇 회원들께서 회갑 기념으로 풀코스 완주를 하시는

---

[4] 환갑(還甲)은 세는 나이로 61살, 만 나이로 60세 생일을 축하하는 한국의 전통문화로, 회갑(回甲)이라고도 한다. 간지는 60년마다 같은 이름을 가진 해가 돌아옴으로써 회갑은 육십갑자가 다시 돌아왔다는 의미이다.

[5] 역대 조선 왕 27명 중 환갑을 맞이한 군주들이라곤 태조(만 72세), 정종(만 62세), 광해군(만 66세), 영조(만 81세), 고종(만 66세)까지 단 5명뿐이다. 나머지 22명의 군주들은 모두 환갑도 되기 전에 사망했다. 고려 왕 34명 중 환갑을 넘긴 왕은 태조, 문종, 명종, 강종, 고종, 충렬왕 등 6명 (17.6%)이다.

회원들이 있었다. 매년 이어져 오는 전통적인 클럽 행사는 아니다. 칠순을 기념으로 풀코스 완주를 하신 분도 있었다.

메이저 대회인 JTBC 서울대회와 조선일보 춘천 마라톤을 신청하려고 했으나 몇 시간 만에 접수가 끝나 버렸다. 내심 '그래 대회비도 비싼데 잘 되었네.' 하고 위안했다. 클럽 동갑내기 한 분이 '전국 나주 마라톤대회' 홍보물을 핸드폰으로 보내 주면서 같이 달리자고 했다. 클럽 훈련 이사님께서 페이스메이커로서 완주를 도와주신다고 하면서 꼭 신청하라고 했다. 인터넷으로 신청하고 대회비 3만 5,000원을 입금했다.

그게 어제였다. 또한 어제가 D-60일 되는 날이다. 오늘부터는 훈련일지를 매번 작성하고자 한다. 훈련일지를 쓴다는 것은 자신의 달리기 기록을 보유한다는 것이리라. 자신의 달리기 기록을 보유한다는 것만큼 더 뿌듯하고 자신감을 북돋우어 주는 일은 없을 것이다. 날마다 달린 거리와 시간 등 훈련량을 적어 본다면 자신의 실력 향상을 직접 눈으로 확인할 수 있게 될 것이다.

첫째, 날짜와 날씨, 온도를 기록한다. 둘째, 그날의 달리기에 대한 상세한 내용을 기록한다. 셋째, 연습 장소, 달린 거리, 시간을 기록한다. 넷째, 자신의 컨디션을 기록한다.

이상의 내용을 기본으로 하여 훈련에 관련된 그 밖의 사항을 상세하게 기록으로 남기고 이를 지속적으로 검토하여 자신의 장단점을 검토해 보는 습관을 지니고 싶다.

두 달밖에 남지 않아 여러모로 꼼꼼하게 준비하지 않으면 힘들겠다는 생각이 든다. 달리는 거리도 늘려야 하고(이게 제일 중요하지 않나 싶다) 인터벌도 해야 하고, 경주 페이스 훈련도 해야 한다. 그리고 오래달리기와 빨리 달리기 사이에서는 충분한 회복이 가능할 만큼 가볍게 달려야 한다.

『마라톤 그 아름다운 도전을 향하여』(빌 로저스, 조 헨더슨, 프리실라 웰치)에 나오는 3개월의 마라톤 계획을 이번에 참조할 것이다. 실제로 남은 시간이 60일이라 중복된 것은 빼고 나 나름대로 2개월 훈련 계획으로 만들어 보았다.

한 주 건너 한 번씩 실시하는 오래달리기가 성패의 열쇠이다. 최근에 달린 최장 거리에서 30분을 더한 시간 동안 달리는 것으로 시작한다. 마라톤에서 달리는 시간(거리가 아님)에 이를 때까지 달리는 거리를 점차 늘려 간다. 오래달리기에 제시된 시간 동안 이미 달린 상태라면 그에 해당하는 주의 훈련은 무시한다.

오래달리기가 있는 주 사이에는 비교적 짧은 거리 경주와 달리기 연습을 통하여 스피드와 감각을 익힌다. 레이스를 하고 싶다면 하는 것도 좋지만 10km 이하로 제한하여, 이어지는 주의 본격 훈련에 지장을 주지 않을 정도로 빨리 회복되도록 한다. 최근의 오래달리기 거리의 절반 거리로 예측되는 마라톤 페이스로 달리는 것도 좋다.

각 주마다 나머지 6일 동안은 회복과 안정의 시간으로 삼는다. 그 기간 동안 1시간 이상 달리는 일은 삼간다. 하루를 완전히 쉬어야 한다면 본격 훈련이 있은 다음 날이 좋다.

- 1주: 단거리 경주 또는 45분간 꾸준히 달리기
- 2주: 단거리 경주 또는 45~60분간 꾸준히 달리기
- 3주: 단거리 경주 또는 1시간에서 1시간 15분간 꾸준히 달리기
- 4주: 단거리 경주 또는 1시간 15분에서 1시간 30분 동안 꾸준히 달리기

     마라톤은 자신감이다

- 5주: 단거리 경주 또는 1시간 30분에서 2시간 동안 꾸준히 달리기
- 6주: 2시간 30분에서 3시간 30분 동안 달리기 걷기
- 7주: 오래달리기와 빨리 달리기 없음
- 8주: 마라톤 경주

　이번 경기는 완주에 목표를 두었다. 사실 기록까지 바라는 것은 나의 욕심이다. 그래도 내심 4시간 30분 내에는 들어오고 싶다. 다음과 같이 통과 시간을 예정하고자 한다.

25km 지점 통과 시간: 2시간 33분

30km 지점: 3시간 6분

32km(20마일): 3시간 21분

42.195km: 4시간 30분

　가능할지 어쩔지 모르지만 다시 달리기 생활로 돌아갔으면 하는 바람이다. 어쨌든 다시 한번 '달리는 생활'을 되찾고 싶다. 회갑을 맞이하여 풀코스를 완주하는 것이 어떤 의미가 있는지는 잘 모르지만 뭔가를 의미하고 있지는 않을까 생각한다. 마흔의 나이에 풀코스를 완주하고 첫 완주기에는 이렇게 적었다.

　나이를 먹는다는 것의 또 다른 뜻은 꿈을 잃어 간다는 것이 아닐까? 젊은 날의 패기와 용기와 희망이 세월이 흘러감에 따라 하나씩 두 개씩 바래져 가는 것을 지켜보아야 하는 사십 대. 사

십 대의 나이가 가지는 시들함. 그 사십의 나이를 나는 거제도의 바닷바람을 헤치고 완주했다.

달림으로써 정체된 내 삶도 함께 달리도록 하고 싶었다. 지금까지 살면서 너무 게으르고 나태해졌다. 나 자신을 한번 추슬러 보고 싶었다. 한 번쯤 지나온 삶을 되돌아보고 앞으로 가야 할 길을 되짚어 보고자 했다. 그것이라 생각한다. 더 이상 세파에 찌들지 않겠다는 하나의 선언처럼.

20년의 세월이 지났지만, 눈 떠 보니 어느덧 회갑의 나이가 되어 버렸다. 마흔의 나이에 꿈을 잃어 간다고 하고, 패기와 용기가 바래어 간다고 적었고, 사는 게 시들하다고 했다. 너무 게으르고 나태하다고도 했다.

20년이 지난 오늘 다시 한번 생각해 보면 마흔의 나이에 나는 얼마나 치열하게 살았으며 얼마나 앞만 보고 달렸을까? 도대체 그 삶의 기준을 어디에, 누구와 비교했을까? 인생을 너무 진지하게 또는 무겁게 생각했던 것은 아닐까? 지나고 보면 '이 또한 지나가리.' 하며 웃을 수 있을지도 모른다.

무라카미 하루키가 말했듯이 "나이를 먹는다는 것은 어쩔 수 없는 것이 아닌가."라는 생각이 들 때도 있다. 나는 나름대로 나이를 먹었고, 시간은 정해진 만큼의 몫을 받아 간다. 누구의 탓도 아니다. 그것은 게임의 법칙인 것이다. 강이 먼바다를 향해 흘러가는 것과 마찬가지이다. 그와 같은 자신의 모습을, 말하자면 자연 광경의 일부로서 있는 그대로 받아들일 수밖에 없는 것이다.

20년이 더 지나 팔순의 나이에 풀코스를 완주할 수 있을지, 아니면 하늘나라에 이미 도착하여 짐을 풀고 있을지는 모르지만 그때 가

 　　　　　　　마라톤은 자신감이다

서 나는 어떻게 말할 수 있을까, 칠순 기념의 완주기에는 뭐라고 쓰며, 팔순 기념 완주기는 어떻게 쓸지 궁금하다. 아니면 눈도 가물거리고 손과 다리도 떨려서 '그래 나도 한때는 풀코스 42.195km를 쉬지 않고 뛰었던 적이 있었지.'라고 회상이나 하고 있으려나.

어쨌든 시간은 흘러갈 것이고 그때 가서 '좀 즐기면서 아이스크림도 많이 먹고, 땀 뻘뻘 흘리면서 쉬지 않고 오르막 능선을 뛰지 말고, 그늘지고 낙엽 밟히는 오솔길을 천천히 맨발로 걷는 것이 더 나았으려나.' 하고 후회하고 있을지 모르는 일이다.

100회 목표 중 71회

2024년 8월 28일 수요일

딸이 가민(Forerunner) 러닝 스마트워치를 구매하더니 나에게 챌린지를 신청했다. 나는 10월 13일 회갑 기념 전국 나주 마라톤 풀코스 신청을 했고, 딸은 나보다 일주일 전 10월 6일 샌프란시스코 근처에서 생애 최초 하프 코스를 신청하여, 2시간 안에 들어오는 것이 목표라고 한다. 나도 달리기 연습을 해야 하고, 딸도 마찬가지여서 흔쾌히 수락하여 챌린지를 시작하기로 했다.

지난달부터 챌린지가 시작되었다. 지난달에는 어떻게 하는지 지켜보다가 이번 8월부터는 제대로 해 보기로 했다. 달리기 시작은 딸이 먼저 했다. 나는 이번에 풀코스 신청하고 다음 날부터 시작했으니, 출발일이 보름 가까이나 뒤처졌다. 금방 따라잡을 수 있을 것 같았다. 한 달이 다 지나가는 어제 확인했더니, 딸은 누적 거리 135km, 나는 100km를 뛰었다. 이제 한 달이 4일 남았는데 질 거 같다.

설상가상으로 오늘 아침에 달리기 나가기 전 시계를 찾으니 보이질 않는다. 어제 충전한다고 사무실 책상 위에 두고 퇴근을 한 것이다. 시계 없이 천호지 세 바퀴를 돌았으니 얼추 7km는 나왔으리라. 기록에도 나타나지 않고 한마디로 '아르바이트'를 한 셈이다. 울트라 마라톤에 참석한 사람들이 대회 코스를 잃어버려 샛길로 빠졌다가 돌아오면 '아르바이트'를 했다는 후기를 읽은 적이 있다. 아르바이트는 힘만 들고 돈이 되지 않아서 하는 자조적인 소리일 것이다.

달리면서 이런 생각도 해 보았다. 시계를 러닝 모드에 놓고 자동차로 7km를 달리면 기록에 나타날까? 라는 생각을 해 보았다. 결코 내가 딸과의 챌린지에서 이기려고 하는 것은 아니다. 그래도 될까 궁금할 따름이다.

출발 시점이 다르면 사실 따라가기가 힘들다. 이것은 비단 달리기만이 아닐 것이다. 어떤 것이든 출발점이 다르면 결승전에서 만날 확률은 희박하다. 그것이 사업이든, 공부든, 무엇이든 간에 몇 배의 노력을 해야만 한다. 그래서 우리는 출발점이 같아야 한다고 목소리를 높이는 것이리라. 그리고 그것이 요즘 한창 언론에 오르내리는 공정과 정의 또는 상식의 또 다른 말이 아닐까 생각해 본다.

며칠 남지 않은 8월도 최선을 다하여 달려가 보기로 한다. 달리기는 누구와의 경쟁이 아니라 나 자신을 위한 것이니까.

세상에 수많은 경기와 게임 중에서 심판(Referee, Judge)을 두지 않고 하는 경기는 골프와 마라톤밖에 없다고 한다. 물론 골프도 경기위원이 있어서 선수들이 판단하기 어려운 것은 경기위원에게 물어보고 플레이하기도 한다. 하지만 마라톤만큼은 경기 중에 누구에게도 물어 볼 수도 없고 오로지 자기 자신만이 심판이고 선수이다. 그런 만큼 무엇보다 자기 자신과의 싸움에서 이겨야 하며 솔직하고 정의로

워야 한다. 마라톤 달리기를 할 때 나는 러너(Runner)를 '독고다이'[6]
라고 자주 말한다. 일본어 생김새와 비슷한 단어를 쓰는 것이 영 마뜩
잖지만, 이 단어보다 더 정확한 단어를 찾지 못했다.

---

[6] 독고다이(tokkoutai): 스스로 결정하여 홀로 일을 처리하거나 그런 사람을 속되게
이르는 말, 일본어로 '특공대'를 뜻하는 말이다. 제2차 세계대전에서 조직과 상관없
이 별도로 움직이는 걸 좋아하는 사람을 '독고다이'라고 불렀다. 특공대(特攻隊)의
일본 발음인 톳코타이(とっこうたい)가 어원이다. 2차대전 당시 일본군이 카미카
제 공격을 하던 자폭부대를 가리킬 때 쓰던 말이다.

 마라톤은 자신감이다

100회 목표 중 78회

2024년 9월 8일 일요일

9월의 날씨가 이상하다. 추석이 내일모레인데 아직까지 한낮의 기온은 32~33도를 오르내린다. 어제 참석한 '이봉주 보스턴 제패 기념 제24회 홍성 마라톤대회'에서 하프를 완주했다.

땀을 얼마나 흘렸는지 모른다. 처음 출발하자마자 나타나는 운동장 뒤편 언덕을 보니 '아, 만만치 않겠구나!' 하는 생각이 절로 들었다. 하지만 그 이후로 거의 하프 지점까지는 오르막보다는 내리막이 더 많은 듯하다. 그래서 중간 7.5km 지점에서 유턴하려고 마음먹었다기 그냥 달리기로 했다.

15km 지점에서 얼음물 두 바가지로 등목을 한 것은 달리기 역사상 처음이다. 얼음을 띄운 커다란 고무통에서 퍼 올린 냉수 한 바가지의 등목을 잊을 수 없었다. 팬츠와 신발이 거의 다 젖어서 몸에 달라붙고, 심지어는 신발에서 물소리까지 났다. 하지만 이보다 더 정신이 번쩍 들고 달리기 컨디션을 끌어올리는 마법은 처음이다. 차가운 두

바가지의 물 덕분에 2~3km는 거저 온 것 같다.

18km 언덕배기 오르막에서 걷고 있는 클럽 회원이 얼마나 반가웠는지 모른다. 이분은 나와 갑장(동갑내기)이며 다음 달 10월 13일 회갑 기념으로 나주 마라톤에 풀코스를 같이 신청한 분이다. 처음 출발할 때 같이 출발했으나 초반 스피드를 내가 같이 따라가기에 힘들어서 물 급수 지점에서 먼저 보냈다. 나보다 먼저 골인할 것이라고 생각했는데, 더운 날씨라 언덕배기에서 걷고 있었다. 옆에서 "화이팅!"을 외쳐 주고 같이 동반주했다. 얼마를 같이 달리다가 마지막 언덕에서 나보고 먼저 가라고 했다. 내가 아마도 2~3분 먼저 골인했을 것이다.

클럽 회원들끼리 점심식사 시간에 맥주 한 잔을 따라 주며 "하수님 열심히 연습하세요."라고 하며 어깨에 힘을 주었다.

마라톤은 자신감이다

100회 목표 중 90회

2024년 9월 22일 일요일

10월 13일 풀코스를 앞두고 장거리주가 절실히 필요한 시점에 동아일보 2024 공주 백제 마라톤에 참가하기로 했다. 요즈음은 달리기를 좋아하는 사람이 워낙 많아, 메이저 대회는 순식간에 마감되곤 한다. 이번 공주 백제 마라톤 또한 참가 신청을 늦게 하는 바람에 마감되었다고 했다. 취소자가 없어 배번호를 구하지 못하면 뻐꾸기[7]로라도 참석하기로 하고 출발했다. 다행히 타 클럽 회원 중에 페이스메이커로 뛰시는 분이 있어, 그분의 풀코스 배번호로 뛰기로 했다.

이번 풀코스 훈련 계획을 짤 때 추석 휴무 기간 중 장거리 지속주를 하기로 했으나, 덥고 습한 날씨 때문에 엄두가 나질 않았다. 차일피일 미루다가 이번 대회에 3시간, 30km 이상 장거리 지속주를 하기

7 　뻐꾸기의 번식은 남 다르다. 자신의 알을 다른 새(주로 멧새. 할미새. 종달새)의 둥지에 몰래 낳아 본인이 직접 키우지 않고 그 둥지의 주인새가 자신의 알과 새끼까지 키우게 한다. 그렇게 하여 새끼 뻐꾸기가 태어나면 원래 주인새의 새끼들을 둥지 밖으로 밀어내고, 주인새는 오히려 뻐꾸기 새끼를 자기 새끼로 착각하고 키운다고 한다. 이렇게 얌체 짓을 하는 행동거지를 두고 '뻐꾸기'라고 한다.

로 한 것이다.

　그동안 습하고 무더운 날씨가 하루 전날 많은 비를 뿌린 후, 갑자기 가을 날씨처럼 되었다. 아침 기온이 24~25도에서 18도로 떨어졌다. 불과 하루 사이였다. 9시에 풀코스 주자들과 함께 출발했다. 이내 기온이 조금씩 올라가는 것이 느껴졌다. 여기 공주 백제 마라톤의 코스는 출발 지점으로 다시 돌아오면 하프 코스이다. 출발 지점을 지나서 반대편으로 갔다가 다시 돌아와야만 풀코스가 된다. 왼쪽의 결승선을 두고서 다시 뛰려니 도저히 발걸음이 떨어지지 않았다. 그래도 조금이라도 더 가자고 하여 23km 지점 다리 밑 그늘에서 한 5분간 스트레칭을 한 후 되돌아오고 말았다.

　총거리 25.7km 달렸다. 거의 2시간 50분이 걸렸다. 다음 날 아침 어제 못 달린 7km를 보충하는 것으로 장거리 주를 마감했다.

　오른쪽 검지 발톱에 멍이 들었다. 양말과 신발을 신을 때마다 아프다. 빼고 치료를 받아야 하는지, 그냥 아물게 둬야 하는지 헷갈린다. '이러다가 풀코스 달릴 때 문제가 생기면 안 되는데.' 하는 걱정이 든다.

　마라톤은 자신감이다

100회 달리기 목표 완수

2023년 2월 초에 10km를 100회 달리는 목표를 세웠다. 드디어 목표를 달성했다. 거의 1년 8개월의 시간이 소요되었다. 매일같이 달리는 러너라면 하루에 10km를 달려서 100일, 3~4개월이면 달성할 수 있는 목표지만 20개월 가까이 걸렸다. 그러나 나는 뿌듯하다. 시간이 걸리더라도 내가 세운 목표를 스스로 달성했다는 것이다. 이는 달리기만이 아니라, 어떤 어렵고 힘든 일이 내 앞에 나타나더라도 결국은 해 낼 수 있다는 것이다. 비록 시간이 걸리더라도 말이다.

또한 10km 100회를 달성하면서 9월 한 달 총 누적 거리 300km를 달성했다. 지금까지 달리기 20여 년간 훈련일지를 작성하면서 누적 거리 300km를 달성한 적이 한 번도 없었다. 최고 기록 3시간 28분을 기록한 2008년 동아대회의 한 달 최고 기록이 270km인 것으로 기억한다. 생애 최초로 한 달 누적 훈련 300km라는 기록을 또 하나 세웠다. 이는 장비의 도움도 많이 되었을 것으로 생각한다. 가민이라는 훈

련 시계는 거리에 있어서는 한 치의 오차도 없다. 자투리 없이 측정하
여 아마도 예전 아날로그식 누적 거리와는 차이가 있을 것이란 생각
을 해 본다.

마라톤은 자신감이다

네팔 안나푸르나 푼힐 파노라마 트레킹

2017년 8월 18일부터 26일까지 8박 9일간, 딸과 함께 네팔 푼힐 전망대 트레킹 코스를 다녀왔다. 나는 이번이 두 번째의 네팔행이고, 딸은 처음이다.

2011년 나는 달리기 동료이자 후배와 함께 안나푸르나 베이스캠프(ABC) 4,130m를 다녀온 적이 있다. 그래서 네팔이라는 나라와 고산 트레킹이 그리 낯설지는 않다. 한때는 각 대륙의 가장 높은 산을 등정하려고 친구들과 약속을 하기도 했다. 그래서 처음으로 에베레스트가 있는 중앙아시아의 네팔 안나푸르나를 다녀왔다. 이듬해에는 우리나라를 포함한 동북아시아에서 가장 높다는 대만 옥산(3,952m), 동남아시아에서 제일 높다는 말레이시아의 코타키나발루(4,095m)산을 트레킹했다.

다른 친구들에 비해 유독 심한 나의 고산증세 때문에 도중에 각 대륙 가장 높은 산 정복의 계획은 접었지만, 유럽의 알프스와 북아

메리카의 고산 몇 곳은 트레킹했다. 남미와 아프리카는 아직 미답 지역이다.

딸은 대학교 3학년 여름방학을 맞이하여 나를 따라나섰다. 사실은 나보다 딸이 어떻게 보면 더 적극적이었다. "네팔 트레킹 한 번 가 볼래?" 했을 때 "응 좋아." 하고 한 치의 거리낌 없이 시원하게 대답했다.

사실은 아직도 의아하다. 운동을 별로 좋아하지도 않는 다 큰 딸이 그것도 아주 꼰대스러운 아버지와 며칠간 네팔 트레킹을 해야 하는데 주저 없이 간다고 한 것을…. 아직도 물어보지 않았지만, 당시 딸은 몸매에 많은 신경을 쓰고 있는 듯했다. 아마도 네팔 트레킹을 다녀오면 자신이 원하는 만큼 체중이 빠지지 않을까 생각했을지도 모른다. 물론 나의 추측이다.

나는 딸의 체력이 도대체 어느 정도인지 알 수가 없었다. 그래서 어느 날 체력 테스트 겸 근교에 있는 광덕산(699m)에 데리고 갔다. 역시나였다. 여름이기 때문이었는지는 몰라도 땀을 뻘뻘 흘리면서 어지러워하여, 광덕산을 완등하지 못하고 중간에서 내려와야 했다.

"여기도 오르지 못하면서 어떻게 네팔에 가겠다고 하냐."라고 야단쳤다. 본인도 실망스러운 기색이 역력했다. 아직 시간이 좀 남아 있으니 남은 기간 동안 열심히 체력 단련을 하겠다고 한다. 이렇게 두 부녀는 떠나기 전부터 투닥거렸다.

떠나기 보름 전, 비가 오락가락하는 어느 일요일, 다시 한번 체력 테스트 겸 등산을 가까운 집 근처로 떠났다. 집에서 출발하여 태조산과 성거산 정상을 찍고 천안 입장쪽으로 내려오는 4시간 등산코스를 딸은 무사히 완주했다. 챙겨간 비옷을 입었다 벗었다 하면서, 4시간 가까이 비 맞은 생쥐 꼴이 되었지만, 딸은 별로 싫은 내색을 하지 않

    마라톤은 자신감이다

고, 묵묵히 아주 대견스럽게 따라왔다. 속으로 이 정도면 충분히 네팔 푼힐 트레킹을 완주할 듯했다.

이전에 다녀올 때 가이드를 맡았던 네팔 현지 가이드 '라주'에게 연락하여 일정과 예약을 부탁했다. 라주는 한국말과 영어로 충분히 의사소통이 가능하며, 에베레스트 등반가들에게는 셰르파의 역할도 맡길 수 있는 유능한 현지인이다.

우리는 걱정 반 설레는 마음 반으로, 카트만두 공항에 도착하여 호텔에서 1박을 머물고, 다음 날 안나푸르나 출발 지역 도시인 포카라로 소형 비행기를 타고 이동했다.

네팔 트레킹을 꿈꿔왔던 사람들 중 압도적인 비율로 선택하는 곳이 네팔의 안나푸르나 지역이다. 수도인 카트만두에서 접근성이 좋아 당일 이동이 가능하며, 여행 인프라가 잘 발달되어 있어, 비교적 좋은 롯지와 식당 등을 이용할 수 있다. 그리고 푼힐 전망대에 오르면 다울리가리 산군, 안나푸르나 남봉, 1봉, 마차푸차레, 히운출리 등 히말라야 설산이 파노라마처럼 펼쳐진다.

포카라에서 나야풀까지는 자동차로 이동했다. 그리고 이제부터는 본격적인 푼힐 전망대 코스가 시작되었다. 나야풀(1,070m)에서 힐레까지(1,430m) 그리고 올레리(1,960m)에서 푼힐 전망대(3,210m) 트레킹이 시작되었다.

네팔의 기후는 크게 건기와 우기 시즌으로 나뉘며, 우기는 6월부터 8월까지를 말한다. 우리가 우기인 8월에 출발한 것은 딸의 여름방학 일정에 맞추어야 했기 때문이다. 우기철에는 네팔의 무스탕 지역과 서부지역에서는 만년 설산의 파노라마를 볼 수 있지만, 그 외의 지역에서는 사실 이러한 풍광을 보기 어렵다고 여행 안내서에는 나와 있다.

쟁반 위에 놓여 있는 하얀색 솜뭉치는 비행기 소음을 예방하는 귀마개이다.
하얀 솜의 정체에 대해 물어보면 아는 사람이 하나도 없을 듯하다.

국내선은 산악 지역 공항을 안전하게 이용하기 위해 제트기가 아닌 30인승
쌍발 프로펠러 비행기를 이용한다.

마라톤은 자신감이다

하지만 우리는 크게 개의치 않았다. 왜냐하면 그러한 풍광을 보지 못한다는 것을 실감하지 못했기 때문이다. 그래서 그 상실감이 어떤지도 모르는 상태였던 것이다.

장엄한 히말라야의 풍광을 마주하기 가장 좋은 계절은 가을과 겨울이며, 온도가 높은 편인 봄에도 특별한 풍광을 볼 수가 있다. 가장 많은 트레커들이 방문하는 시기는 9월에서 11월이니, 비교적 하늘이 맑고 일교차가 크지 않아 트레킹하기에 가장 좋은 시즌이다.

12월부터 이듬해 2월까지는 겨울이지만 네팔은 한국보다 위도가 낮아 3,000m 이하의 고도에서 낮 기온은 최고 15도 정도이며, 아침과 저녁은 5도 정도로 한국의 봄, 가을 날씨처럼 걷기에 매우 좋다. 고도가 높아질수록 일교차가 크지만 한낮에는 따뜻한 기온 때문에 트레

잠무카슈미르
•레
티벳 자치구
안나푸르나 지역
랑탕 지역
네팔
에베레스트 지역
포카라 •
인도
•카트만두
다울라기리
(8,167m)
안나푸르나1봉
(8,091m)
안나푸르나 남봉
(7,219m)
마차푸차레
(6,997m)
푼힐전망대
(3,210m)
고라파니
(2,860m)
데우랄리
(2,990m)
타다파니
(2,590m)
간드룩 (1,940m)
울레리(1,960m)
힐레 (1,430m)
김체 (1,638m)
나야풀 (1,070m)
포카라 (820m)
산장
버스
지프 차량
트레일
지명

마라톤은 자신감이다

킹하기 좋고, 만년설산의 감동을 충분히 느낄 수 있는 풍광을 우리에게 선사한다.

3월부터 5월까지는 고도가 높은 지역도 따스함을 느낀다. 네팔의 국화인 랄리구라스의 꽃이 만발하여 하얀 설산과 그림처럼 어울리는 풍경을 볼 수 있다.

우기 트레킹 중 가장 엽기적이고, 기억에 남는 것은 거머리와의 전쟁이었다. 우기 트레킹에서 거머리 이야기는 빼놓을 수 없다. 우리를 안내하는 가이드와 포터들이 주먹보다 조금 작은 헝겊 주머니를 하나씩 가지고 다닌다. 비에 젖지 않게 속주머니에 비닐로 싸서 고이 간직한다. 그 헝겊 주머니 안에는 소금이 들어 있다고 한다.

"자, 문제 들어갑니다. 이 주머니의 정체는 과연 무엇일까요?"

카트만두에서 포카라로 오는 쌍발 30인승 비행기 내에서 승무원이 쟁반에 담아서 내온 하얀 솜의 정체처럼, 주먹만 한 소금 주머니의 정체 또한 경험해 보지 않고는 아는 사람이 없으리라.

거머리 퇴치용 주머니였다. 우기철에 거머리란 놈이 사람의 발자국 소리나 진동에 의해, 나무의 나뭇잎이나 풀숲에서 대기하다가, 사람에게 옮겨붙는다고 한다. 우리가 알기로는 거머리는 손가락 길이만 한 것을 예상하지만, 사람의 피를 흡혈하기 전의 거머리는 1cm 미만인 자른 손톱만 한 크기이다. 이것이 사람 살 속에 파고들어 흡혈하면서 덩치를 키워서 우리가 생각하는 손가락 길이의 거머리가 된다고 한다. 거머리가 사람의 살 속에 파고들어 흡혈할 때 사람들이 깨닫지 못하는 것은 마취제 성분을 분비하면서 흡혈하기 때문이란다.

밤새도록 딸의 머릿속에서 흡혈한 거머리의 사진을 올리지는 않겠다. 너무 비호감 비주얼이라 다시 떠올리고 싶지 않다. 몇 장의 거머리 사진을 찍은 것이 있지만 전부 다 어김없이 주변에 핏자국이 낭자

트레킹 도중 만난 이름 모르는 꽃과 나무

마라톤은 자신감이다

하다.

그날 이후로 가끔 생각이 깜빡거리거나, 사람 이름 같은 것이 잘 떠오르지 않을 때, 네팔에서 밤새 거머리에 머리를 물린 이후부터라고 딸은 너스레를 떤다. 아무리 빈틈을 보이지 않게 하려고 양말목과 소매 부분을 싸고 싸도 어떻게 들어왔는지 모를 정도이나. 숙소에 도착하여 옷을 벗으면 몇 곳이 피로 흥건하다.

손톱만 한 것이 살 속을 파고들어 잘 빼내지도 못한다. 이때 등장하는 것이 아까 이야기한 소금 헝겊 주머니이다. 이것으로 거머리가 파고든 살을 몇 번 톡톡 두드리면 신기하게도 스스로 빠져나와 떨어진다.

롯지에서는 다양한 한국 음식을 만들어서 팔고
있다. 닭백숙, 김치찌개, 라면은 두말할 것 없이

교통 인프라가 발달하지 않아 나귀와 포터가
짐을 운반한다.

네팔 롯지 어디에서나 나오는 고랭지 감자는 아주 맛있다.

마라톤은 자신감이다

우기 중에는 하루에 한두 번씩은 꼭 비가 내린다. 일전에 친구와 ABC에 왔을 때는 건기임에도 거의 하루에 한 번씩 비가 내렸다. 우기에 내리는 비는 시간도 더 길고 양도 많으며, 간격 또한 짧다.

하산하는 길에 타다파니(Tadapani)에서 안나푸르나 베이스캠프(ABC)로 가고 싶은 마음이 굴뚝같았지만 그러하지 못했다. 언젠가 다시 한번 ABC와 푼힐 전망대에 꼭 들르고 싶다.

포카라에 도착하여 가이드 라주로부터 카트만두로 가는 비행기가 날씨 관계로 이륙하지 못한다는 이야기를 들었다. 언제 늘지도 기약이 없다고 한다. 숙소를 잡고 묵더라도 다음 날 비행 스케줄을 알 수가 없으니 자동차로 이동하자고 한다. 그러자고 하고 택시를 수배했다. 비행기로 1시간의 거리가 자동차로는 7시간 넘게 소요될 것이라고 한다.

일단 가 보기로 했다. 그러나 이것이 얼마나 어리석은 결정이었는

비가 오는 바람에 푼힐 전망대에서 이 아름다운 에베레스트의 설산을
애석하게도 보지 못하고 하산하다.

푼힐 전망대에서 일출을 바라보는 트레커들

     마라톤은 자신감이다

지 가는 내내 후회했다. 왕복 2차선 비포장도로라 앞쪽에 커다란 화물차가 가고 있으면 추월이 불가능하다. 하지만 운전기사는 구불구불하고 거의 캄캄한 산악길을 아슬아슬하게 추월한다.

나도 모르게 주먹을 쥐고 허벅지에 힘이 들어간다. 보다 못하여 "늦게 가도 괜찮으니 천천히 가 주세요."라고 가이드에게 말했으나, 조금 천천히 가는 듯하다가 다시 이리저리 추월한다.

결국은 커브 길에서 마주 오는 커다란 화물차에 백미러와 조수석이 긁히고 말았다. 카트만두로 오는 중간 어디쯤에서 하염없이 교체 차량을 기다렸다. 기다리면서 마을 입구에서 들려오는 네팔 특유의 리듬을 가진 음악 소리에 춤을 추는 마을 사람들이 아직도 눈에 선하고 귀에 쟁쟁하다.

새로 수배된 차량을 타고 카트만두 호텔에 거의 기진맥진한 채로 도착했다. 그리고 늦은 저녁을 먹었다. 거의 10시간 이상이 걸린 듯하다.

다음 날 느지막이 겨우 일어나 카트만두 시내와 화장장과 원숭이 공원을 둘러봤다.

자연에서 바람처럼 왔다가 한 줌 흙으로 돌아가는 마지막 화장장 터에서 네팔 트레킹을 마쳤다. 딸은 어떻게 생각할지 모르지만 나는 나름대로 만족스러운 트레킹이었다. 비록 잠자리가 불편하고, 따뜻한 물이 나오지 않으며, 거머리와 동행했지만, 한국에 돌아가서 일상을 다시 시작하는 힘을 얻었다.

내가 얼마나 안락한 잠자리를 가지고 있으며, 얼마나 매끄러운 포장도로에 커다란 차를 타고 다니는지 새삼 되돌아보았다.

국가 순위를 매길 때 우리는 흔히 GDP를 이용하곤 한다. 네팔의 GDP는 아마도 국가별 순위에서는 인접 국가인 부탄과 더불어 아마

<상> 비를 쫄딱 맞으며 하산하다
<하> 동반자들과 함께 하산 길에서 가이드와 포터들

 마라톤은 자신감이다

가장 끝순위 근처일 것이다. 하지만 국민총행복지수(GNH Gross National Happiness) 순에서는 부탄과 함께 1, 2위를 다툰다고 한다.

그러고 보면 행복의 기준이란 뭘까 생각하게 된다. 자동차나 전자제품, 그리고 얼마나 좋은 집을 가지고 있느냐가 아니라 내가 가지고 있는 것으로 얼마나 만족할 수 있느냐가 행복의 열쇠가 아닐까. 물질이 행복의 절대적인 기준은 결코 아닐 것이다.

다음은 혜초 여행사의 홈페이지에 나온 네팔 방문지 정보 세 가지이다.

카트만두(kathmandu)

카트만두는 네팔 분지의 중앙이자 해발고도 1,281m 지점에 위치하며 산이 주위를 둘러싸고 있다. 칸티푸르(kantipur)라는 옛 이름으로 알려졌으며, 10세기 무렵 건설된 것으로 추정되지만 정치, 문화의 중심지로서 크게 발전하기 시작한 것은 15세기 말라 왕조 때부터이다. 18세기 후반에 말라 왕조의 뒤를 이은 구르카 왕조가 이곳을 수도로 정한 이후 오늘에 이르기까지 네팔의 수도로서 영광을 누렸다. 상업, 수공업이 활발하며, 주민의 대부분은 네와르족이다. 시가지에는 행정청, 옛 왕국, 대학 외에 불교, 힌두교 사찰이 많고, 특히 5층의 왕실 성묘(聖廟) 탈레주(1549)와 목조 사찰 카트만두(1596년 건립·도시 이름의 기원이 되었다)는 웅장하고 화려한 건물로 유명하다. 히말라야 관광의 입구가 되어 세계 산악인들의 출입으로 붐비는 곳이다.

시내에는 오토바이, 자전거, 인력거, 자동차 등 모든 교통수단이 공존한다

카트만두 시내가 내려다보이는 원숭이 공원에서

마라톤은 자신감이다

갠지즈강 강가의 화장장, 화장이 이루어지고 타다 남은 장작과 재는 강물에 떠내려 보낸다. 벌거숭이 어린이들이 자맥질하여 동전은 수거하고 타다 남은 장작은 되팔기도 한다고 한다. 화장장도 이승에서 살던 계급에 따라 사용하는 곳도 다르다. 갠지스강 상류 위쪽은 상류계급의 화장터이고 아래쪽은 서민용 화장터이다. 메케한 타는 연기에 코를 막게 되지만, 근처에 마스크 파는 곳은 아무리 찾아봐도 없다.

<좌>화장장이 내려다보이는 공원의 시민과 원숭이들
<우>화장장을 구경하고 있는 외국인 관광객들

카트만두 시장에서 물건을 파는 상인

마라톤은 자신감이다

카트만두 시내 전경

롯지 부엌에서 식사 준비하는 모습, 나무를 땔감으로 사용한다.

롯지(Lodge)

롯지는 현지인들의 집이자 일터이며, 여행자들에게는 게스트 하우스 겸 레스토랑이다.

나마스떼(namaste)

요가에서 자주 쓰이는 나마스떼는 산스크리트어이다. 인도와 네팔에서 주고받는 인사말이다. 만났을 때뿐만 아니라 작별할 때도 사용한다. 공식적인 형태로는 나마스까르가 있다. 나마스(namas)는 '머리를 낮춘다, 자세를 낮게 한다.'라는 의미를 가지고 있다. 떼(te)는 '당신'이라는 의미가 있다. 두 가지의 의미를 합치면 '당신에게 인사합니다.' '그대에게 고개를 숙입니다.' '당신을 존경, 존중합니다.' 더불어 '당신이 믿는 신도 존경합니다.'라는 의미가 있다. 그러므로 인사할 때, 두 손을 모은 후, 나마스떼로 인사를 한다.

마라톤은 자신감이다

스위스 루체른 필라투스에 오르다

아내와 2018년 10월 6일부터 10월 14일까지 유럽 여행을 다녀왔다. 한국 산림 아카데미 회원 28명과 함께한 일정이었다. 그중에서 인상적이었던 필라투스(해발 2,132m) 정상에 오른 소감을 적어 보기로 한다. 먼저 기억나는 대로 유럽 여행의 일정을 정리해 보았다.

이번 여행의 설계는 독일에서 음악 공부를 한 적이 있는 대전 시립 교향악단장님의 고심 어린 작품이다. 많이 알려져서 관광객들로 북적이는 곳보다는 현지인이 더 자주 찾는 자연과 산림을 주제로 한 여행이 목표였다. 물론 지역적 특색이 있거나 랜드마크인 곳은 들렀다.

1일차 독일 뮌헨 도착, 중세 레지던트 궁전, 슈바빙 거리 외

2일차 옥토버페스트 맥주 축제 참가

3일차 산림치유마을 뵈리스호펜 방문

4일차 스위스 루체른 필라투스 산행

  마라톤은 자신감이다

5일차 프랑스 알자스 지방 소도시 콜마르, 로렌 지방 돌아보기
6일차 흑림(黑林 Black Forest) 여행 및 하이델베르크 고성
7일차 슈바르츠발트 산책과 뤼데스하임 그리고 프랑크푸르트
시내에서 오페라 관람

딸과는 네팔 푼힐 전망대, 아들과는 미국 서부와 일본 북알프스에 다녀온 트레킹 이야기를 썼지만 막상 아내와 함께한 트레킹이나 여행기는 아직까지 쓴 적이 없었다. 무엇을 쓸까, 어떤 것으로 쓸까 망설이다가, 몇 년 지났지만 아직도 그 당시 느낌이 생생한 필라투스(Pilatus, 2,132m) 등정기를 써 보고 싶었다.

필라투스는 용이 산다는 전설, 예수를 처형한 빌라도 총독의 영혼이 떠도는 산이라는 설도 있다. 필라투스라는 단어가 빌라도의 라틴어 발음이라는 이야기를 가이드로부터 들은 것도 같지만 오래되어서 기억이 가물거린다.

그는 로마 황제에게 죽임을 당한 후, 버려진 시신이 갈 곳이 없어 이곳저곳을 떠돌았다고 하며. 그 와중에 간신히 시신을 누일 곳을 찾은 곳이 바로 이 필라투스 산꼭대기에 있는 호수라고 한다. 지금은 호수의 흔적이 아무것도 남아 있지 않지만 옛날에는 이 산이 성직자들에게는 등반이 금지될 정도였다고 한다. 필라투스 등정은 케이블카로부터 시작하기에 일반 트레킹이나 몇 시간 걸려서 정상에 도착하는 일반 등산과는 조금 다르다.

가을의 초입에 들어서는 유럽의 날씨는 청명하다. 집집마다 내 걸린 분홍과 붉은색의 봉선화 종류 꽃과 샐비어는 마지막 불꽃을 사른다. 그리고 깃발만 꽂으면 골프장을 만들 수 있을 것 같은 넓은 초원에는 양 떼가 한가로이 풀을 뜯는다. 케이블카가 높이 올라갈수록 저

멀리 루체른 시가지와 호수, 그리고 알프스산맥의 위용이 서서히 드러난다.

아내는 몇 년 전 커다란 수술을 하고, 엄밀히 말하면 아직 만 5년이 지나지 않은 요양 상태이다. 필라투스 산 정상에 도착하여 "이 좋은 경치를 보지 못하고 죽을 뻔했네." 했다. 그렇다, 살고 죽는 것은 어쩌면 신의 영역일지 모른다. 그래서 우리는 살아 있는 동안 최선을 다하는 수밖에 없다. 필라투스 정상에서 바라본 알프스의 장엄함에 저절로 감탄사가 나왔다.

전망대에서 바라본 루체른 시가와 루체른 호수, 눈 덮인 알프스 만년설, 톱니바퀴 방식의 빨간색 산악열차, 부서지는 햇살, 이 모든 것은 살아 있기에 가능한 것이다. 여행이라는 것이 이런 것이구나 하고 새삼 느껴 본다. 살아 있는 것 자체가 얼마나 감사한 일인지…. 두 발과 두 손, 두 눈으로 온몸의 감각을 통하여 필라투스를 맞이한다.

장엄한 자연 앞에 서면 인간은 한없이 작아진다. 그래서 겸손을 배울 수 있는지 모르겠다. 인간의 유한한 일생에 비하면 자연과 산맥은 인류가 생기기 이전부터 있어 왔다. 내가 죽은 이후에도 계속 그렇게 있을 것이다. 인간의 일생 자체가 잠깐 스쳐 가는 찰나일진대 필라투스 등정 몇 시간은 말해 무엇하랴. 겸손하고 또 겸손해야 함을 필라투스 등정을 통해 다시 한번 느껴 본다.

필라투스 정상에 오를 때는 케이블카를 타고 올랐지만 내려갈 때는 산악열차를 이용했다. 세계에서 가장 가파른 각도의 톱니바퀴 열차는 아프나흐슈타트(Alpnachstad)에서 등반을 시작해 최대 48도의 경사를 오르며, 숲과 초원, 그리고 암벽을 통과한다. 북쪽으로는 크리엔스(Krens)와 필라투스 쿨름(Pilatus Kulm)을 잇는 곤돌라 케이블카와 공중 케이블카가 있다.

다음에는 이탈리아의 '돌로미티'를 트레킹하고 싶다. 아니 영국과 독일에서 손흥민과 김민재의 경기를 직관하고 싶다. 아니 로마 교황청과 이탈리아 콜로세움도 버킷 리스트이다. 북유럽의 오로라와 백

　　　　　　　　　　　　　　마라톤은 자신감이다

야도 체험하고 싶다. 알프스 3대 미봉을 오르고 싶다. 아니 끝이 없을 듯하다.

북극이나 남극에서 백야(polar day)나 극야(polar night) 또한 체험해 보고 싶다. 평생을 동쪽에서 해가 떠서 서쪽으로 지는 세상을 살아온 우리에게 하루 종일 해가 떠 있거나 반대로 해가 아예 뜨지 않고 계속 밤 상태로 유지하는 세상은, 경험하지 않고 여행하지 않으면 이해할 수 없는 영역의 것이리라.

여름에는 해가 시계 방향으로 돌고 또는 반시계 방향으로 지평선 위를 돌고, 겨울에는 아예 지평선 아래에서 움직이지 않는 세상 또한, 처음 경험하거나 여행한 사람에게는 천지개벽일 것이다.

그러고 보면 이 세상에 애초부터 옳고 그른 것이 없는지도 모른다. 아니면 맞고 틀린 것이 없을지도 모른다. 옳을 수도 있고 그를 수도 있으며, 틀릴 수도 있고 맞을 수도 있을까. 아니 이 세상에 정답 따위가 존재하지 않을 수도 있겠다. 나름대로 존재 이유로 최선을 다해서 사는 수밖에.

마라톤은 자신감이다

미국 서부 트레킹 그리고 달리기

아들과는 여러 차례 국내·외 여행을 다니면서 기회가 있을 때마다 같이 달리려고 했지만, 지금까지의 결과를 놓고 보면 그리 썩 만족스럽지 못하다.

일단 아침에 깨우기가 쉽지 않다. 아침에 일어나는 날은, 전날에 약속과 동의를 반드시 해 놓아야만 했다. 그러다가 어느 때부터인가는 스스로도 잘 일어나고 달리기에 대해 크게 거부감 없이 잘 따라나서고는 했다.

그게 아마도 대학교 3학년 때 ROTC에 지원하여 훈련을 받기 시작하면서부터이다. 체력 평가에 달리기가 들어가 있고, 또 장교로서 사병들보다 '체력적으로 약해서는 안 된다.' 싶어서인지는 몰라도 달리기와 체력 훈련(턱걸이, 팔굽혀펴기 등)에 신경을 쓰기 시작했다. 그 이후부터는 달리기하러 나가자는 나의 말에, 군말 없이 따라나서곤 했다. 어쨌든 함께 여행을 가면 한 두 번씩이라도 꼭 함께 현지에서 조깅을 했다.

아들과 같이 달리기를 같이 하다 보면, 아직 장거리 달리기에 익숙하지 않아서인지 몰라도 달리는 속도가 일정하지 않다. 어느 해인가 제주도 올레길에서 달리기할 때 핸드폰을 보더니 "아빠는 어떻게 달리는 속도가 이렇게 일정하지요?"라고 물어본 적이 있다. 하기야 42.195km의 마라톤을 달리자면 속도가 일정해야만 한다. 그리고 수년 동안 쌓아온 내공이 시계나 핸드폰을 보지 않아도, 달리는 속도를 어느 정도 일정하게 가져갈 수 있다.

어느 해인가 제주 올레길 조깅 후 카페의 거울에 비친 모습

아마도 단거리 10km 이하에서는 아들이 나보다 더 빨리 뛸 수 있을지 모르지만, 장거리 경주에 있어서는 아직 아들에게 밀리지 않을 것이다.

지난주 4박 5일 일정으로 다녀온 괌(Guam)에서도 조깅 하루와 바닷가 걷기만 했다. 내가 감기에 걸려서 도저히 달리기할 몸 상태가 아니었다. 그리고 이틀 동안은 이른 아침부터 열대지방 특유의 오락가락하는 비가 흩뿌렸다.

아들과의 깊은 추억으로 내게 남아 있는 것은 둘이서만 오롯이 다녀온 18박 19일의 미국 서부 일대 트레킹이다. 2022년 7월 1일 금요일부터 시애틀과 레이니어산, 올림픽 내셔널 파크, 라스베이거스, 그랜드캐니언, 캘리포니아, 실리콘밸리 등을 돌아보았다. 그중에서 트레킹 후기만 쓰고자 한다.

다녀온 지 6개월가량 지났지만, 아직 그 당시의 여행 잔상과 기억은 여전히 남아 있다. 어떤 것은 생생하기까지 하다. 이 여행이 진행된 과정은 이렇다. 미국 시애틀에서 딸이 대학원(University of Washington) 과정을 다니고 있었다. 1년 과정이 끝나고 여름방학을 맞이하여 캘리포니아에 있는 실리콘밸리로 인턴을 떠나면서, 살고 있는 월세방을 두어 달 비워 놓는다고 했다. 그래서 빈방도 사용할 겸 여행을 계획했다. 아내는 수술한 지 얼마 되지 않은 장모님 케어 때문에 불가능했다. 아들과 트레킹 위주의 여행을 계획했고, 전적으로 아들에게 여행 스케줄을 맡겼다. 대신 여행 경비는 내가 부담하는 것으로 정리했다.

워싱턴주에는 3개의 국립공원이 있는데 노스 캐스케이드 국립공원(North Cascades National Park)과 올림픽 국립공원(Olympic National Park) 그리고 마운트 레이니어 국립공원(Mt.Rainier National Park)이 있다. 트레킹 코스는 이곳을 중심으로 짜보았다. 워싱턴주의 다른 말이 에버그린 스테이트(Evergreen State)라는 것을 말해 주듯 55%가 산림으로 덮여 있다.

아들과 열대우림 같은 산림 속을 몇 시간 운전했다. 지나가는 차량 또한 띄엄띄엄 몇 대가 있을 뿐이다. 그래서 장롱면허로 보관 중이던 아들에게 운전을 시켜 보았다. 처음에는 긴장하여 더듬거리더니만 이내 평정을 찾아서 운전한다. 나중에 하이웨이에 나와서도 자기가 운전하겠다고 하여 만류했다.

우선 만년설이 내려앉은 레이니어산(Mt. Rainier)으로 향했다. 미국 북서부, 워싱턴주에 있는 레이니어산은 캐스케이드산맥의 가장 높은 봉우리로 높이가 4,392m에 이른다. 7월이지만 우리가 스카이라

마라톤은 자신감이다

인 트레일 루프(Skyline Trail Loop)에 도착했을 땐, 눈보라가 몰아쳐 등산객 및 트레커들이 거의 트레킹을 포기했다.

하지만 우리는 씩씩하게 몇 m 앞도 잘 보이지 않고, 길도 표시되어 있지 않은 눈밭을 겁 없이 올랐다. 아들의 핸드폰 구글 지도에 의지해 라운드를 겨우 마칠 수 있었다. 이것이 다음 날 목숨을 건 트레킹의 전주곡이었음을 이때까지는 몰랐다.

마운트 프레몬트 룩아웃 트레일(Mount Fremont Lookout Trail) 트레킹 코스는 레이니어 내셔널 파크의 많은 트레킹 코스 중 가장 놀라운 전망을 가진 코스이다. 아들과 나는 조난의 위험을 무릅쓰고, 어찌 보면 가장 무모하고 어리석은 트레킹을 했다. 숙소에 돌아와 생각해 보니 잠이 오질 않았다. 왜 이런 목숨을 담보로 한 트레킹을 아들

과 함께했는지 반성하고 또 반성했다. 그 덕분에 남들이 눈 쌓인 겨우내 보지 못한 절경을 처음으로 보는 영광 또한 누렸다.

우리는 트레킹 안내원의 설명을 소홀히 들었다. 코스가 아직 눈이 다 녹지 않은 상태라서 라운드 완주가 어려우니 어느 중간 지점에서 돌아오라는 이야기를 소홀히 하고, 앞이 잘 보이질 않는 구름 속을 뚫고 지나갔다.

7월이지만 아직도 녹지 않은 눈이 쌓여 있는 이 트레킹 코스는, 우리가 건너기 전까지는 통행이 금지되어 있었다. 게다가 눈에 난 발자국으로 봐서는 며칠 전에 겨우 1명만 지나간 듯하다.

우리가 가야 하는 앞길에는 아무도 없었다. 눈보라를 헤집고 지나온 길에 따라오는 사람도 전혀 없었다. 그러니까 오로지 아들과 나만

 마라톤은 자신감이다

보기보다 가파른 절벽을 건너는 모습, 아래쪽은 끝이 보이지 않은 낭떠러지이다.
자세를 낮추고 맨손으로 눈을 짚고 위험천만하게 건너야 한다.

을 위한 코스였다. '모르면 용감하다.'라고 했던가. 무모하게 나설 수 있었던 건 그 코스의 이름 때문일지도 모른다. 하필 '패밀리 프렌드 로드(Family friend rode)'가 아닌가.

이곳은 눈이 전부 다 녹은 7, 8, 9, 10월쯤에 전체 트레킹 코스가 드러난다. 그래서 가족, 친구들과 크게 어려움 없이 다닐 수 있는 길이라 그런 이름이 붙은 게 아닐까 싶다.

하지만 눈이 완전히 녹지 않는 7월 초순에 길 이름만 믿고 전진한 두 부자는, 하마터면 뉴스에 나올 뻔했다. 지금 생각해도 아주 무모한 트레킹이었다. 하지만 두 부자는 무한 긍정 에너지로 어떻게든 살아남았다.

다음은 올림픽내셔널파크(Olympic National Park) 허리케인 리지(Hurricane Ridge) 트레킹 코스였다. 이 코스는 내가 다닌 그 어떤 코스보다 아름다워 가슴이 쿵쾅거렸다. 사진을 찍기 위해 한없이 발걸음을 멈추었다. 눈밭에서 피어난 이름 없는 작은 야생화의 군무도 환상적이었다.

트레킹하려는 관광객을 대상으로 열심히 안내해 주는 할아버지는, 사람을 겁내지 않는 사슴과 몇 가지의 주의 사항을 준다. 또 "어디서 왔냐?"라고 물어봐서 "코리아."라고 이야기하니 "설마 노스코리아는 아니겠지요?"해서 웃어 주었다. 그들에게 노스코리아와 사우스 코리아가 어떤 가슴 저린 의미를 가지고 있는지 설명해 주는 것은 덧없는 것이리라. 뭐 영어로 설명해 줄 수도 없지만.

저 멀리 보이는 바다가 주안 데 푸카(Juan de Fuca) 해협이고, 이 해협은 태평양과 퓨젯사운드(Puget Sound)또는 조지아 해협(Georgia Strait) 사이를 연결한다. 그 너머로는 캐나다이다. 포트 앤젤리스(Port Angeles)에서는 캐나다로 가는 페리도 있다. 미국에서

　　　　　마라톤은 자신감이다

강우량이 제일 많은 곳이 캘리포니아이고, 그래서 화창한 날이 드물다고 했는데, 오늘은 아주 화창하고 트레킹이나 하이킹하기에 더없이 좋은 날이다.

허리케인 리지 비짓 센터는 해발 5,242ft(1,598m)의 고도에 위치하고 있으며, 겨울철에는 시속 100마일이 넘는 매섭고 강한 강풍의 불어서 허리케인이라는 이름을 따 왔다고 한다.

비짓 센터 뒤편에서 바라보는 올림픽파크공원의 눈 덮인 풍광의 설산 봉우리들은 비너스 여신상을 닮은 알프스와 거친 야크를 닮은 히말라야 영봉에 비하여 따뜻하다. 낮고 수줍은 자세로 다가오는 물소, 아니 사슴이라고 말하는 것은 순전히 나만의 느낌인가.

하산하면서 야생화 사진 찍기에 많은 시간을 보내는 나를 보면서 아들은 지쳤는지 "먼저 안내소에 내려가서 기다릴게요." 하고는 사라졌다. 세상에 듣도 보도 못한 천지삐깔 야생화 동산을 어찌 그냥 흘려 지나치겠는가!

살면서 고산에서 봐야 할 야생화는 다 본 것 같다. 어디에서 이런 풍광을 다시 볼 수 있을까? 이 풍광만으로도 미국 서부 트레킹의 본전은 뽑았다는 생각이 든다.

마라톤은 자신감이다

일본 북알프스 트레킹

2023년 8월 20~29일 여름휴가

2023년 여름휴가 기간에 아들과 함께 일본 북알프스를 종주하고 몇 개의 도시를 여행했다. 알프스가 유럽에만 있는 줄 알고 있었는데 일본에도 알프스라 불리는 산이 있어 신기했다. 일본 알프스는 서양인들이 일본을 방문하여 히다산맥, 기소산맥, 아카이시산맥을 보고 마치 유럽의 알프스와 같이 아름답다 하여 일본 알프스라고 불렀다고 한다. 이것이 계기가 되어 현재는 일본식 이름보다 북알프스, 중앙 알프스, 남알프스로 주로 불리고 있다고 한다.

우리 부자가 이번에 다녀온 곳은 '일본 북알프스'라고 불리는 곳으로 히다산맥이다. 히다산맥은 도야마현, 기후현, 나가노현, 니가타현에 걸쳐있는 거대한 산맥이다. 북알프스의 남부에 위치한 야리가다케(3,180m)는 일본에서 다섯 번째로 높은 산이다. 산의 중요 부분은 중부산악국립공원으로 지정되었고, 북알프스 내에서 가장 높은 봉우리는 오쿠호다카다케(奧穗高岳, 3,190m)이다.

야리가다케(3,180m)는 일본의 마터호른이라는 별명을 가진 미봉으로, 등산인들이 가장 가고 싶어 하는 산 중 하나이다. 하루 평균 7~8시간, 첫날과 마지막 날 표고차 1,500m, 설악산의 공룡능선보다 어려운 암릉구간까지, 평소 산행을 즐겨하시는 분들도 어렵게 느껴지는 코스를 아들과 나는 겁도 없이 신청했다. 나는 그래도 고산증세로 여러 번 고생은 했지만, 네팔의 안나푸르나 ABC(Annapurna Base Camp), 대만옥산, 코타키나발루산 등 고산 몇 개는 경험해 보았으나 아들은 3,000m 이상의 고산은 처음이라서 걱정을 많이 했다.

고작해야 지난해 같이 다녀온 미국 워싱턴주의 레이니어산과 올림픽 국립공원이 전부이다. 물론 여기도 4,000m 이상이 되지만 거의 자동차로 정산 근처까지 올라갔다. 나 또한 5월 유관순 마라톤 하프 대회에 참가한 이후 거의 운동을 하지 못하고 주말에만 간신히 달리기 흉내를 냈을 뿐이다. 연초에 10km 100회 달리기 목표를 세워놓고 이제 스무 몇 번을 달렸을 뿐이다. 그래도 아내와 함께 아침에 일찍 뒷산인 태조산을 맨발로 여러 차례 다녀온 것이 다소 위안이 되었다.

아들은 서울에서 학업을 이어 가는 관계로 체력 단련을 얼마나 하는지 전혀 알지 못했다. 일단 계획은 북알프스 5박 6일을 혜초 여행사와 함께 단체로 산행을 하고, 6박 7일 정도는 아들과 둘이서 일본의 몇 개 도시를 돌아보는 것으로 계획을 세웠다.

아침에 일찌 인천공항 제2터미널에 도착하여 아들을 기다렸다. 일 년 만에 나가는 여행이고 해외 고산 트레킹이라 걱정도 되었지만 한편으로 아들과 함께하는 설레는 마음 또한 어쩔 수가 없었다.

첫째 날, 비행기로 1시간 40분 정도 걸려서 나고야 공항에 도착한 후 입국 수속을 마치고 북알프스 등산 거점 히라유로 4시간에 걸쳐 버스로 이동했다. 트레킹 참가자는 12명이었으며 두 명의 여행사 베

테랑 가이드를 포함하여 총 14명이었다. 총 14명의 트레킹 참가자 가운데 여성은 3명이었다.

북알프스 등산 거점 히라유는 온천의 도시로 유명하다. 길거리에는 자연적으로 솟아나는 노천 온천으로 공짜로 족욕을 할 수 있게 만들어 놓은 공간도 있고, 조그만 동네 마트 앞에는 솟아나는 온천수로 달걀을 삶아 팔기도 했다. 온천수로 삶는 달걀은 안쪽부터 익는다. 그래서 노른자는 다 익은 반면 흰자위가 반숙 상태인 것도 이상한 경험이었다.

족욕탕 안내문에는 "발을 따뜻하게 하면 몸의 기운이 상승하고 건강해집니다. 자연온천 성분이 피부에 흡수됩니다. 조용히 15분간 들어갑니다."라고 되어 있다.

일본 전통 식사인 '가이세키'로 제공되는 저녁 식사를 하면서 각자

   마라톤은 자신감이다

소개하는 시간을 가졌다. 나는 아들과 함께 천안에서 왔으며, 아들은 서울에서 대학원에 다닌다고 소개했다. 5박 6일 동안 재미있게 지내고 무사히 산행을 완주했으면 좋겠다고 했다. 나머지 분들은 여의도 증권회사에 다니거나 은퇴하신 분 4명과, 직장동료 2명, 그리고 여자 3명과 남자 1명은 각자 오신 분이다.

모두 아들과 함께 온 우리 부자를 부러워했다. 저녁을 먹고 호텔 숙소의 온천탕에서 씻고, 산행 준비물을 배낭에 챙겼다. 가능한 짐의 무게를 줄이고자 노력했다. 두 사람이 동일하게 필요한 것은 하나만 챙겨서 짐의 무게와 부피는 최소화했다. 잠자리는 다다미방에 '후톤'이라고 불리는 이불과 전통 복장인 '유카타'가 두 벌 지급되었다.

둘째 날, 북알프스 종주의 시작점인 가미코지로 대중교통 버스로 이동했다. 약 30분 정도 소요되는 거리다. 가미코지에는 겨우내 북알프스에 쌓여 있던 눈이 녹아 흘러 청량함을 가득 품은 아즈사와강이 있고, 눈앞에는 걸어야 할 웅장한 호다카연봉이 병풍처럼 펼쳐져 있다. 네팔 안나푸르나 베이스 캠프로 가는 길에 나타난 계곡과 강물보다는 그래도 조금 더 온화하다. 해발고도 1,500m의 시원하고 상쾌한 공기를 마시며 가미코지를 지나 트레킹이 시작되었다.

산행 시간: 6시간

산행 거리: 15km

가미코지(1,505m) → 도쿠사와 → 요코오 → 야리사와 롯지(1,850m)

점심은 카레덮밥으로 했다. 반찬이 여러 종류인 우리나라에 비하여 일본은 반찬이 없는 덮밥 문화가 발달한 듯하다. 반찬은 단무지 몇 조각이 전부이다. 일행 모두의 발걸음이 경쾌하다. 조금 빠른 느낌

이다. 원숭이 몇 마리가 마중 나와 트레킹하는 일행을 반겨 주었다.

일본의 산행 문화는 우리와 몇 가지 다른 점이 있다. 일본의 등산로에는 한국 국립공원 내의 등산로와 다르게 안전 시설물이 많이 설치되어 있지 않다. 가능한 자연에 손대지 않고, 어디까지나 자신의 실력에 맞는 산을 선택하여 '자기 책임과 자기 의지'에 따른 자기만의 방식으로 산행을 한다는 것이다.

만약 오르고 싶은 산에 암릉 지대 등 위험한 곳이 많을 경우에는 오를 수 있도록 충분한 경험을 쌓거나 훈련으로 자기 실력을 향상시키고 나서 도전해야 한다. 나중에 이야기할 야리가다케와 호타카다케를 잇는 등산로는 험한 암릉 지대가 연속 이어지기 때문에 일본에서는 숙련자만 갈 수 있는 난코스로도 유명하다고 한다.

   마라톤은 자신감이다

산행 중 만난 이름 모르는 야생화들 세 번째 사진은 노루꼬리라고 명명했다.

셋째 날, 드디어 일본 산악인들조차도 다녀온 것에 긍지를 가진다는 야리가다케(3,180m)까지 등정하는 날이다. 아리사와 롯지에서 산행을 시작하기 전 화살촉처럼 뾰족한 야리가다케가 선명하게 보였다. 모두들 산장 마당으로 나와서 감탄했다.

본격적인 야리가다케 산행을 시작한 지 한 시간 지났을 즈음에 웅장한 북알프스를 만나기 시작했다. 가벼운 오르막을 걷다가 점차 가

파른 오르막길로 변하기 시작한다. 끝나지 않을 것 같은 지그재그 가파른 오르막길의 끝 지점에 야리가다케 산장과 일본 최고의 미봉 야리가다케가 나타났다. 산장에 짐을 벗어 두고 아들과 야리가다케 정상으로 향했다. 가파른 암벽 구간에는 한 사람 간신히 잡고 올라갈 수 있는 철제 사다리가 위태롭게 있을 뿐이다. 시골에서 자란 나는 그래도 사다리를 한 발에 한 칸씩 오르지만 아들은 한 칸에 두 발씩 딛고 오르내리고 있었다. 팔목에 힘을 잔뜩 주고서….

여행사에서 제공한 안전헬멧을 착용하고 야리가다케 정상에서 본 풍경은 구름바다이다. 발아래 멀리 야리가다케 산장이 나타났다 숨었다가 한다. 아들과 정상에서 사진 몇 장을 찍었다.

『일본 백명산』의 저자 후카다 규야는 "후지산과 야리가다케는

마라톤은 자신감이다

야리가다케에서 점심식사 후 다이키렛토의 초입에 위치한 미나미다케 산장으로 이동하는 중, 드디어 아들에게서 고산증세가 왔다. 상당히 힘들어하더니 머리가 아프다고 호소했다. 어제저녁에 잠도 설치고 컨디션이 안 좋은 상태에서 야리가다케 정상의 철제 계단과 가파른 암벽타기가 힘에 부쳤나 보다. 나 또한 아들에게 고산증세와 관련하여 해 줄 수 있는 게 별로 없다. 물을 많이 마시라는 것과 참으라고 할 수밖에….

휴식 시간에 털썩 주저앉은 아들에게 같이 간 일행들이 어깨도 주물러 주고 젤타입의 영양제도 꺼내 주었지만 아들의 상태는 걱정스러웠다. 아내가 챙겨 준 두통약이 생각나서 얼른 꺼내어 한 알을 주었더니, 언제 그랬냐는 듯이 신기할 정도로 정상 상태로 금방 돌아왔다. 다행이다.

산장에 도착할 즈음에 비가 온다고 하여 급히 우비를 꺼내 입었지만 비는 내리지 않았다. 미나미다케 산장에 도착하여 일행들은 맥주를 마시고 나와 아들은 컵라면 하나씩을 끓여 먹었다.

산장에서 바라본 일몰의 광경 또한 빼놓을 수 없다. 산 능선을 미끄러지듯 넘는 구름바다 또한 두 번 다시 보기 어려운 풍광이다. 아들과 둘이서 넋 놓고 바라보았다.

넷째 날이 되었다. 트레킹 모든 구간에 헬멧 착용이 필수이며, 스

틱 사용 금지이다. 지금까지 다녀 본 어떤 트레킹 코스보다 난이도가 높았으며, 끝까지 집중해야 하는 구간이었다. 낙석과 추락에 주의해야 했으며, 수시로 "낙석!"이라는 큰 소리가 들렸다.

'다이키렛토'는 우리말로 '산에 난 큰 흉터'라는 말이라고 한다. 흔히 다이키렛토 코스라고 부르는 이 암릉 코스는 일본의 트레킹 코스 중에서 어렵기로 손꼽힌다. 가파른 암릉을 올라가기 때문에 낙석과 추락의 위험이 상존한다. 그렇지만 전문 암벽등반이 아니기 때문에 자신의 배낭을 짊어지고 갈 수 있을 정도의 체력이라면 종주가 가능하다.

오늘의 트레킹은 두 번 다시 경험해 보지 못할 두려움을 넘어 생명의 위험까지 감수해야 하는 코스라고 또한 감히 말할 수 있다. 그리고 함께 간 팀원과의 소통도 중요하다. 거의 매 순간 생명의 위험을 느낄 때마다 정신을 집중한 것도 중요하지만, 함께 등반하는 동료의 도움이 없었다면 더 위험했을 것이다. 코스를 안내하고 큰소리로 위험 구간을 말해 주고 매 순간 작은 움직임조차 걱정과 배려를 해 준 함께 간 팀원들에게 다시 한번 고마움을 전한다.

새로 맞이하는 넷째 날 아침, 아들은 어제 고산증세가 언제 그랬냐는 듯이 멀쩡해져 있었다. 참으로 다행이다. 나 또한 그렇게 걱정한 만큼 체력이 부족하지 않은 것 같다. 오늘이 체력적으로 가장 부담이 큰 날이라고 한다. 안내서에 나와 있는 주의 사항 몇 가지가 있다.

마라톤은 자신감이다

- 앞사람과의 간격은 적어도 1m 이상을 유지하라(낙석 대비).
 - 움직이는 돌, 혹은 떨어지는 낙석은 큰소리로 뒷사람에게 '낙
   석' 혹은 '돌 떨어집니다.' 하고 전달하여 선두부터 후미까지
   전원이 인지하도록 한다.
 - 손으로 잡은 돌이 흔들리지 않는지 확인한 후 체중을 실어라.
 - 쇠사슬 구간은 여러 명이 잡을 경우, 중심이 흐트러질 수 있
   으므로 한 명씩 통과하고 다음 사람에게 출발 신호를 보내라.

다이키렛토 구간 중 하세가와 구간은 추락사고가 빈번한 봉우리라고 가이드가 이야기한다. 이 구간이 생긴 이래로 지금까지 64명이 실족하여 추락사고가 발생했단다. 놀랍다. 하세가와 피크(Hasegawa Peak)라고 명명한 것도 여기서 실족하여 추락한 '하세가와'라는 사람의 이름을 땄다고 했다.

오르막 구간에는 뜬 돌들도 많고, 정말 발 디디기 어려운 곳은 작은 철판 발판이 설치된 곳도 있지만 가능한 자연 상태를 유지하려고 애쓴 마음이 느껴진다.

약 4시간에 걸쳐 간 다이키렛토의 구간 끝에는 드디어 점심 식사 장소인 기타호다카 산장이 있다. 아들에게 핫(hot)커피 한잔을 시켰더니 일본인들은 '핫'이라고 발음하지 않고 '호또'라고 발음하는 것이 재미있어 몇 번을 따라 해 보았다.

호다카 산장의 숙소는 남·녀 구분 없이 한방에서 지내도록 했다. 남자들이야 좀 덜 불편할지라도 여자들은 많이 불편할 것 같다. 일행 중 누군가가 지리산 노고단 산장도 남녀가 같이 사용한다고 했다. 가 보지 못해서 다음에는 꼭 지리산 산장을 한번 가 보고 싶다. 사진으로는 본 것 같기도 하다.

마라톤은 자신감이다

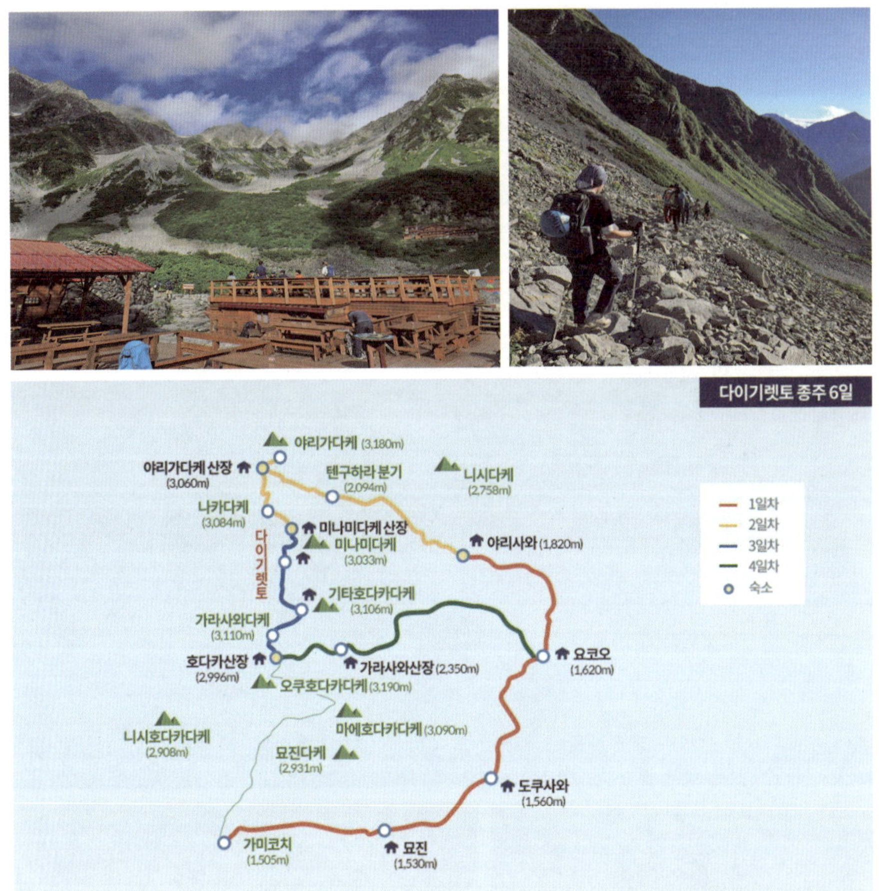

호다카 산장에 짐을 풀고 여자 일행과 몇을 제외한 모두들 오쿠호다카다케(3,190m) 정상까지 왕복 트레킹에 참석한다고 했지만 나와 아들은 남기로 했다. 야리가다케 정상을 올랐기에 아들에게 '10m 더 오르는 게 무슨 의미가 있으려나.' 하고 만류했다. 아들은 내심 올라가고 싶어 하는 눈치였다.

마지막 날, 나고야 공항에서 일행들을 배웅하고, 나와 아들은 일본의 몇 개 도시를 더 둘러보기로 했다. 나고야 1박, 후지산이 올려다보

마라톤은 자신감이다

후지노미야에서 바라 본 후지산 전경

이는 작은 시골 도시 후지노미야 2박, 도쿄 2박, 오사카 2박이 원래
계획이었다.

하지만 북알프스에서의 강렬한 경험 때문인지 나머지 여행의 7박
은 싱딩히 부담스러웠다. 예약해 놓은 호텔과 비행기표를 조정하여
오사카 2박은 취소하기로 했다. 후지노미야에서 바라본 후지산의 사
진으로 이번 일본 북알프스 종주기를 마친다.

무라카미 하루키의
『달리기를 말할 때 내가 하고 싶은 이야기』

오래전, 기억이 잘 나지 않지만 아마도 2008~2009년 사이일 듯한데, 사 놓고 읽지 않았던 이 책을 14~15년 뒤에 책장에서 다시 꺼내었다. 14년 만에 풀코스를 완주하고 마라톤 완주기를 다시 써야겠다는 생각을 한 다음이다.

그동안 무엇을 쓴다는 행위를 흉내조차 내 보지 않는 상황에서, 무엇인가를 쓴다는 것은 정말로 어려운 일이다. 그것도 전업 작가들처럼 생각나는 것이 술술 매끄럽게 잘 써질 것이라는 이상한 생각도 했었다.

하지만 역시나였다. 한 줄의 글을 쓰는데 몇 번을 썼다 지우기를 반복했다. '아! 어떻게 해야 하나?' 하다가 '남들은 어떤 이야기들을 어떻게 기록한 걸까? 어떻게 이야기를 풀어나갔을까?' 궁금해서 다시 읽어 보고 싶었다. 그래서 책장에 있는 마라톤 관련 책자를 한곳으

    마라톤은 자신감이다

로 모았다. 전의를 가다듬기 위함이었다. 최근의 것이 아닌 마라톤 입문 초창기에 구매한 입문서와 에세이가 몇 권 있었다. 이 책은 그중의 하나다.

20여 년간 살던 아파트에서 단독주택으로 이사할 때, 읽었든지 읽지 않았든지 먼지가 쌓인 많은 서적을 알라딘이라는 중고 매장에 팔았으며, 회사 거래처에서 현장 직원들을 위해 도서관을 만든다고 하여 기증했고, 이도 저도 못 하는 것은 고물상에 넘겼다.

그래도 차마 버리지 못하고 이사 때 가져간 것은 실용서적(요리, 마라톤, 전원생활, 운동, 취미 관련 등등) 몇 권이었다. 수집해 놓은 많은 수의 만화책과 자기계발서, 경제경영서들은 읽은 것도 읽지 않은 것도 전부 다 정리했다. 거의 20여 년 동안 버리지 못하고 쌓아 놓기만 한 것들이었다.

어렸을 때(중학교 입학하기 전까지) 시골에서는 요즘처럼 특별히 재미있는 놀이가 없었다. 핸드폰도 없었으며 TV도 없었고, 읽고 보고 듣는 것이 요즘 같지가 않았다. 집 가까이 있는 낙동강 강가에서 매일같이 멱 감고 물고기 잡고, 겨울에는 물웅덩이의 물을 퍼내어 개구리를 잡고, 올무를 놓아서 산토끼를 잡았다. 말 그대로 원시적 놀이가 전부였다.

당시에 어렵게 구한 만화책(보물섬)이나 소설책을 몇 번이고 읽었던 기억이 난다. 특히 월탄 박종화 선생님의 『금삼의 피』 같은 것은 반세기가 지났지만, 아직도 기억이 난다.

이렇듯 어렸을 때부터 책에 대한 욕심이 많았다. 버리지를 못했다. 읽지도 않으면서 가득 쌓아 놓기만 했다. 책에 관한 일종의 허영도 한몫했으리라 생각한다. 지금도 거의 그러하다. 사람은 잘 바뀌지 않나 보다.

이제는 눈으로 읽는 그것보다는 귀로 듣고 눈으로 보는 동영상이 편한 세상이 되었다. 무라카미 하루키의 『달리기를 말할 때 내가 하고 싶은 이야기』는 몇 번이나 읽다가 진도가 나가지 않아 덮어 두었던 책이다. 아마도 앞부분만 여러 차례 읽어 보았을 것이다. 여행 갈 때도 한 번 가지고 간 기억이 있는데 몇 장 읽어 보지도 않고 다시 가져왔다. 그러나 이 글을 쓰면서 두 번 정도 정독했다.

저자의 소개란에 보면 "이 책은 달리기를 축으로 한 문학과 인생에 대한 하루키 최초의 본격적인 회고록이다. 따라서 이 책을 대하는 모든 독자는 읽고 싶은 마음과 달리고 싶은 마음이 동시에 우러날 것으로 생각된다. 또한, 하루키 특유의 유머러스한 문장, 매력적인 비유, 뛰어난 표현력과 더불어 자신에 대한 솔직하고 관조적인 고백은 독자에게 깊은 감동과 교훈을 안겨줄 것이다. 그리고 저자의 생생하고 보기 드문 체험은 큰 뜻을 품고 진정한 인생의 가치와 보람을 찾고자 하는 독자에게는 시사하는 바가 적지 않을 것이다.'라고 적혀 있다.

'읽고 싶은 마음과 달리고 싶은 마음'에 하나 더 추가하고 싶다. '쓰고 싶은 마음'이 생겼다고 말하고 싶다. 아주 어려운 달리기의 철학적인 이야기를 가볍게 누구나 공감하게 풀어서 쓰는가 하면 아주 가벼운 흘러가는 구름의 이야기를 형이상학적으로 만드는 저자의 글솜씨를 보면서 뭐든 써보 자 하는 의욕이 샘솟는 것을 느꼈다.

빨리 완독하려고 하는 욕심과 뒷이야기가 궁금하여 자다가 일어나 몇 장을 넘기고 눈이 아파서 다시 잠을 청한 적도 있었다.

밑줄 친 몇 곳은 이렇다.

계속 달려야 하는 이유는 아주 조금밖에 없지만 달리는 것을 그만 둘 이유라면 대형 트럭이 가득하다, 우리에게 가능한 것

　마라톤은 자신감이다

은 그 '아주 작은 이유'를 하나하나 소중하게 단련하는 일뿐이다. 시간이 날 때마다 부지런히 빈틈없이 단련하는 것.

소설가로서 가장 중요한 자질은 1. 재능 2. 집중력 3. 지속력이다. 이것은 매일 조깅을 계속함으로써 근육을 강화하고 러너로서의 체형을 만들어가는 것과 같은 종류의 작업이다. 자극하고 지속한다. 또 자극하고 지속한다. 인내가 필요하다. 그러나 그만큼의 보답은 있다.

헉헉하면서 짧은 숨을 가쁘게 쉬고 있는 것은 초보자이고, 조용히 규칙적으로 호흡하는 것은 베테랑이다.

세상에는 매일 달리는 사람을 보고 "그렇게까지 해서 오래 살고 싶을까" 하고 비웃듯이 말하는 사람이 있지만 오래 살고 싶어서 달리고 있는 사람은 실제로는 그렇게 많지 않을 것이다. 적어도 살아 있는 동안은 온전한 인생을 보내고 싶다는 생각으로 달리는 사람이 수적으로 훨씬 많을 것이다. 같은 10년을 살아도 멍하게 사는 그것보다 확실한 목적을 가지고 생동감 있게 사는 것이 훨씬 바람직하다. 주어진 개개인의 한계 속에서 조금이라도 효과적으로 자기를 언소시켜 가는 일, 그깃이 달리기의 본질이며, 그것은 또 사는 것의(그리고 나에게 있어서는 글 쓰는 것의) 메타포이기도 한 것이다.

'Pain is inevitable, Suffering is optional'이라는 게 그의 만트라

였다. 정확한 뉘앙스는 번역하기 어렵지만, 극히 간단하게 번역하면 '아픔은 피할 수 없지만, 고통은 선택하기에 달렸다.'라는 의미가 된다. 가령 달리면서 '아아 힘들다! 이젠 안 되겠다'라고 생각했다고 치면, '힘들다'라는 것을 피할 수 없는 사실이지만, '이젠 안 되겠다'인지 어떤지는 어디까지나 본인이 결정하기 나름인 것이다. 이 말은 마라톤이라는 경기의 가장 중요한 부분을 간결하게 요약한 것이라고 생각한다.

내가 이제까지의 인생을 사는 가운데 후천적으로 익혔던 몇 가지 습관 중에서 아마도 가장 유익하고 중요한 의미를 지닌 것이 마라톤이라고 생각한다. 그리고 20수년간 끊임없이 달리는 것으로서 내 신체와 정신은 대체로 좋은 방향으로 강화되고 형성되어 왔다고 생각한다.

설령 속도를 올린다 해도 그 달리는 시간을 짧게 해서 몸이 기분 좋은 상태 그대로 내일까지 유지되도록 힘쓴다. 장편소설을 쓰고 있을 때와 똑같은 요령이다. 더 쓸 만하다고 생각될 때 과감하게 펜을 놓는다. 그렇게 하면 다음 날 집필을 시작할 때 편해진다. 어니스트 헤밍웨이도 아마 비슷한 이야기를 썼던 것으로 기억하고 있다. 계속 하는 것-리듬을 단절하지 않는 것. 장기적인 작업을 하는 데는 그것이 중요하다. 일단 리듬이 설정되어지기만 하면, 그 뒤는 어떻게든 풀려 나간다. 그러나 탄력을 받은 바퀴가 일정한 속도로 확실하게 돌아가기 시작할 때까지는 계속 가속하는 힘을 멈추지 말아야 한다는 것

 마라톤은 자신감이다

은 아무리 주의를 기울인다고 해도 지나치지 않다.

인생에는 아무래도 우선순위라는 것이 필요하다. 시간과 에너지를 어떻게 분배해가야 할 것인가 하는 순번을 매기는 것이다. 어느 나이까지 그와 같은 시스템을 자기 안에 확실하게 확립해놓지 않으면, 인생은 초첨을 잃고 뒤죽박죽이 되어 버린다. 주위 사람들과의 친밀한 교류보다는 소설 집필에 전념할 수 있는 안정된 생활의 확립을 앞세우고 싶었다.

기초체력의 강화는, 좀 더 큰 규모의 창조를 위해서는 없어서는 안 될 일의 하나라고 생각하고 있으며, 그것은 해볼 만큼의 가치가 있는 일이다. 라고 믿고 있다. 그리고 무척 평범한 견해이긴 하지만 해볼 만한 가치가 있는 일에는 열심히 하는 만큼의 가치가 있다.

이 책 중에 가장 기억에 남는 문장 또는 어록을 꼽으라면 단연코 이것이다. 만약 내 묘비명 같은 것이 있다고 하면, 그리고 그 문구를 내가 선택하는 게 가능하다면, 나도 이렇게 하고 싶다.

무라카미 하루키
작가(그리고 러너)
1949~20**
적어도 끝까지 걷지는 않았다

내심 따라 하고 싶다. 다른 것은 따라 하거나 흉내 낼 수 있는 것이 있으나 '작가' 대신에 써야 할 나를 규정하고 관통하는 것을 무엇으로 해야 할지 방점을 찍을 것이 딱히 없다. '우물쭈물하다가 내 이럴 줄 알았다.'라고 묘비명에 쓴 버나드 쇼의 심정이 이러했을까?

이 책은 내가 마라톤 책을 써야겠다고 생각하면서 처음으로 두어 번 완독한 책이다. 나는 작가도 아니고 글을 써 본 적도 거의 없다. 어린 시절에 몇 번의 일기장은 써 본 기억이 있지만, 잘 쓴다는 생각을 가져 본 적이 없다. 지금도 그러하지만.

쓰기와 관련하여 이렇듯 힘들고 부끄러워하는 내가, 달리기에 관한 책을 쓰겠다고 생각하기까지 큰 용기가 필요했다. 거기에는 아마도 독서에 대한 작은 자신감이 있었는지도 모른다. 독서에는 아직도 자신이 있다. 느낌이 오는 책은 쉬지 않고 마지막 책장을 덮을 때까지 집중하는 버릇이 있다. 아니다 싶으면 제목과 목차와 서문만 보고 책장에 꽂아 둔다. 아마도 이즈음에는 책장에 꽂아놓는 책이 더 많다. 거의 50% 가까이 될 듯싶다. 언젠가는 읽어야지, 읽어야지 하면서.

나에게 쓰고 싶은 마음이 들게 한 책과 동기는 이 책 말고도 몇 권이 더 있다. 그중의 하나는 고 노무현 대통령이 쓴 수필집 『여보, 나 좀 도와줘』(1994)가 있다. 대통령이 되기 전에 쓴 책이다. 그 책 서두에 고 노무현 대통령의 자기 고백이 있다. "내가 이 이야기를 하지 않고는 그 어떠한 자서전이나 고백도 거짓이다." 그러고는 어떤 의뢰인의 이야기를 했다.

어려운 사정의 아주머니 한 분이 큰 금액의 변호사 선임료와 계약금을 지급했는데, 그 사건이 변호사의 조력 없이 다른 사정으로 종료되었다. 이후 아주머니께서 변호사 선임료와 계약금을 일부라도 돌려달라고 했는데 거절했다고 한다. 그러니까 그 아주머니께서 하시는 말씀이 "원래 변호사님들은 다 이렇게 해요."라고 했다고.

그 이야기를 고 노무현 대통령은 가슴 아픈 고백이라 하셨다. 그 구절을 읽고 무릎을 딱 쳤다. '그래 바로 그것이구나. 아무리 어렵고 내밀한 부끄러움일지라도 어두운 곳에 가둬 두지 않고 밝은 곳으로 꺼내 놓으면 되는구나. 그러면 부끄러움과 연민과 슬픔 또한 환한 세상으로 나오는구나.' 하고 생각했다.

그 당시 읽으면서 크게 깨달음으로 다가온 글이라, 수십 년이 지나 마라톤에 관한 책을 쓰려고 하는 오늘까지 기억이 나서 적어 보았다. 나 또한 이 책을 쓰면서 어떠한 어려운 이야기나, 부끄러운 이야기, 힘든 이야기일지라도 가능하면 꺼내어 놓고 싶다. 이 책에서 다 꺼내어 놓지 못하면 다음 책에서라도. 다음 책을 또 쓸 수 있을지는 모르겠다. 이 책도 거의 20여 년 동안 만지작거리고만 있었는데 말이다.

고 노무현 대통령의 수필집 서두에 쓴 자진 고백을 읽은 후부터 그 뒤쪽 나오는 모든 이야기를 신뢰하게 되었다. '아 글이란 이렇게 쓰는구나. 남들에게 차마 말할 수 없는 부끄럽고 미안하고 모욕적이라도, 환한 곳으로 남들이 모두 들여다보는 곳으로 들어내어 쓰면 되는구나.' 하고 생각했다. 이로써 글을 쓴다는 것이 있는 그대로 모두 보여 주면서 쓰는 것임을 알게 되었다.

또 한 가지 책을 쓰기로 한 계기는 『대통령의 글쓰기』라는 책을 쓴 강원국 저자의 글쓰기 강좌를 듣고 나서이다. 올해 매주 화요일 저녁 7시부터 9시까지 서울 경향신문사에서 글쓰기 강좌를 들었다. 거기에서 많은 이야기를 들었지만, 강원국 작가님이 소개한 몇 가지 글쓰기 팁 30여 가지 중에 몇 개만 써 본다.

1. 생각 말고 한 일을 써라.

2. 쓸 게 있어 쓰는 게 아니고 쓰다 보면 쓸 게 생각난다.

3. 특별한 것 말고 평범한 걸 써라.

4. 추상적으로 쓰지 말고 구체적으로 써라.

5. 의지 말고 습관으로 써라.

6. 창조하지 말고 모방해라.

7. 설명하지 말고 묘사해라.

8. 정리해서 쓰지 말고 쓰고 나서 정리해라.

9. 내 어휘력과 문장력 말고 국어사전 그것으로 써라.

10. 모르는 것 말고 잘 아는 것을 써라.

11. 장문 말고 단문, 길게 말고 짧게 써라.

12. 글 쓰지 말고 문단으로 써라.

이 외에도 많은 글쓰기 팁이 있지만, 인상적인 것 몇 가지만 나열해 보았다. 이 글쓰기 강좌를 마친 후에는 더욱더 나만의 마라톤 책을 써 보고 싶은 욕구가 충만해졌다.

그 강좌의 마지막 날 수업 시간에는 내어준 과제를 피드백해 주는 시간이 있었다. 그 과제는 프롤로그 쓰기, 작가 프로필 쓰기, 책 목차 정하기, 글 한 꼭지 쓰기, 책 표지 디자인하기 중에서 한 가지 이상을 내는 것이었다. 나는 프롤로그, 책 목차, 글 한 꼭지, 이렇게 세 가지를 제출했다.

작가님께서 꼼꼼히 읽어 보시고 몇 가지 이야기를 해 주셨다. 기억하는 몇 가지는 이렇다. 첫째 우리나라에 달리기 인구가 얼마나 많은가? 이 많은 달리기 하는 사람들이 한 권씩 사 볼 수 있는 책을 만들면 베스트셀러 작가가 되지 않겠는가? 작가께서 이와 똑같은 말씀은 안 하셨지만, 그런 취지로 나에게는 들렸다. 책 쓰기의 꿈나무에게 용기와 희망을 주는 덕담이었다.

　　　마라톤은 자신감이다

둘째는 딸과 히말라야 푼힐 전망대 트레킹, 아들하고 미국 서부 로키산맥 트레킹한 내용을 전혀 언급하지 않으신 것은 빼라는 이야기로 생각된다. 달리기 책을 쓰면서 트레킹 이야기는 샛길이며, 남들에게는 크게 궁금하지 않은 내용일 수도 있다. 또한 자기 자랑으로 비춰질 수도 있다. 하지만 트레킹 꼭지를 넣은 이유는 분량 때문이다. 아무리 열일곱 번의 완주기를 다 해도 300페이지의 분량이 절대로 나오지 않는다. 나는 최소 250페이지 되는 정도의 책을 원한다. 그래서 트레킹 내용과 환상적인 경관의 사진 몇 컷을 컬러사진으로 넣고 싶다.

사진 이야기가 나왔으니 하는 말인데, 나는 책에 사진을 많이 넣으려고 했다. 작가님께서 말씀하시기를 "사진을 많이 넣으면 책이 가벼워 보이고 판매에도 어려움이 있다."라고 말씀하셔서 수업 시간에 손을 들고 질문한 적이 있다.

"여행 책이나 정원 이야기, 요리 등 많은 책은 사진이 들어가고 요즘은 인쇄 기술도 발달하여 책이 더 폼이 있어 보이지 않나요?" 하고 공격적인 질문을 드렸더니 작가님께서 그건 순전히 작가 본인의 생각이고 거기에 관련된 어떤 데이터나 자료는 없다고 말씀하셨다. 사실 강원국 작가님의 몇 권의 책을 보면 사진이 들어 있는 것은 하나도 없다. 물론 글쓰기에 관련된 책이니까 그럴 수 있겠다는 생각은 든다. 주제에 따라서, 책의 내용에 따라 사진 삽입의 여부는 편집자와 작가가 알아서 하면 된다는 것이 내 생각이다.

세 번째로는 달리기와 함께 그동안의 인생 회고록도 같이 써 보라고 말씀하셨다. 풀코스 열 일곱 번의 완주로 매번 다른 이야기가 가능한지, 똑같은 풀코스 완주기만으로 공감을 줄 수 있는지 궁금하다고 하셨다. 나는 날씨도 다르고 계절과 장소와 사람도 다르고, 분위기도 다르다고 대답은 했지만, 맞는 말이라고 생각되었다.

달리기를 잘 알지 못하는 일반인은 그렇다고 쳐도, 달리기를 하는 달림이들조차도 다른 사람의 열여덟 번 완주기로만 되어 있는 책을 누가 사 볼 것인가? 그럴 리가 없다. 그렇다면 무라카미 하루키처럼 달리기를 말할 때 다른 사람의 이야기가 아닌 내가 하고 싶은 이야기를 써야 한다. 나는 무슨 수로 어떻게 이야기를 해야 하나? 어렵다.

혹시나 도움이 될까 하여 달리기와 문학에 대한 무라카마 하루키의 다음 몇 가지 글을 옮겨 왔다.

나는 소설 쓰기의 많은 것을 매일 아침 길 위를 달리면서 배워 왔다.

p.128

어느 날 갑자기 나는 내가 좋아서 소설을 쓰기 시작했다. 그리고 어느 날 갑자기 내가 좋아서 거리를 달리기 시작했다. 주위의 어떤 그것으로부터도 영향을 받지 않고 그저 내가 좋아하는 것을, 내가 하고 싶은 대로 하며 살아왔다.

p.228

베트가 강속구를 정확히 맞추어 때리는 날카로운 소리가 구장에 울려 퍼졌다. 내가 '그렇지, 소설을 써보자'라는 생각을 떠올린 것은 바로 그 순간의 일이다.

p.53

(하루키는 스스로 육체노동이라고 할 소설을 쓰기 위해서는 건강 증진에 가장 효율적이고 지구력과 집중력을 길러주는 달

　　　　　　　　　　마라톤은 자신감이다

리기를 선택하고) 나는 그렇게 해서 달리기 시작했다. 그때 나는 인생의 한 분기점 같은 서른세 살. 예수그리스도가 세상을 떠난 나이다. 그런 나이에 나는 장거리 러너로서의 생활을 시작해서, 늦깎이긴 하지만 소설가로서의 본격적인 출발점에 섰던 것이다.

p.76-77

내가 달리기를 회고록과 함께 쓰고자 할 때는 적어도 이 책이 아니다. 나는 죽을 때까지 몇 개의 버킷 리스트(bucket list)를 가지고 있다. 그중 하나가 '책을 세 권만 쓰자.'이다. 첫째가 '마라톤 완주기'이고 두 번째가 '나만의 정원 이야기'이고 세 번째가 '직장생활 15년과 사업 20년이라는 회고록'이다. 이 마라톤 완주기 책에 나의 인생 회고록을 넣기에는 아직 회고할 정도의 인생을 살지 않았다. 그리고 나의 깜냥이 아직 거기까지 미치지 못한다.

만약에 인생 회고록을 같이 쓴다면 마지막 '직장 생활 15년 사업 25년'의 수필집에서는 가능할는지 모르겠다. 아직 9년 정도의 시간이 남았으니, 그동안 열심히 쓰고 준비하고 공부하면 혹시 될 수도 있지 않을까 하는 바람을 가져 본다.

강원국 작가의 마지막 첨삭으로 달리기와 관련된 실용적이고 교과직인 내용도 많이 넣어 딜라고 했다. "실용직이고 교과시직인 내용은 넣는 것은 다른 마라톤 책자에서 베껴 와야지 않냐?"라고 질문했더니 "그러니까 더 쉽지 않겠습니까."라고 베스트셀러 작가님께서 말씀하셨다. 그리고 귀담아 가슴 깊이 간직하게 한 또 다른 한마디를 하셨다. "글을 참 잘 쓰시네요."

이로써 나의 마라톤 완주기의 50%는 벌써 완성되었다. 물론 칭찬과 격려임을 알고 있다. '설령 부족한 점이 있더라도 칭찬과 격려를 아끼지 말라. 열정을 끌어내는 데 있어 칭찬과 격려만 한 묘약은 없다.'는 이 말은 지금, 이 순간 나에게 온전히 해당하는 말이다.

마라톤은 자신감이다

안철수의
『안철수, 내가 달리기를 하며 배운 것들』

———

　부제로 '인내하며 한 발 한 발 내딛는 삶에 대하여'라고 되어 있는 이 책을 서점에서 발견하고 얼른 사 왔다. 읽든 안 읽든 맘에 드는 책이 있으면 일단 사고 보는 아빠를 보고 딸은 항상 이렇게 말했다. "아빠는 책을 마트에서 시장 보듯이 구매해?"

　쇼핑하듯이 책을 산다고 해서 한 말이 아닐까 생각해 본다. 물론 산다고 해서 다 읽지는 못한다. 책 제목만 훑어보고 몇 년째 그냥 두는 것이 있는가 하면, 사온 즉시 완독하는 것 또한 있다. 사실 달리기에 관하여 출판된 책이 그리 많지 않다.

　안철수는 알다시피 의사로서 의과대학 교수, 컴퓨터 백신 개발자, 상장회사 CEO, 정치인 등 한 사람이 일생을 바쳐야 겨우 이룰 수 있을까 말까 한, 아니 일생을 바쳐도 미치지 못하는 것을 이루고자 했던 분이 아니던가. 정치의 영역은 논외로 하더라도 달리기가 과연 이분에게 어떤 의미가 있었는지, 달리기가 삶 전체에서 어떤 역할을 차지하는지, 쉬운 길이 많은데 왜 굳이 어려운 달리기를 하는지 등등 궁금한 것이 많이 있었다.

무엇보다 달리기는 상처가 생긴 마음을 어루만져준다. 달리기가 그 역할을 해 준다. 지나간 일들, 고통스러운 기억, 상처로 얼룩진 마음이 달리기를 통해 순화된다. 뛰는 동안 숨이 헐떡이고 심장이 뛰고 발이 아파져 오는 느낌은 내가 지금, 이 순간에 살아 있다는 사실을 일깨워 준다.

이 책을 통하여 20여 년간 달리기를 해 오면서 늘 궁금했고, 누가 물어볼 때 속 시원히 대답해 주지 못한 것에 대해서 확실히 이야기해 줄 수 있는 것을 한 곳 읽었다. 그것은 다름이 아니라 무릎 관절에 관한 것이다. 저자는 이렇게 말한다.

간혹 달리기와 관련해 흔한 오해를 하는 분들이 있다. 무릎이 상할까 봐 달리기를 못 하겠다고 이야기하는 경우다. 의사 관점에서 결론부터 말하자면 그런 걱정은 전혀 하지 않아도 괜찮다. 요즘 사람들의 무릎은 오히려 너무 안 써서 상하는 것이다. 무릎을 보호하겠다고 가만히 있으면 그게 무릎을 상하게 하는 지름길이다. 적당히 쓰고 달리는 정도의 충격을 주어야 더 튼튼해지는 게 무릎이다. 물론 너무 무리하면 무릎도 상하겠지만, 천천히 달리기 정도의 운동으로 상하는 건 아니니 걱정하지 말고 달려도 된다.

무릎 관절과 관련하여 저자의 이야기가 와닿는 것은 본인이 의사
이기 때문일 수도 있다는 생각을 해 본다. 요즘 같은 SUB-3 주자가
즐비한 달림이들 속에서 그의 마라톤 완주 기록은 썩 좋은 편은 아니
다. 나와 비슷한 기록이다. 10km 구간은 50분대이며, 하프는 2시간
대, 9개월을 연습하여 도전한 첫 풀코스 기록은 4시간 6분이다.

나는 아직 기록에 대해 자유롭지 못하다. 이는 노화하는 신체에 대
한 이해가 부족하기 때문인지, 욕심이 많기 때문인지, 타인의 기록에
대한 시기 때문인지는 모르겠다. 하지만 아직도 기록으로부터 자유
롭지 못하고, 목표 기록에 도달하지 못하면 좌절은 아니지만 그것과
비슷한 감정을 느끼며, 함께 시합에 참가한 동료의 기록이 나보다 좋
으면 아직도 배가 아프다.

지금까지 달리기를 하면서 기록으로부터 자유로웠던 적이 있었던
가? 저자는 기록에 대하여 이렇게 말하고 있다.

프로 선수들을 제외하면 달리기의 본질은 다른 사람과의 경쟁
이 아니다. 최소한 나는 그렇게 생각한다. 굳이 경쟁한다면 자
신과의 경쟁이어야 한다. 특히 '어제의 나'와 '오늘의 나' 사이
의 경쟁이다. 그렇다고 어제보다 더 나은 오늘의 기록을 말하
는 게 아니다. 어제 달리기를 하던 나로부터 배워서 오늘 달리
기를 하는 내가 조금이라도 더 나은 사람이 되는 것을 뜻한다.
나는 이것이 바로 달리기의 핵심이라고 생각한다.
프로 선수가 아닌 이상 굳이 기록에 집착할 필요는 없다. 즐겨
야만 오래 지속할 수 있고 자신의 삶을 바꿀 수 있다. 어느 정
도 달리기가 익숙해지면 옆 사람과 대화하며 달릴 수 있을 정
도가 되는데, 그 정도 속도로만 달려도 충분하다.

그가 달리기를 시작한 이후에 달리기에 어떤 의미가 있는지 많은 고민을 했다고 한다. 인간을 달리는 동물이라고 했지만, 저자 자신만의 달리기 의미를 이렇게 이야기한다. "내가 찾은 달리기의 본질은 '견디는 것, 참는 것'이다."

달리기는 정말로 어렵다. 힘들다. 육체적으로도 정신적으로도 그렇다. 온갖 유혹을 마다하고 참고 견디는 것은 어렵다. 참기 위해서는 체력과 정신력이 조화가 이루어져야 한다. 마음은 몸으로부터 배우고 몸은 마음으로부터 배워야 몸과 마음이 함께 발전할 수 있다.

저자는 마라톤은 풀코스를 뛰는 동안 내면의 고통과 불안뿐 아니라 외부의 "환호작약을 극복하는 것도 포함한다."라고 했다. 달리기를 통하여 많이 단단해져 가는 느낌을 받는다. 외부 사람들의 비웃음과 야유, 누군가로부터 의심의 눈초리도 극복하는 것이라고 힘주어 말한다. 또한 "다른 사람의 판단에 따라 내 삶의 수많은 선택을 주저하거나 그만둘 수는 없는 일이다."라고 말한다.

에필로그에는 "매번 출발선에 서는 것은 용기가 필요한 일이다. 달리는 도중 어떤 일이 내 앞에 기다리고 있을지 모르기 때문이다. 가슴 설레며 동시에 두려운 마음을 안고 오늘도 나는 출발선에 선다."라고 했다. 저자에게 행운이 있기를 기원한다.

부록으로 작성한 '경험으로 정리한 달리기 요령'은 정말로 달리기를 사랑하는 저자의 마음이 고스란히 느껴진다. 저자만의 노하우 몇 가지를 소개해 본다. 마라톤 대회 종료 이후 회복 관련 노하우는 나의 생각이다.

1. 달리기를 처음 시작할 때
  - '결심'이 중요하다. 달리기를 내 삶의 우선순위에 둔다.

- 멈추지 않고 뛰어 보자.
- 달리기 대회를 신청하자 그래야 지속적인 달리기 훈련이 가능해진다.
- 달리기 초보자를 위한 앱을 내려받자.
- 차를 타고 이동해서라도 안전하게 달릴 수 있는 코스를 개발하라. 걸어서 10분 정도의 거리면 좋다.

2. 달리기 연습을 할 때

- 일주일에 2~3번 정도는 달려야 한다. 꾸준함이 가장 중요하다.
- 시작할 때는 반드시 천천히 뛰어야 한다. 이후 어느 정도 뛰는 게 편해졌을 때 속도를 높여라.
- 오르막에서는 고개를 숙여 자신의 발 앞을 보면서 보폭을 짧게 뛰는 것이 좋다.
- 겨울에는 여러 겹의 옷을 입고, 하나씩 벗으면서 체온조절을 해라.
- 여름에는 26도 이상에서는 뛰지 말고, 새벽이나 밤중 또는 트레이드밀에서 뛰어라.
- 평소에 몸의 소리에 귀를 기울여야[8] 부상을 예방한다.
- 뛰고 난 뒤 30분 내에는 물과 단백질을 보충해야 한다. 근육을 새로 만드는 데 도움을 받을 수 있다.

3. 하프, 풀코스 마라톤 대회를 준비할 때

- 하프 마라톤은 12주, 풀코스 마라톤은 16주 정도 훈련을 하는 것이 적당하다.
- 대회를 앞두고는 일주일에 4번 정도는 뛰어야 한다. 짧은 거

리를 뛰는 회복달리기, 천천히 뛰다 빨리 뛰는 등 속도를 조절하는 인터벌(interval) 달리기, 긴 거리를 뛰는 장거리 달리기를 고루 연습해야 한다.

- 일주일에 달리는 거리는 10% 정도씩 늘려가는 게 최적이다.
- 하프 마라톤 이상부터는 달리면서 물과 에너지 보충하는 연습도 필요하다.
- 대회 2~3주 전부터는 몸에 무리가 가지 않도록 연습량을 줄여라.
- 탄수화물을 많이 먹어 글리코겐을 몸에 비축하는 이른바 '파스타파티'가 필요하다.

---

8   신체의 이상 신호와 관련한 빌로저스의 자료 참고.

트레이닝의 묘미는 스트레스 부하를 균형 있게 분산하는 것이다. 실력 향상을 위해서 열심히 달리되 녹초가 되도록 과도하게 해서는 안 된다. 어떤 증상을 주의 깊게 봐야 하지만 알면 이상이 있는지 없는지 쉽게 판별할 수 있다.

부상이나 질병 없이 향상된 성과를 보이면 잘 적응하고 있다는 것을 나타내는 것이다. 그러나 달리기로 인한 것이든 외부 요인으로 인한 것이든 스트레스가 과도해진다면 작은 증상들이 나타날 것이다.

아래에 나열된 증상들은 즉각 대처하진 않으면 더 심각한 문제로 발전할 수 있는 소지가 있다. 이러한 신호들을 빨리 알아차릴 수 있는 섬세한 감각을 발달시켜야 한다. 이러한 신호들이 의미하는 바를 빨리 파악하고 빠르게 대처하면 문제의 근원을 뿌리 뽑는 성과를 거둘 수 있다.

✔ 아침에 측정한 맥박이 평상시 맥박이 정상치보다 약간 높다.
✔ 체중이 갑자기 줄어든다.
✔ 쉽게 잠들지 못하고 깊은 잠을 못 이룬다.
✔ 입 언저리에 염증이 생기고 다른 피부에도 발진이 있다.
✔ 유행성 감기로 여겨지는 증상(콧물이 나거나 목이 아프거나 열이 있음)이 나타난다.
✔ 목이나 서혜부 또는 겨드랑이가 붓거나 상피 조직의 손상이 나타난다.
✔ 트레이닝 전이나 도중 또는 그 후에 현기증이나 구역질이 난다.
✔ 트레이닝 도중 호흡기 계통에 이상이 나타난다.
✔ 비교적 평탄한 곳에서 달리는 도중에도 발이 걸려 넘어지거나 자신의 발을 치는 등의 굼뜬 행동이 나타난다.
✔ 달리기 시작한 지 몇 분 후에 이르기까지 근육, 힘줄, 관절에 통증이 오거나 뻣뻣해진다.

4. 마라톤 대회 당일

- 대회 날만큼은 절대로 처음 시도하는 것은 아무것도 하지 말
  아야 한다. 평소에 쓰던 운동화, 입던 옷, 먹던 음식 등을 준
  비하자.
- 일찍 일어나 대회 2~3시간 전에 평소와 같은 아침식사를 하
  는 게 좋다.
- 미리 화장실을 다녀오라. 물을 충분히 마셔 맑은 색의 소변
  이 나올 정도면 괜찮다.
- 대회 시작 1시간 전에 도착하라.
- 쌀쌀한 날씨의 대회일시 반팔과 반바지로 추위와 싸우지 말
  고, 다른 옷을 껴 입어라. 경기 직전에 벗어서 짐을 맡겨라.
- 신발 내에 이물질을 확인하고, 신발 끈을 확실하게 다시 매
  라. 타이밍 칩을 신발에 매는 경우 달리는 도중 풀리는 수도
  있으니 주의하라.

5. 마라톤 대회 도중

- 출발 때 다소 긴장하는 것은 자연스러운 일이다. 완주를 간
  절히 원하라.
- 초반 레이스 분위기에 휩쓸려 평소보다 빨리 뛰는 것을 조심
  해야 한다. 오히려 평소보다 천천히 출발하는 것이 좋다.
- 뛰는 도중에 자신의 뛰는 자세를 점검하며 주위를 둘러보는
  여유를 가지자.
- 가끔은 의식적으로 숨을 깊게 들이마시는 것도 좋다.
- 힘들 때는 얼굴 근육을 움직여 웃어 보자. 다리에 힘이 없을
  때에는 팔을 힘차게 휘저어도 좋다.
- 간단한 과일이나 젤리 등의 음식은 45분 간격으로 섭취하자.

- 경기 흐름에 방해되지 않게 블루투스 이어폰을 점검하라.

6. 마라톤 대회 종료 후

- 신발 끈을 풀고 부어 있는 발을 마사지하라. 가능한 슬리퍼 같은 편한 신발로 갈아 신으라.
- 부족한 수분을 충분히 보충하고 젖어 있는 경기복과 양말을 마른 옷으로 가능한 한 빨리 바꿔 입으라. 체온이 갑자기 떨어지지 않게 덧옷을 입어 체온을 유지하라. 프로 선수들은 골인 후 커다란 타월로 몸을 감싸는 것을 봐 왔지 않은가.
- 42.195km 완주 이후에는 26일의 휴식이 필요하다고 하는 포스터의 법칙을 기억하라.
- 강한 훈련을 너무 일찍 재개하면 부상의 위험에 직면한다. 많은 러너들이 통증이 가시면 회복되었다고 생각한다. 그러나 실제로는 깊은 곳에 아직도 피로가 다 안 가셨다. 마라톤을 뛰고 난 다음 경주에 나가기까지 2개월은 기다려야 한다고 믿는다. 이는 나의 생각이다. 매주 풀코스를 뛰는 사람들이 실제로 주변에 존재한다.
- 사우나에 간다면 뜨거운 물에 담그지 말고 찬물로 마사지 하라. 찬물의 폭포수가 있다면 금상첨화다. 거기에 다리와 온몸을 마사지하라. 근육의 회복 속도가 한결 빠를 것이다.

마음이 중요하다.
근육은 고무 조각과 같다.
내가 '나'인 것은,
바로 '마음' 때문이다

파보 느르미 (1924년 제8회 파리 올림픽 육상5관왕)

 마라톤은 자신감이다

요슈카 피셔의 『나는 달린다』

이 책은 두 번이나 샀다. 마라톤에 입문한 시절에 읽고 난 후, 이사를 하면서 중고 서점에 팔았거나 어디 기증을 했는지 아무리 찾아보아도 없었다. 기억나는 몇 구절이 있어 다시 구매하려고 했으나 절판되어 없었다. 어찌어찌하여 온라인 중고 책방에서 저렴한 가격에 재구매했다.

요슈카 피셔(Joschka Fischer)는 독일에서 인기 있는 정치인이었다. 그는 정치가 주는 스트레스를 먹는 것으로 풀다가 급기야 112kg이라는 거구가 되었고, 이로 인해 세 번째 부인에게서 외면받았다. 이혼의 충격과 엄청난 몸의 무게를 달리기를 통해 극복한 후, 22살 연하의 신부와 네 번째 결혼을 함으로써 또 한 번 화제를 뿌렸다.

단순한 다이어트 성공담을 넘어 나이 쉰을 눈앞에 두고 성공한 자기 개조의 경험을 담은 이 책은 마침 우리나라에 불기 시작한 마라톤 열풍을 주도하면서, 나 같은 사람에게 깊은 인상을 주었다. 그래서

15~16년이 지났지만 이 책을 또다시 구매하게 되었다.

남들처럼 나도 처음에는 정치인이 재수 좋게 다이어트에 성공한 것을 가지고 정치적 목적으로 요란하게 떠드는 것이라 생각했다. 그러나 책장을 한 장 한 장 넘기면서 나는 감전된 듯한 전율이 흘렀고, 단순히 112kg 나가던 몸무게를 일 년 안에 37kg 줄인 고통스러운 다이어트 작전에 대한 과장된 성공담이 아니었다. 거기에는 달리기를 통해 근본적으로 자신을 개혁해 가는 피셔의 사색과 노력의 과정이 고스란히 담겨 있었다. 그리고 그 하나하나에 내 삶을 반성하게 되었다.

이 책의 원제는 '나 자신을 찾기 위한 장거리 달리기(Mein langer Lauf zu mir selbst)'이다. 그는 무엇보다 자신을 찾고 싶었다. 정치적으로 성공한 생활 이면에는 항상 자아를 잃고 욕망만을 채우는 자신의 모습이 있었다. 피셔는 자신의 비만을 욕망의 잘못된 외형적 표현으로 인식하게 되었다. 그는 자신을 근본적으로 개혁하기 위해 생활의 우선순위를 바꾸어야만 가능하다는 결론에 이르렀다. 그리고 그는 굳은 의지를 가지고 실천했으며 결국 성공했다.

그는 이 모든 것이 달리기를 했기 때문에 가능했다고 말하고 있다. 그 커다란 맥주 통 같은 덩치의 그는 달리기를 무척이나 싫어했다. 그렇지만 그는 달리기 중독자가 되었다. 피셔는 달리기가 주는 자신만의 시간과 명상 효과를 즐기면서 자신과의 깊은 대화를 나눌 수 있었다. 그는 달리기를 통해 '자기 자신 속에 있는 부처'를 만날 수 있었다.

그리고 그는 이렇게 이야기한다.

 마라톤은 자신감이다

벽한 변화를 시도하든가 선택의 기로에 서게 되었다. 나는 아주 짧은 순간에 엄청난 결정을 했다.

옛날로 돌아가자! … 운동화를 신고 새벽의 여명 속으로 뛰어나가면서 나의 새로운 인생이 시작되었다.

그의 계획은 거창하지 않았다.

1. 내가 나를 강제할 수 있는 목표를 세운다. 혹독하지만 강제성과 현실성이 있는, 도달 가능한 목표를 세운다. 80kg을 도달 가능한 목표로 세웠다. 30kg 감량

2. 그런 목표에 도달하는 방법을 정한다. 적게 먹고 많은 칼로리를 소비하자. 먹는 것을 빨리 바꾸자, 그리고 운동, 운동, 운동하자.

3. 내가 철저하게 지킬 수 있는 원칙과 기본 수칙을 만들자.

네 가지 원칙은

- 과감한 결단

- 끈기 있게 지속할 능력

- 현실에서 출발할 것

- 인내

세 가지 기본 수칙은

- 너 자신을 결코 기만하지 말라!

- 항상 너에게 과도한 부담을 주는 일을 피하라!

- 결코 포기하지 말라! 네 번째 수칙이 하나 더 있었지만 폐기한

것이 있다.
- 한 번에 뛰는 거리를 결코 줄이지 말라!

이것은 16km를 쉬지 않고 달리고 난 후 폐기했다고 한다. 달리기에 매료한 그는 이제 이렇게 말한다.

현대그룹의 정주영 회장께서 다음 날 새벽에 회사에 나가 일할 생각에 밤새도록 가슴이 설렜다는 말이 생각나는 대목이다. 어떤 것이든 일이든, 달리기이든 성공한 사람들의 공통된 대목인 듯싶다.

'정직과 성실'이 직장인의 변하지 않는 기본이듯이 달리기에 또한 기본자세와 마음가짐이 세월이 간다고 해서 쉽게 변하지 않을 것이다.

책의 후반에 달리기를 처음 시작하는 사람들에게 보내는 '헤르베르트 슈테프니'9을 글을 옮겨 오면서 달리기의 기본을 다시 가다듬

---

9 헤르베르트 슈테프니는 1986년 슈투트가르트 유럽 선수권대회에서 마라톤 동메달을 수상했으며, 독일 마라톤 대회에서 열세 차례에 걸쳐 우승한 마라토너이다. 10년 이상 건강관리 매니저로서 달리기 개인 트레이닝, 건강관리 세미나와 강연 활동을 하고 있으며, 스포츠 저널리스트로도 활동하고 있다.

　　　　　마라톤은 자신감이다

어 본다.

- 당신이 35세가 넘었거나 아주 오랫동안 아무런 운동을 하지 않았다면 달리기를 시작하기 전에 운동 경험이 있는 전문의에게 진단을 먼저 받아 보아야 합니다.
- 달리기는 비용이 적게 든다. 그렇지만 아무 운동화나 신고 운동해서는 안 된다. 달리기에 대해 잘 아는 주변 사람에게 물어보고 제대로 된 '달리기 운동화'를 구입해라. 그렇지 않으면 관절이나 뼈에 부상을 당할 위험이 있습니다.
- 땀을 잘 배출하고 가벼운 기능성 섬유로 된 옷을 입으십시오.
- 관절이나 인대 부상으로 고통을 겪는 사람이나 너무 뚱뚱한 사람, 임신부, 노인 등은 우선 자전거를 타거나 수영 또는 팔을 크게 흔들면서 천천히 걷기부터 시작하는 것이 좋습니다.
- 통증을 느끼고 있을 때나 바이러스에 감염되어 있을 때 또는 몸에 열이 있을때는 달리지 마십시오!
- 주변에 아는 사람들 중에서 같이 달릴 수 있는 사람을 찾거나 달리기 클럽을 찾아가 다른 사람들과 같이 뛰면 더욱 즐겁습니다.
- 경사도가 심한 언덕이 없는 편평한 주로에서 시작하십시오.
- 숨쉬기는 억지로 규칙을 만들지 말고 입과 코로 자연스럽게 하십시오. 나중에 자연스런 호흡 리듬을 발견할 수 있을 것입니다.
- 팔은 몸에 바짝 붙여 앞뒤로 자연스럽게 움직이십시오. 그러나 흔들거리게 해서는 안 됩니다

- 일 년 정도 일주일에 세 번씩, 하루에 최소한 30분 이상 고통
  을 느끼지 않을 정도로 아주 부드럽게 운동하면 최적의 건
  강 상태에 도달할 수 있을 것입니다. 그 척도는 단순합니다.
  너무 빠르거나 느리지 않으면서 편안하게 상대방과 이야기
  할 수 있는 정도의 빠르기로 달리면 됩니다.
- 심박 측정기로 달리기의 강도를 조절할 수 있습니다. 자신에
  게 적당한 심박수로 달리는 것이 좋습니다.
  적정 심박수 = 180 - 자신의 나이 ± 10회
- 달리기로 피하지방을 없애려고 하는 사람은 천천히 오래 달
  려야 합니다. 빨리 달리면 더 많은 탄수화물만 태울 뿐 지방
  은 거의 타지 않습니다. 1km당 소비하는 칼로리는 당신의 몸
  무게에 비례합니다.
- 달리기를 시작한 첫 일주일 동안에는 달리다가 짧은 시간 가
  볍게 걸으면서 휴식을 취하는 것이 도움이 됩니다.
- 당신의 몸이 달리기에 적응할 수 있는 시간을 주어야 합니
  다. 그 시간은 몇 주일 걸릴 수도 있고 한 달 이상 걸릴 수도
  있습니다. 그렇지 않으면 부상을 당할 수 있으며 중간에 좌
  절할 수도 있습니다.
- 달리기 초보자는 더 빨리 달리려고 애쓰지 마십시오. 우선
  은 더 멀리 더 자주 달리기 위해 노력하십시오.
- 달리기 전 1시간 30분 이내에는 무거운 식사를 하지 마십시
  오. 바나나와 같이 소화가 잘되고 위에 부담이 없는 가벼운
  음식을 드십시오. 그렇지 않으면 달리는 중 옆구리 통증을
  느낄 수 있습니다.

마라톤은 자신감이다

- 땀을 통해 잃어버린 수분만큼 물을 마시거나 과일주스를 마셔 체내 수분을 보충하십시오.
- 동물성 지방, 커피, 술, 단 음식 섭취량을 줄이십시오. 대신 과일, 채소, 샐러드, 감자, 생선을 많이 드십시오.
- 달린 후 어깨, 장딴지, 허벅지 등의 부위를 스트레칭과 이완 운동을 해 주어야 합니다. 그리고 복근과 등 근육을 강화해야 합니다.
- 항상 훈련일지를 쓰십시오.
- 규칙적으로 몇 주간 트레이닝을 하고 나면 달리기가 훨씬 쉬워질 것입니다. 그리고 약 3개월 정도 달리고 나면 달리기의 즐거움을 느껴 하루도 빼먹고 싶지 않을 것입니다. 항상 즐겁게 달리십시오.

뻐꾸기 달리기

2003년 8월 17일 천안 독립기념관에서 개최하는 SAKA(한국 사회 체육 육상 중앙협의회) 주최의 제16회 8.15 경축 하프 마라톤 대회에 참석했다. 하지만 제목에서도 나와 있듯이 나는 뻐꾸기로 참가했다. 반성하는 마음으로 기록한다.

대회 참가비를 내지 않고, 번호표 없이 달리는 것을 달림이 세계에서 '뻐꾸기로 참가한다.'라고 한다. 뻐꾸기는 스스로 둥지를 틀지 않는다. 다른 새의 둥지에 슬쩍 알을 낳아 놓고, 그 새끼들 사이에서 키우도록 한다. 자연의 생존 전략이라 할 수도 있지만, 어쩐지 얌체 같다는 인상을 지우기 어렵다.

달리기의 세계에서 '뻐꾸기로 참가한다.'라는 말은 겉으로는 함께 달리며 똑같은 성취를 나누는 듯 보이지만, 사실은 대회를 준비하고 운영하는 이들의 수고를 외면한 채 무임승차하는 셈이다.

삶에서도 우리는 종종 남의 둥지를 탐내며 손쉽게 길을 얻으려 한

 마라톤은 자신감이다

다. 하지만 결국 남의 둥지에서 태어난 새끼는 자기 집을 가지지 못한다. 마라톤에서든 인생에서든, 자기 몫의 대가를 치르고 땀 흘린 발자국만이 스스로의 길을 만든다. 진짜 완주는, 남의 둥지에서 얻어지는 것이 아니다.

이 말 외에도 달림이들에게만 통용되는 말이 또 하나 있다. '아르바이트 하다.'라는 표현이다. 울트라 마라톤처럼 참가 인원이 적고 안내자가 없는 대회에서는 달리다가 종종 정규 코스를 벗어나 샛길로 들어서는 경우가 있다. 그러다 '여기가 아닌게벼.' 하고 깨닫고 다시 본 코스로 돌아와 달리게 되는데, 그동안 허비한 시간과 거리를 두고 '아르바이트 했다.'고 말한다.

정규직은 뚜렷한 보상이 있지만 아르바이트는 힘은 들고 얻는 것이 적다는 것을 자조적으로 표현한 말이 아닐까 싶다. 이러한 표현은 러너들의 단순한 은어를 넘어, 어떻게 보면 우리 삶의 단면을 닮아 있기도 하다. 누구나 한 번쯤은 샛길로 빠졌다가 다시 돌아오는 경험을 한다. 그 길 위에서 흘린 땀과 시간은 겉보기에는 허무하게 사라진 것 같지만, 사실은 우리를 더 단단하게 만든다. 아르바이트가 그렇듯 인생의 샛길 또한 본래의 길을 더 소중히 여기게 하는 훈련일지도 모른다.

각설하고 이번 대회 접수 시기를 놓쳤지만 꼭 달리고 싶었기에, 무슨 방법이 없을까 고민하다가 '그래 올해는 뻐꾸기로 달려 보자. 내가 2만 원이 없어서 공짜로 달리는 것은 아니잖아.' 하고 나름 합리화했다. 그리고 '그 많은 사람들 틈에 나 한 사람 정도 끼여도 무난하겠지.' 하고 위안까지 했다.

막상 참가할 것이라고 마음먹었지만 그날 아침 갈까 말까를 몇 번이나 망설였다. 가까운 곳이라 같이 가자고 하는 아내에게도 "나 혼자 후딱 뛰고 아무것도 먹지 않고, 받지도 않고, 금방 올 테니 기다려. 넉넉잡고 2시간 30분 후면 돌아올 수 있어." 하고 말했다. 참가비도 내지 않는 대회에 아내랑 아이들과 함께 가는 것이 못내 마음속에 걸렸으리라. '벼룩도 낯짝이 있다.'라는 속담이 이 상황에 맞는 것인지 모르지만.

그날 나 이외에 두어 명 더 뻐꾸기로 뛰는 자를 보았다. '부처 눈에는 부처만 보이고 뭐 눈에는 뭐만 보인다.'고 배번호 없이 뛰는 자가 눈에 들어왔다. 2.5km 간격마다 있는 물 마시는 곳에서는, 일부러 멀찍이 거리를 두고 달리면서 그쪽으로는 눈길조차 주지 않았다.

그날따라 비가 와서 그런지 목도 마르지도 않았다. 10km 지점에서 종이컵으로 딱 물 한 잔 마셨다. 바나나, 초코파이에도 물론 손대지 않았다. 참가비를 내지 않으면 배도 고프지 않은가 보다. 1시간 46분 50초. 그날의 기록이다.

모든 달림이들이 칩을 반납하면서 바나나, 메달 등속이 들어 있는 비닐봉지를 받고 있었다. 솔직히 칩을 반납하고 기념품을 받는 다른 사람들이 부러웠다. 구경만 하다가 옆에 놓여 있는 물병 하나를 집어 들고 뒤돌아보지 않고 독립기념관을 빠져나왔다.

그날 내가 서비스로 받은 것은 10km 지점에서 종이컵으로 마신 물 한 잔과 결승 골인하고 나서 받은 500ml 생수 한 병이 전부다. 그리고 주로에서 차량 통제와 자원봉사자들이 "화이팅!"을 외치는 소리만 기억난다.

마라톤 행사를 주최하는 모든 이들에게 말하고 싶다. '달리는 것이 좋아 뻐꾸기로 참가한 선수들에게 관대하라.' 그들은 단언컨대 피치 못할 사정 있었으리라. 상습적이지 않을뿐더러 뻔뻔하지도 않다. 뛰는 내내 반성하고 죄책감 느낄 것이므로 그들에게 관대하라. 그리고

마라톤은 자신감이다

마지막으로 뻐꾸기처럼 남의 둥지를 빌려 쓰는 방식으로는 진정한 기쁨에 이를 수 없다는 것이 오늘 달린 소회이다.

우중(雨中) 달리기 1

<hr>

2003년 6월 11일 수요일 19시 30분

출근 시부터 날이 잔뜩 흐리더니 오후 들어 비를 뿌리기 시작했다. 몸과 마음이 습기 머금은 솜처럼 눅눅해진다. '그래 빗속을 한번 달려 볼까.'

달리기를 시작한 이후, 빗속을 달리는 것을 소원한 적이 많았다. 새벽에 일어나서 비가 오는 창밖을 내려다보며 몇 번이고 망설이기만 했지 나간 적이 없다. '그래 오늘이다. 오늘 같은 날이 빗속 달리기에 가장 좋은 날이다.'

퇴근 종소리가 울리기가 무섭게 집에 와서 옷을 갈아입었다. 반바지와 민소매, 가장 가볍고 얇은 운동화로 갈아 신고 여벌로 반바지와 티셔츠, 수건, 신발 하나를 더 챙겨서 종합운동장의 보조 경기장으로 갔다.

19시 35분. 한 명도 없다. 평소에 많은 사람이 가족과 또는 회원들과 나와서 운동하는 곳이지만, 비가 와서인지 한 사람도 보이질 않는다. 모자를 깊게 눌러쓰고 트랙을 돌기 시작했다. 금방 젖어온다. 가슴이 젖고 다리가 젖고 얼굴에 빗물이 흘러내린다. 온몸이 젖어온다. 하나둘씩 켜지는 아파트 불빛을 보며 달리고 또 달린다.

비 오는 날 달리는 기분을 한마디로 표현하자면 '아! 자유롭다.'이다. 나를 둘러싼 사람들로부터 자유롭고, 나를 가두어 놓은 공간으로부터 자유롭고, 나를 서두르고 바쁘게 하는 시간에서도 자유롭다. 내가 주인이다.

처음엔 조금 추웠지만, 온몸에 열이 나기 시작하니까 달리기에 최적의 조건이 된다.

보조 경기장 8개의 트랙 중에서 8번 트랙에서 시작하여 1번 트랙까지는 오른쪽으로 돌고, 다시 1번 트랙에서 시작하여 8번 트럭까지는 왼쪽으로 돌았다. 24바퀴를 55분여에 걸쳐 달렸다. 보조 경기장의 야외 조명이 들어오며 물에 젖은 사물들이 한 폭의 수채화처럼 보이기 시작한다.

아! 얼마나 소원하던 우중 달리기인가? 모든 우울함이, 정리되지 않는 생각들이, 가슴 한쪽에 쌓여 있던 미진(微塵)이 빗물 속에 씻겨 가는 것이 느껴진다. 정제되지 않는 감정 나부랭이도 날려 보내고 자연과 함께 하나 된다는 것이 얼마나 황홀한가?

어디선가 모녀(母女)가 나란히 우산을 쓰고 들어와서 걸으면서 트랙을 돌기 시작한다. 어둠은 점점 짙어진다. 물에 젖은 티셔츠는 기분 좋게 온몸을 휘감는다. 물에 젖은 발소리와 규칙적으로 들리는 나의 숨소리, 보슬비 내리는 소리, 이런 것을 물아(物我)의 경지라 일컫는가? 자연과 내가 하나가 된 상태, 자연과 내가 구별 없이 하나가 된 느낌이다.

문득 생각해 본다. 내가 왜 이렇게 작고 하찮은 것에 연연하는가?

조그만 것 하나 버릴 수 없는 소심함에 마음 아파하는가? 빗속에서 내가 찾고자 하는 것은 무엇인가? 그것은 평범한 일상 속에서 아주 특별한 '나만의 행복'을 찾기 위함인가? 오로지 그것 하나만인가?

이렇듯 달리기는 자신을 깊은 성찰의 세계로 이끈다. 이로 볼 때 마라톤은 분명히 육체적인 운동인 동시에 정신적인 운동이다. 한 시간여를 그렇게 달렸다. 내 속에 쌓인 무거움이 사라지고 새처럼 점차 가벼워지는 느낌이 든다. 몸과 마음이 점차 정화되는 느낌, 이 매력에 많은 사람이 달리기를 하는 것이 아닐까? 마지막 한 바퀴는 뒤로 걸었다. 나른하며 종아리가 뻐근해 옴이 느껴진다.

다음에는 폭우 속에서 한번 달리고 싶다. 한여름 폭우가 내리면 그때 다시 한번 달려 보고 싶다. 그때는 지금처럼 운동장 트랙을 도는 것이 아니라, 야외에서 시냇물도 보고, 산등성이 걸쳐있는 물안개도 쳐다보며 달리리라. 천둥번개가 치지 않는 날을 골라서.

집 떠난 개구리 울음소리를 뒤로하고 보조 경기장을 빠져나온다.

마라톤은 자신감이다

우중(雨中) 달리기 2

2003년 7월 25일 금요일 6시

일찍 일어나 거실의 커튼을 젖혔다. 태조산 중턱에 안개인지, 구름인지 걸쳐 있는 것이 간밤의 장맛비가 그친 듯하다. 준비하고 거실을 나섰다. 불어난 강물이 황토를 잔뜩 머금은 채 흐르고 있었다. 작은 개울을 건너고 안서호숫가를 달린다. 매번 이른 새벽이면, 밤새워 세월을 낚는 강태공들의 등 굽은 모습들이 호수 면에 반사되고 했다. 하지만 오늘은 한 명도 없다. 아마도 오락가락하는 장맛비 탓에 에둘러 집으로 돌아간 듯하다.

의과대학 도서관의 뒷산 군데군데 피어 있는 원추리꽃이 강렬한 원색을 자랑한다. 단국대 종합운동장 미치지 못해서 비가 내리기 시작했다. 가늘게 내리는 비가 순식간에 금방 장대비로 바뀐다. 홑겹의 소매 없는 윗도리는 금방 물에서 건져 낸 듯하다. '우와, 많이도 온다.' 운동장 트랙 입구에서 비 때문에 차 안에서 구경만 하던 달림이 한 사람이 내가 트랙을 돌기 시작하자 용기를 낸 듯이 같이 뛰기 시작한다. 경비 아저씨가 눈을 동그랗게 뜨고 한참을 쳐다본다.

장대비는 폭우로 바뀌었다. 매일 아침 호숫가 한 바퀴, 트랙 2~3바퀴, 저수지 둑 왕복 1회, 이렇게 아침 운동을 했지만, 오늘은 왠지 운동장을 계속 돌고 싶다. 이른 새벽에 온몸으로 맞이하는 폭우는 또 다른 느낌이다. 아마 달리기를 하지 않았으면 이런 폭우 속에서는 바깥에 나오지도 못했을 것이다.

시원하다. 온몸에 마른 구석이라고는 한곳도 없는 차가운 느낌. 옷 입은 채 물속에 들어갔다가 나온 느낌이다. 머리, 어깨, 등 뒤로 쏟아지는 빗물, 또다시 자유롭다. 세상 편견과 관념으로부터도 자유롭다.

85세 임종을 눈앞에 둔 미국 작가 나딘 스테어(Nadine Stair 켄터키주 루이빌)가 쓴 시 「만약 인생을 다시 산다면(If I Had My Life to Live Over)」를 옮긴다.

다음번에는 더 많은 실수를 저지르리라
긴장을 풀고 몸을 부드럽게 하리라
이번 인생보다 더욱 우둔하게 지내리라

가능한 한 매사를 심각하게 생각하지 않을 것이며
더욱 많은 기회를 붙잡으리라

여행을 더 많이 다니고 석양을 더 자주 구경하리라
산에도 더욱 자주 가고 강물에서 수영도 많이 하리라
아이스크림은 많이 먹고 콩 요리는 덜 먹으리라
실제적인 고통은 많이 겪을 것이나
공상적인 고통은 가능한 한 피하리라

 마라톤은 자신감이다

보라, 나는 시간 시간을, 하루하루를

의미 있고 분별 있게 살아가는 사람의 일원이 되리라

아, 나는 많은 순간을 맞았으나 인생을 다시 시작한다면

그러한 순간들을 더욱 많이 가지리라

사실은 그러한 순간 외에는 다른 의미 없는

시간을 갖지 않도록 애쓰리라

오랜 세월을 앞에 두고 하루하루를 살아가는 대신

순간만을 느끼며 하루를 더하리라

나는 지금까지 체온계와 보온 물병, 레인코트, 우산이 없이는

어느 곳에도 갈 수 없는 그런 무리 중의 하나였다

이제 인생을 다시 살 수 있다면 이보다

장비를 간편하게 갖추고 여행길에 나서리라

내가 인생을 다시 시작한다면

초봄부터 신발을 벗어 던지고

늦가을까지 맨발로 지내리라

지금까지 살면서 자신의 의지에 따라 비 오는 날 우비와 우산 없이, 쏟아지는 폭우를 맞아 본 적이 몇 번 있었나? 지금까지는 나 또한 비옷과 우산이 없이는 어느 곳에도 갈 수 없는 그런 무리 중 하나였다.

하지만 달리기를 시작한 이래로, 우중 달리기를 통해서 나는 우산과 비옷 없이도 산으로 들로 달릴 수 있게 되었다. 그렇게 또 하나의 껍데기를 깬다. 신발에 금방 물이 차오른다. 얇은 티셔츠는 몸매를 모조리 드러낸다. 잘 빚어진 몸매는 아니지만 달리면서 내려다보는 내

몸매도 어쩌면 아직까지는 몇 개의 조각이 보인다. 별로 군살도 보이지 않고.

트랙을 벗어나 도로에 접어든다. 군데군데에 물웅덩이가 젖은 발을 시원하게 해 준다. 고여 있는 웅덩이를 지나는 차들이 서행하면서 물이 튀지 않게 조심한다. 하지만 물이 튀어 몸이 젖는다 한들 개의치 않을 것 같다. 버스정류장에 아주머니 두 분이 "우!" 하고 외쳐 준다. 조금 민망하다.

이른 새벽 우중주의 추억을 하나 더 만들었다. 마무리 스트레칭까지 하고, 집으로 와 출근길 준비를 서둘렀다.

마라톤은 자신감이다

제주(濟州)에서 달리기

2003년 8월 3~6일 여름휴가

2003년 8월 3일부터 6일까지 3박 4일간 부모님과 함께 제주도로 여름휴가를 다녀왔다. 제주도에서도 "참을 수 없는 달리기의 가벼움" 탓인지, 아니면 이국적인 분위기 탓 인지 매일 아침 해안도로를 달리며 비췻빛 제주 바다와 해안 절경을 마음껏 감상한 '제주 달리기'를 했다.

이번 여행은 내년이면 여든이신 아버님과 일흔둘 되시는 어머님과는 처음으로 함께 가는 제주도 여행이었다. 올해 초 종합병원에 보름가 입원해 계셨던 어머니의 기력은 생각보다 많이 떨어져 있었다. 오히려 연세가 많으신 아버지께서 더 정정하시다. 식사도 잘하시고 반주 삼아 한잔 술도 빠뜨리시지 않으시고.

맛있는 음식도 예전과 같이 맘껏 드시질 못하신다. 그리고 다리품 팔아서 다니는 관광지는 엄두도 못 내고, 쉬엄쉬엄 풍경 구경하고 손녀 손자 재롱만 보고 싶어 하신다. 예전의 쩌렁쩌렁하신 아버지의 기백이 새삼 그리워지는 여행이었다. 그리고 우리 애들은 이번 여행에서 처음으로 비행기를 타보았다. 이착륙 시 신기해하던 모습이 떠오른다.

사면이 바다로 둘러싸인 제주도, 제주의 물빛은 시시각각, 또는 보는 각도에 따라 그 빛을 달리한다. 저마다의 자태를 뽐내는 해안을 따라 천혜의 관광 자원 또한 곳곳에 널려 있다. 우리가 잡은 숙소는 제주시에서 30분 정도 해안도로(일주도로)를 따라 남쪽으로 내려오면 '애월'을 지나고 '한림'을 지나 금릉리와 신창리 사이에 있는 S콘도였다. 바닷가에 최근에 지어진 아담한 숙소이다. 저녁이면 방파제에서 파도 소리와 낚시꾼들이 연신 잡아 올리는 바닷고기 구경도 그만이다.

8월 4일 오전 5시 50분, 잠들어 있는 식구들이 깰까 봐 조심스레 준비해 간 운동복과 모자를 쓰고 바깥으로 나왔다. 밤새 얼마나 더운지 에어컨을 연속으로 가동했다 중지했다를 반복하느라 잠을 설쳤지만, 파도 소리와 바다 내음을 맡으며 하는 스트레칭은 또 다른 느낌이다. 간단히 스트레칭을 하고 어디로 뛸까를 생각하다가 오늘은 협재 해수욕장 방향을 달리기로 했다. 제주도의 일주도로는 자전거도로가 참 잘 만들어져 있다. 어제 공항에서 숙소로 운전하며 오는 내내 잘 정리되어 있는 자전거도로를 보면서 꼭 달려 봐야지 하는 생각을 했다.

자전거도로에 올라서니 왼쪽으로 펼쳐진 비췻빛 바다가 장관이다, 용암이 흘러내려 굳어진 검은색 현무암과 바다의 어우러짐은 육지에서는 볼 수 없는 제주만의 독특한 장관이다. 이른 새벽이지만 금방 땀이 흐르기 시작한다. 아마 오늘 하루가 매우 더운 날이 될 것 같다. 그리고 공기 중 습기가 많아 더 덥게 느껴지는지 모르겠다. 하여튼 무지 덥다.

왼쪽엔 바닷가이고 오른쪽 멀리서 아침놀이 붉게 물들어 온다. 제주에서 땅의 경계는 검은 현무암으로 이루어진 돌담이다. 그래서 제

    마라톤은 자신감이다

주도를 3다도(多島: 돌, 여자, 바람)라 했던가? 여자가 많다는 것은 통계학상에 의한 것이라기보다는 산에서, 밭에서, 바다에서 남자 못지 않게 열심히 일하는 생활력 강한 제주 여인들이 이방인의 눈에 많이 띄어서라는 이야기도 있다.

이른 아침 덥지 않을 때 이동하기 위해 자전거를 탄 몇 무더기의 젊은 애들이 많이 보인다. 그들의 젊음이 부럽다. 자전거 뒤에 배낭과 먹거리를 가득 싣고 달리다 힘들면 펼쳐서 쉬고 다시 이동하고…. 그들이 달리는 나를 쳐다보는 심정은 아마도 내가 자동차를 타고 가면서 그네들을 보는 기분일까? 힘들게 왜 자전거를 타고 가는 걸까? 하고 생각하는 그것처럼 그들도 힘들게 왜 첫새벽부터 뛰어다닐까 생각할까?

협재 해수욕장에 도착했다. 아마 한 6km를 달려왔나 보다. 바다로 뛰어들고 싶다. 운동복 입은 이대로 바닷속에 풍덩 뛰어들고 싶을 정도로 덥다. 옥(玉) 같은 바닷물이 또한 투명하게 새벽 기운을 머금고 있다. 한참을 해안 바윗가에 서서 폐부 깊숙이 제주의 바람을 마셨다. 달리다가 멈추어 선 탓인지 땀이 줄줄 흘러내린다. 벌써 되돌아 갈 일이 걱정된다. 뛰어온 거리가 멀어서가 아니라 목이 말라서이다. 아마 땀을 너무 많이 흘렸나 보다. 돈도 가져오지 않았고 마실 곳도 보이지 않는다. 탈수증세의 초기 증상이 이럴까? 입술이 마르고 침이 마른다. 어지러운 것도 같다.

한참을 달리면서 물을 마실 만한 곳을 찾다가 도로변에 문을 열어 놓은 간이 칸막이 건물 안에 생수통 올려놓은 냉온수기가 보인다. 염치 불고하고 뛰어 들어가니 나이 지긋한 아주머니 한 분이 아침 준비를 하는 듯 쌀을 씻고 계셨다.

"물 한 잔만 마시고 가겠습니다."

금방 컵을 씻어서 건네준다. 차가운 냉수 한 컵을 마시니 살 것 같다. 한 잔을 더 마셨다. 물맛이 이렇게 좋은 줄 몰랐다. 온몸의 세포 하나하나가 살아 움직인다. 아무래도 갈증이 심했었나 보다.

"감사합니다." 하고 인사하고 나오는데 아주머니께서 뭔가를 손에 들려 주신다. 그 집은 제주에서만 재배하는 특산품인 백년초로 즙을 만들어 파는 가게였는데 그 즙 2봉지를 들려 주시면서 "달리다가 또 목마르면 드세요." 한다. 제주의 순박한 시골 인심에 감격한다. 베푸는 사람들의 넉넉한 마음가짐, 제주 사람에 대한 또 하나의 좋은 인상을 간직한다.

백년초즙 2봉지는 숙소까지 가지고 와서 부모님과 나누어 마셨다. 물을 마신 후 달리니, 주변 경치며 경관이 한결 또렷하게 시야에 들어온다. 이름 모를 열대식물이며, 파도 소리가 힘들 줄 모르게 한다. 마을 담장 밑에 어린애 키만 한 크기의 하얀 꽃을 손질하고 있는 동네 분이 있어서 달리면서부터 궁금해서 물어보았다.

"그것은 무슨 꽃인가요?" 하고 물으니 문주란(蘭)이란다. 어쩐지 꽃의 생김새가 주판과 봉심, 그리고 부판이 난과 식물과 많이 닮아 있었다. 여기 제주도는 기후가 온화하여 야외에서도 문주란 같은 것이 잘 자라고 있다.

난(蘭)에 욕심이 많아서 집에서도 80여 분(盆)의 한국 춘란과 혜란, 한란, 풍란을 기르고 있다. 사람이 살면서 맑은 난 향기 같은 내음을 풍겨야 하는데 그렇지 않다. 타고난 성정(性情)이 그러하지 않으며, 또한 노력하지 않으니 될 리가 없다. 이제라도 남은 시간 산을 좋아하고 자연을 좋아하고 난향을 풍기는 그런 사람으로 살고 싶다. 이것 또한 욕심일런가?

아마 시간이 된다면 한라산 중턱을 뒤져서 자생하는 제주 한란을

　　　　　　　　마라톤은 자신감이다

보고 싶다. 1시간 30여 분에 걸쳐 달리기를 마치고 숙소에 도착하니 달리기하는 아들의 모습을 처음 본 어머니께서 한마디하신다.

"해장부터 기운 다 빼고 구경은 언제 하노."

8월 5일 오전 6시, 오늘은 어제와 반대편 신창리 쪽으로 달리기했다. 고산 해안도로 입구까지 5.2km의 왕복 길을 달렸다. 역시나 더운 날이다. 오늘 일정은 제주 시내에서 자연사 박물관, 용두암, 삼성혈을 구경했다. 고등어회와 갈치회로 점심을 먹고 오후에는 금릉 해수욕장에서 애들과 물장구치기로 한 날이다.

8월 6일 오전 6시 15분, 제주에서의 마지막 날 아침이다. 오늘은 좀 늦게 일어나 첫날과 같은 코스로 달렸다. 대신 해수욕장 및 해안도로를 따라 뛰지 않고 일주도로만 따라서 한 시간가량 달리다가 돌아왔다.

나중에 울트라 마라톤(100km)은 반드시 제주에서 완주하리라 마음먹어 본다. 경사도 많지 않고, 완만한 구릉과 사방의 이국적인 풍광, 바닷바람, 파도 소리는 지친 러너에게는 완주의 보약이 되리라.

내심 울트라 마라톤의 목표 시기를 2004년으로 잡아 보았다. 내년에는 울트라 마라톤 완주기를 쓸 수 있기를 고대해 본다. 생각만 해도 벌써 가슴이 설렌다.

100km를 완주한 울트라맨이여!

2시간 10분 페이스메이커 달리기

2003년 온양온천 하프 마라톤

2003년 5월 31일, 여름의 초입에서 현충사 일대를 달리는 '제2회 온양온천 하프 마라톤'에 참가했다. 그냥 참가한 것이 아니라 2시간 10분대의 페이스메이커로 뛰었다.

세상에! 마라톤에 입문한 지 겨우 1년쯤 되어 가는 내가 페이스메이커로 뛰다니 상상도 못 한 일이었다. 클럽 월례회의에서 페이스메이커 자원봉사자를 모집한다기에 멋모르고 씩씩하게 손들고 신청했다. 참가비 2만 5,000원을 납부하지 않아도 된다는 소리에 용기가 생겼는지도 모른다.

페이스메이커의 정의는 '페이스를 유지시켜 주는 사람' 즉, '여러 번 마라톤 풀코스 경험이 있고 마라톤에 관한 전문지식을 가진 사람이, 목표하는 시간대를 정하여 초보자로 하여금 완주할 수 있게 도와주는 사람을 말한다.'라고 마라톤 용어집에서 보았다.

     마라톤은 자신감이다

마라톤 경력이 몇 해가 된다고 해서 혹은 남들보다 기록이 월등하다고 해서 페이스메이커를 할 수 있는 것은 아니다. 이들은 단순히 곁에서 함께 뛰어 주는 존재가 아니라, 몇 km 지점에서 허기가 오는지, 어느 지점에서 물을 마셔야 하는지, 일괄된 페이스를 조절하기 위해 어느 정도의 속도로 달려야 하는지를 정확히 알고 초보 달림이들을 이끌어야 한다.

아울러 각 지점을 통과하는 시간 계산은 물론 마의 벽이라고 불리는 30km 지점을 지날 때도 호흡 조절을 돕고 그들의 활력을 재생시킬 수 있는 역할도 해야 한다. 이러한 막중한 역할을 나는 처음부터 너무 겁 없이 덤벼들었다. 누군가가 이야기한 것처럼 "무식하면 용감하다."고.

시작하기 전 나는 페이스메이커로서 시간 안배를 다음과 같이 했다. 하프 코스를 5km 구간으로 사 등분 해, 한 구간의 시간을 30분으로 하면 2시간, 자투리 1km를 포함하여 2시간 6~7분 안에 골인하도록 맞추었다.

자! 출발이다. 전날 택배로 도착한 스포츠 고글을 다시 한번 조였다. 등 뒤에 매달은 노란 풍선 3개가 거추장스럽지만 참을 만하다. 스타트 라인을 통과하면서 스톱워치의 Start 버튼을 힘껏 눌렀다. 2시간 10분의 대장정이 시작되었다.

토요일 오후 4시에 시작하는 마라톤대회는 그렇게 많은 것 같지가 않다. 그래서 그런지 많은 사람이 참가했다. 하프만 하여도 얼추 3,000명 가까이나 되는 것 같다.

달리는 중에 교인(敎人)인 듯한 두 분이 "이렇게 토요일에 대회를 열면 매번 참가할 것"이라는 이야기를 한다. 아마 일요일은 주일예배 및 종교 활동 때문에 시간을 내기가 어려운가 보다.

1~5km, 아무래도 빨리 달리는 느낌이 든다. 천천히 달리자고 마음속으로 소리 내어 보지만 주변의 달리는 흐름에 휩싸이다 보면 또 오버 페이스이다. 몇 명이 따라오면서 이것저것 물어본다.

"따라 가면 진짜 2시간 10분 안에 들어올 수 있느냐?" "페이스메이커가 아니면 하프는 몇 분에 들어올 수 있느냐?" "풀코스는 지금까지 몇 번 뛰었으며 최고 기록은 얼마냐?" "너무 빠른 것 같다." "너무 느린 것 아니냐?"는 등.

하여튼 내가 할 수 있는 대답은 다 해 주었다. 나도 다른 사람에게 자신 있게 말할 수 있는 풀코스 최고 기록을 가지고 싶다. 또한 많은 대회에 참석하여 나름대로 대회별 코스라든가 특징을 함께 달리는 분들에게 들려주고 싶은 욕심도 생긴다. 이왕이면 보스턴이나 런던 대회도 참가하여 외국에서의 달린 경험도 이야기해 주고 싶다. 언젠가는 그런 날이 오기를 소망해 본다.

5km 안내 표지판에서 시계를 보니 29분 40초이다. 무려 2분 20초나 오버 페이스 했다. 하기야 4km 지점에서 2시간 페이스메이커가 나를 앞질러 갔으니 초반을 얼마나 빨리 달렸는지를 짐작할 수 있다.

　　　　　　　　　　　　　　　마라톤은 자신감이다

5~10km, 힘들지는 않다. 나 자신 하프 최고 기록보다 무려 30분이나 늦은 페이스메이커이고, 4월과 5월의 운동량은 다른 때에 비해 상당히 많은 편에 속했다. 매월 160km 이상 달려 왔다. 훈련 이사님들의 이야기로는 200~300km 이상을 달려야 한다고 이야기했지만, 그게 어디 쉬운 일인가! 하루에 10km를 하루도 빼먹지 않고 달리기가.

온양 시내를 통과하는 코스에서 많은 사람이 응원 해 준다. 온양역전 앞 주로에서 풍물놀이 패가 흥겹게 축제의 분위기를 돋운다. 이런 분위기와 기분은 달림이들만이 느끼는 기분이리라.

온양 관광호텔 앞을 지나 긴 언덕배기를 짧은 보폭으로 오른다. 오르막은 누구나 힘든 구간이다. 그렇지만 달리는 자세에 따라 효율이 달라진다. 먼저 상체를 앞으로 약간 숙이고 보폭은 작게, 무릎은 약간 구부린 자세로 허벅지에 힘을 가하여 달리면 더 쉽게 주행할 수 있다. 더운 날씨에 초반에 오버 페이스 한 달림이 들이 하나둘씩 걸어가는 것이 상당히 많이 눈에 띈다. 회원 한 분도 걸어가고 있다. "하나 둘!" 하고 힘차게 소리 질러 주었다. "감기약을 먹었더니 뛸 수가 없다."라고 한다.

오르막이 있으면 내리막도 있는 법. 내리막 달리기의 요령은 팔과 발놀림의 페이스는 유지하되, 발의 보폭이 벌어지는 대로 힘들이지 말고 발을 멀리, 몸의 무게 중심을 빨리 앞으로 전진시키고 무릎의 충격을 적게 무릎이 굽혀진 상태로 발을 디디도록 해야 한다. 무릎을 끝까지 펴지 않는 것이 중요하다. 10km의 기록은 1시간 1분 58초 여전히 3분 가까이 빠르다.

10~15km, 더운 날씨다. 아스팔트의 열기와 차량에서 나오는 소음과 배기가스는 힘들게 한다. 그나마 대회 하루 전에 도착한 선글라스

가 제 역할을 해 주고 있다. 거금을 주고 소(牛) 사듯이 힘들게 장만했다. 아내에게 생일 선물로 미리 사달라고 졸랐다. 실제 생일은 음력으로 6월 28일이니 한 3달 정도 일찍 선물 받았다. 선글라스가 스포츠용이라서 그런지 상당히 가볍고 느낌이 좋다. 하지만 3~4m 전방을 보면 괜찮지만, 발밑을 보면 렌즈가 커서 굴곡이 지게 보이는 까닭에 가끔 헛디디는 느낌이 들 때가 있다. 적응해야만 하는 문제인가?

더워서 웃통을 벗고 달리는 사람이 한두 명 보인다. 별로 근육질의 몸매도 아닌 거 같다. 더군다나 팔뚝 바깥에 문신(文身)도 보인다. 문신은 약 4,000~5,000년 전 이집트 미라에서도 발견되었다. 그때의 문신은 아마도 주술적인 의미를 지녔을 것이다. 신을 상징하는 문양을 몸에 새김으로써, 영적인 존재의 힘을 얻고자 한 것으로 보인다. 문신을 통해 영령의 힘을 얻든지 어쨌든지, 그들이 부디 완주하기를 진심으로 기원해 본다.

15km~결승라인 구간, 지루한 아스팔트가 끝나고 은행나무 가로수가 양쪽에 줄지어 서 있는 강변도로에 접어들었다. 시원하다. 달리고 싶은 욕망에 페이스메이커라는 중임도 망각한 채 빠른 속도로 몇몇 달림이들과 달리는 보조를 맞추었다. 6~7명 가까이가 마지막 스퍼트를 나와 함께하려고 쫓아온다. 헉, 너무 빠르다. 이미 현충사의 초입으로 들어서고 있다. 현충사 초입의 은행나무 마라톤 코스는 누구에게든 기억에 남는 마라톤 코스이다.

결승 라인의 전광판 시계가 2시간 7분을 가리킨다. 거의 예상과 비슷하게는 맞추었다.

주최 측에서 뿌려 주는 소방호스 아래에서 한참을 서 있었다. 차가운 기운이 온몸의 열기를 앗아 간다. 달리기의 또 다른 매력 하나를

　　　　　　　　　마라톤은 자신감이다

맛본다. 시음 맥주 한 캔과 수박화채 두 그릇을 해치우고 충무공 이순신 장군의 영지를 떠난다.

뒤풀이로 지인(知人)과 함께 초여름의 추억을 하나 더 만들었다. 곡교천, 강가, 바람, 풀잎, 옥수수, 반딧불….

달리기와 먹거리

나는 시골 출신이라 음식에 대한 몇 가지 좋지 않은 습관이 있다. 첫째 음식을 남기지 못하는 것이다. '별도의 설거지가 필요 없네.'라고 할 정도로 밥풀 하나, 콩 한 조각 남기는 꼴을 못 본다. 지금은 가능하면 적게 먹고 남기려고 많이 노력하지만 아직 별반 그 차이를 못 느낀다.

둘째는 급하게 빨리 먹는 것이다. 그래서 뇌가 포만감을 느끼는 순간에는 이미 과식을 한 상태가 되어 있다. 어느 때부터인가 책상 위 컴퓨터 모니터 아랫부분에 '배부르기 전에 숟가락 내려놓기'라고 포스트잇에 써 붙여 놓았다. 지금도 그 포스트잇이 아직 붙어 있다.

셋째는 배가 불러도 매끼 세끼를 찾아 먹어야 한다는 것이다. 이렇게 된 까닭이 예전 어렸을 때, 시골에서는 먹는 것이 일단 귀했다. 그래서 음식은 굶어 죽지 않을 생존의 문제였다. 지금처럼 여유가 없었다. 먹고 사는 문제가 해결된 아직까지 그러고 있다.

  마라톤은 자신감이다

식사를 하기 전이나

무엇을 먹기 전에

먼저 자신에게

귀를 기울이는

시간을 가져야 한다.

이는 습관적으로

반응하기보다 자신이

진정 원하는 것을

알아내기 위한 시간이다.

영양학자 아리앙 그랭바시

위 글은 도미니크 로로의 『심플하게 산다 2』에 나오는 글이다. 부제는 '소식의 즐거움'이다. 먹거리에 관한 주옥같은 문장들이 감탄을 부른다.

과식은 로마인의 악습이지만,

나는 기꺼이 절식을 선택했다.

배가 고플 때 당장 허기를 면하려고

아무 때나 아무 곳에서나 처음 나온 요리를

허겁지겁 먹어 대는 성급함만 제외한다면

헤르모제네도 나의 식사법에서 고칠 점을 찾지 못했다.

마르그리트 유르스나르,
『하드리아누스 황제의 회상록』에서

허기지지 않을 때 먹는 건 언제든 과식이다.

공복감과 포만감에 귀를 기울이고 잘 따르는 길만이 아무런 욕구 불만 없이 적정 체중을 유지할 수 있는 유일한 방법이다. 인체는 놀라운 조절 능력을 가지고 있으므로 그 신호에 잘 반응만 하면 된다.

우리는 왜 일개 연대가 먹이고도 남을 만큼 많은 음식을 비축해 두어야만 하는 걸까! 사흘에 한 번 신선한 재료들을 산다면 작은 냉장고로도 충분하다.

나의 몸을 자연의 성전으로 만들라. 음식이 눈앞에 놓였을 때 코로 맡고 눈으로 보고 입으로 맛볼 수 있는 여유를 가지며, 몸이 그 음식에서 최상의 것을 취할 수 있도록 하라. 우리를 즐겁게 하는 것은 음식 자체라기보다 그것을 먹는 방법이다.
소란스러운 곳에서 허겁지겁 먹거나 불쾌한 환경에서 대충 때운 식사는 몸과 마음을 혼란스럽게 할 뿐이다.

먹고 살기가 해결된 지금도 우리는 좀 더 잘 대접해야 한다는 마음으로 다음과 같이 말한다. '조금 더 드세요.' '조금 더 드릴까요.' 이제는 이렇게 먹는 것을 더 이상 권하지 않아야 한다. 또한 '음식을 남기지 마세요.'와 같은 말을 더 이상 하지 않아야 한다고 생각한다. 그동안 우리는 음식을 남기는 것은 죄이고, 낭비라고 교육받아 왔다. 그러자면 자율배식이라든가. 식사 관습에 관하여 바꿀 것이 많이 있다.

적게 먹는다는 것은 몸과 마음의 균형을 잡는 일이다.
우리에게는 몸을 원래 상태로 회복할 능력이 있고, 이로운 음

마라톤은 자신감이다

식을 골라 먹을 자유가 있다. '적은 음식으로도 충분하다. 이 몸. 이 삶이 바로 자신이다.'라고 당당히 외치자. 건강한 상태라고 느끼면 뇌도 자극을 받아, 바라는 것이 더 잘 이루어진다. 적게 먹고, 좋은 것으로 골라 먹고, 직접 요리해서 즐겁게 먹는 일이야말로 더 나은 삶을 위한 첫 번째 방법이다.

도미니크 로로

이제 달리기를 시작하려고 하는 분들이나, 달리기에 입문한 사람들 중 과체중으로 무릎과 허리가 안 좋아서 그만두거나 시작하지 못하는 사람들을 여럿 보았다. 나 자신 또한 오른쪽 무릎 상태가 과히 좋은 편이 아니다. 어쨌든 달리기를 하려는 사람은 체중 관리를 하여야 한다. 이런 분들에게 도미니크 로로의 『심플하게 산다 2』를 꼭 읽어 보기를 권한다.

마지막으로 일본 최고의 관상가 미즈노 남보쿠의 책 『절제의 성공학』에 나오는 구절이다. 이 문장을 가족 대화방에 사진 찍어서 올렸다. 누군가는 꼭 읽어 보기를 바라는 마음에서.

자신이 성공할 것인가를 알고 싶다면 먼저 식사를 절제하고 이를 매일 엄격히 실행해 보면 됩니다. 만약 이것이 쉽다면 반드시 성공할 것이고 그렇지 않다면 평생 성공힐 수 없다고 판단하면 됩니다. 식사를 절제할 수 있는 사람은 모든 것을 절제할 수 있습니다. 식사를 절제하는 것은 마음에 안정을 주고 몸을 보살피는 근본입니다. 그렇기 때문에 스스로 흔들리지 않습니다. 출세가 준비되지 않는 사람은 식사를 절제하려 해도 쉽지 않습니다.

비위가 닫혔는데도 계속 음식을 꾸역꾸역 먹으면 음식이 소화되지 않아 결국 병의 원인이 됩니다. 소화되지 않는 음식은 몸 곳곳에 독소로 퍼져 몸을 상하게 합니다. 음식을 절제하면 병에 걸리지 않습니다. 병에 걸리는 사람은 훌륭한 사람이라고 말할 수 없습니다. 바꾸어 말하면 음식이 무절제한 사람은 훌륭한 사람이 아닙니다.

일전에 위장이 좋지 않아 다니던 내과병원에 들린 적이 있다. 주치의 선생님께서 랩 하듯 쏟아 낸 말이 있다. "맵고, 짜고, 튀기고, 볶고, 절인 거, 다섯 가지 드시지 마세요."라고 하셨다. 올 한 해 의사 선생님의 말씀을 가능한 지키도록 노력해 보려고 한다. 아니 올 한 해만이 아니라 앞으로 계속 그러고 싶다.

무엇 때문에 달리기하는지 모르지만, 다이어트를 목적으로 하는 사람에게는 달리기만 한 가성비 좋은 운동이 없을 것이다. 모두 러닝이 다이어트에 탁월하다는 것은 부인할 수 없다.

살이 빠지는 원리는 어찌 보면 단순하다. 먹는 것 보다 내보내는 것이 더 많으면 살이 빠지지 않겠는가? 그래서 다이어트하는 사람은 항상 선택의 기로에 선다. 덜 먹고 덜 운동을 할 것인가? 아니면 많이 먹고 운동을 많이 할 것인가? 그도 아니면 덜 먹고 더 많은 양의 칼로리를 소모할 것인가? 이는 본인의 의지에 달렸다. 누구 탓도 아니다.

　　　　　　　　　　　　마라톤은 자신감이다

달리기와 부상

마라톤을 하면서 많은 러너가 중간에 그만두는 이유가 부상 때문이다. 크고 작은 여러 가지의 부상에 시달린다. 특히 아직 몸이 달리기에 제대로 적응하지 못한 상태에서 기록에 욕심을 내다보면 더 달리고 싶어도 못 달리는 상태까지 가는 심각한 부상의 위험에 노출되는 것이 마라톤이다.

달림이들에게 가장 많이 들을 수 있는 부상 다섯 가지는 다음과 같다고 한다.

1. 아킬레스 건염(Achilles Tendinitis)

2. 연골 연화증(Chondromalacia)

3. 장경인대 증후군(Iliotibial Band Syndrome)

4. 족저 근막염(Plantar Fasciitis)

5. 정강이 통증(Shinsplints)

이러한 부상에 대한 증상, 치료 방법, 예방법, 원인, 자가 치료, 전문 치료, 대체 운동 등의 정보는 전문 서적과 정형외과 등 인터넷을 통하여 많은 곳에서 정보를 얻을 수 있다.

나는 내가 직접 겪었고 지금은 거의 완치(풀코스를 완주했으니)되었다고 생각하는 '만성 구획증후군'을 겪었다. 2014년 11월 친구(달리기를 같이하는 회원) 4명과 동남아시아에서 제일 높다고 하는 '코타키나발루(Mt. Kinabalu 해발 4,095m)'에 도전했다가 3,372m에 있는 라반라타 산장에서 혼자 고산증세로 등반을 포기하고 실패한 적이 있다.

코타키나발루 산에 오기 전까지 사실 몸 상태가 그렇게 완벽하지 못했다. 그리고 고산증세의 약도 처방받아 복용했지만 소용없었다. 머리는 깨어질 듯이 아프고, 위장은 울렁거리고 가스가 찬 듯이 부풀어 오른 느낌이었다. 아무것도 먹지 못하고 아무것도 할 수 없는 상태가 되었다. 나는 산장의 숙소에서 누워 버렸다.

내 몸에 대한 전조증상은 이미 여러 곳에서 어떤 형태로든지 서서히 시작되고 있었다. 그동안 보살피지 못하고 방치한 몸이 서서히 아우성치기 시작했다. 물론 고산증이 나타나는 이유가 사람에 따라 천차만별이지만 나는 달리기와 자전거 타기와 등산을 무리하게 했다.

혹사라고 할 만큼 내 몸의 반응을 애써 무시하면서 한계까지 밀어붙인 결과가 고산병 증세를 거쳐 결국은 만성 구획증후군이라는 또 다른 이상증세로 나타난 것이 아닌가 생각된다.

2015년 달리기 일지에 이렇게 쓰여 있다. "1월 1일, 기분 나쁜 다리의 통증과 팔 근육통이 있다. 2월 1일, 다리 근육통으로 일상생활이 어렵고 불편하다. 3월 6일, 통증으로 인해 천천히 걸었다. 3월 17일, 40분이면 조깅할 수 있는 천호지를 2시간 동안 걷다 쉬다를 반복했다."

다리 아래쪽 특히 종아리 쪽의 근육이 터질 듯이 아프다. 자고 일어난 오전 중에는 그나마 조금 견딜 수 있으나 오후가 되면 외부 활동이 거의 불가능했다. 오전만 나와서 일하고 점심 이후 오후에는 가능한 퇴근하여 집으로 쩔뚝거리며 걸어왔다. 집과 회사와의 거리는 불과 300~400m에 불과하다.

나는 사실 굉장히 낙관적인 사람이다. 어떤 경우에도 희망의 끈을 놓은 적이 없고, 답이 없는 문제는 문제가 아니라고 생각해 온 사람이었다. 그렇지만 이 만성 구획증후군의 증상 앞에서 처음으로 절망감을 느끼기도 했다.

몇 곳의 병원에 다녔다. 한의원과 하지정맥 전문병원과 대학병원에서조차 속 시원한 원인과 처방이 없이 중구난방이었다. 대학병원의 무슨 과인지는 정확히 기억할 수 없지만, 의사가 책상 위에 놓인 달력을 집어 들고는 수술 날짜를 잡자고도 했다.

무슨 수술이냐고 물었더니 하지정맥을 제거하는 수술이라 했다. 그래서 깜짝 놀라서 도망쳤다. 하지정맥 전문병원에서 몇 가지 검사를 받았지만, 정맥을 제거할 만큼의 상태는 아니라고 한다.

양쪽 다리가 다 아팠다가 왼쪽은 또 다 나은 듯하다. 의사 선생님께서 왼쪽도 다 나았는데 기다려 보자고 하신다. 일단 달리기나 걷기나 모두 멈추고 쉬라고 한다. 다시 찾아간 대학병원의 다른 과에서 듣도 보도 못한 '만성 구획증후군'이라고 진단해 주었다.

'만성 구획증후군'이라는 명칭에서 일단 증후군(syndrome)이라 함은 공통성이 있는 일련의 병적 징후에 대한 총칭 증세로는 일관성이 있지만, 인과관계가 확실치 않아 특정 병명으로 부르기에는 곤란한 것을 말한다. 예를 들면, 정서적 긴장이나 스트레스로 인해 장의 운동이나 분비 기능의 장애를 보이는 과민 대장 증후군, 성년이 되었지만, 어른들의 사회에 적응하지 못하는 피터 팬 증후군, 인터넷을 하지 않으면 불안감을 느끼는 인터넷 증후군, 모든 일을 완벽하게 해야 하는 슈퍼맨/우먼 증후군 등이 있다. 이 증세들은 심하고 반복적이며 만성화되면 신체적·심리적·사회적 활동에서 장애를 일으키고, 그러한 경우에는 정신의학적 질환으로 간주하여 치료가 필요해진다. 그리고 최근에는 이 용어가 신문·방송 등에 전용되어 하나의 유행어가 되었는데, 대중매체의 영향으로 특정 인물에 대한 우상화와 모방이 만연하는 병적 현상을 증후군이라고 부른다.

만성 운동 구획증후군 증상은 운동을 통해 나타나며, 운동이 계속되면 고통스럽게 타는 듯한 느낌으로 이어진다. 운동이 중단되면 몇 분 안에 구획 내 압력이 떨어져 고통스러운 증상이 완화된다. 만성 운동 구획증후군은 하퇴부에서 가장 흔하게 발생하며, 전측 구획이 가장 자주 영향을 받는다.

의사 이야기로는 주로 달리기(마라톤)하는 사람, 빠른 걸음으로 등산하는 사람, 힘들고 오래 자전거 타는 사람 등에게 주로 나타나는 증상이라고 한다. 나는 세 가지 다 들어맞았다. 달리기를 했으며, 빠른 걸음으로 등산을 하고, MTB 자전거를 구입하여 에너지가 고갈될 때까지 타는 일을 해 왔지 않은가?

하여 위의 세 가지 운동을 당분간 쉬기로 했다. 갑자기 우울해졌다. 절뚝거리며 골프도 몇 번 나가봤지만, 예전의 실력도 나오지 않고 동반자에게 민폐가 될 듯하여 골프마저 접었다. 지금까지 늘 뛰어

 마라톤은 자신감이다

다니며 몸을 혹사하고, 몸이 말하는 것에 귀 기울이지 않고, 한계까지 밀어붙여 왔던 것에 대하여 뼈아픈 반성을 했다.

동적(動的) 운동만이 운동이라 생각해 왔다가, 움직일 수 없을 지경이 되어서야 정적(靜的)인 운동이 어떤 것이 있을까 찾아보았다. 회사 바로 앞에 있는 명상 센터가 있었다. 바로 등록했다.

하루에 한 시간 반 가까이 시간을 내어 몇 개월을 다녀 보기로 했다. 차츰차츰 좋아지는 느낌이 들었다. 거의 6개월 가까이 정상적이지 않은 보행과 걷기를 했다. 몸의 혹사에 대한 대가 치고는 기간이나 통증이 아직도 선명하다.

이제는 거의 정상적이지 않나 생각하지만 그래도 조심스럽다. 누군가에게 들은 기억이 난다. 예전에는 무병(無病)장수의 시대라 불리었지만, 지금은 일병(一病)장수, 또는 이병(二病)장수라 하여, 한두 가지 병을 가지고 조심하고 또 치료하면서 제 몸을 돌보아야만 장수로 가는 지름길이라고 했다. 일견 타당한 것 같기도 하다

이후로 1년 가까이 제대로 된 달리기를 하지 못했다. 이때 이후로 나에게 달리기가 시들해졌다. 주말 토요일과 일요일에만 형식적으로 5~10km 뛰고 골프로 취미를 옮겼다. 골프 CEO 모임에 가입하고 월례 대회 및 해외, 동계 투어에도 해마다 참석하며 달리기가 뒷전으로 밀리기 시작했다. 아마 일주일에 한두 번의 라운딩은 꼭 한 것 같다. 연 60회 정도의 라운드를 했으니 일주일에 한 번꼴이다.

골프를 하면서도 가능하면 주말에는 달리고자 애썼지만 마음대로 되지 않았다. 그리고 세월이 지나면서, 나이가 들어가면서 운동신경과 신체활동이 자꾸 위축됨을 느꼈다. 몸이 굳어지고 스트레칭을 해도 예전 같지가 않았다.

마라톤 클럽의 많은 선 · 후배들 중에서 "내가 예전에는 말이야." "내

가 예전에는 SUB-3를 밥 먹듯이 했어.” “내가 예전에는 월 500km를 거뜬히 뛰었어.” 뭐 어쩌고 하면서 지금은 걷기를 하시는 분들은 한 번씩 나와 같이, 어떤 부상이든지 간에 부상의 바다에 빠진 경험이 있을 것이다. 어찌 되었든 이 달리기와 부상은 떼려야 뗄 수 없는 관계이다.

쉬면서 치료를 하던, 아예 달리기 세계에서 벗어나든, 달리기는 흥미가 있는 만큼 부상의 위험이 따르기도 한다. 흥미는 만끽하되 몸이 손상되는 것은 최대한 예방하여야 한다. 그러자면 달린 만큼 휴식과 충전이 필요할 것이다.

부상 관련하여 ‘100세 시대의 건강법’이라는 동아일보 양종구 기자의 인터뷰 중에서 ‘달리는 의사들’ 모임을 만들고 본인 또한 200회 가까이 풀코스를 완주한 이동윤 원장은 이렇게 말한다.

50년 가까이 달렸는데 그동안 부상은 없었을까.

“전혀 없다. 다치는 사람은 테크니컬 에러 때문이다. 먼저 몸을 만들고 그에 맞는 강도로 달려야 하는데 몸은 안 만들고 마음만 따라가니 무리를 하고 다치는 것이다. 사망사고도 그래서 발생한다.”

이 원장은 ‘운동 전도사’이기도 하다.

“우리 몸 자체가 안 쓰면 퇴화된다. 도태되는 것이다. 근육도 안 쓰면 몸 자체적으로 없애버린다. 그게 우리 몸의 생존 본능이다. 열심히 움직여야 한다. 몸을 움직이지 않으면 마음도 살아 있지 않다. 컨디션이 안 좋을 때 짜증을 내는데 외부에서 오는 스트레스를 몸에서 받아 줄 자신이 없으니 짜증으로 회피하는 것이다. 운동을 하면 어떤 스트레스도 받아 줄 수 있는 몸이 된다.”

    마라톤은 자신감이다

　다음은 달리는 정형외과 의사 남혁우는 저서『달리기의 모든 것』
에 나오는 달리기 부상과 관련한 내용을 몇 가지 옮긴 것이다.

달리기 부상의 요소

- 신체적 증상: 신체의 불편감 호소. 통증. 신체의 전반적 변화.
  구조의 변화.
- 운동의 변화: 통증으로 인한 달리기의 거리 변화. 달리기의
  속도 변화. 달리기 연습량의 변화.
- 의학적 치료: 의사의 진료가 필요한 상태로 약물 치료나 물
  리 치료 주사 치료를 요하는 상태

달리기 부상의 상태

- 1단계: 운동 후에만 통증이 나타나고 운동을 마친 후 몇 시간
  이후에 사라지는 부상
- 2단계: 운동하는 동안 통증까지는 아닌 불편감이 느껴지지
  만 훈련을 줄이거나 경기를 중단할 정도에 미치지 않는 부상
- 3단계: 훈련에 제한을 주고 경기를 중단해야 할 정도로 통증
  이 심한 부상
- 4단계: 증상이 심하여 어떠한 달리기도 불가능한 부상
  달리기로 인하여 통증이 발생했을 때 적절한 대응을 하지 않
  는다면 위의 단계처럼 순차적으로 부상이 진행한다.

달리기 부상의 원인

- 주요인
  1. 반복되는 과부하

2. 급격한 변화

3. 밸런스 불균형

관련된 개별적 요소

- 체중. BMI. 성별. 나이. 달리기 경험의 유무. 과거 부상 경력. 달리기 거리 변화. 속도 변화, 훈련 빈도. 훈련 수준. 훈련방식의 일관성. 경쟁적인 달리기. 보폭. 착지법. 하지의 정렬 이상. 제한된 관절 운동 범위. 신발. 보장구. 달리기 지면. 유연성

다음 글은 2015년 나의 만성 구획증후군과 관련하여 마라톤 클럽 회원 게시판에 그 당시 올린 글이다.

회원 게시판, 2015년 4월 15일

춘래불사춘입니다.

벚꽃 길 달리는 회원님들의 예산 마라톤 사진을 보다가, 울컥하는 마음에 몇 자 적어 봅니다. 예산 마라톤은 해마다 빠지지 않고 달렸지만, 올해는 갈래야 갈 수가 없었습니다. 지난겨울부터 시작된 팔다리 근육통이 아직까지 정상적이지 않네요. 조만간 걷는 것은 할 것 같은 예감이 들기도 합니다.

대학병원 정형외과에서는 '만성 구획증후군'이라고 하고, 흉부외과에서는 '하지 정맥'이라고 하며 정맥 제거 수술 날짜까지 잡자고 했고요. 통증 클리닉에서는 갱년기 증상일 수도 있고, 한의원에서는 기혈 순환이 안 되어 손발이 차고 잘 체한다고 합디다.

'연식?'이라고 말하면 돌 날아오는 소리 들릴 듯도 합니다.

　　　　　　　　　　　마라톤은 자신감이다

더 이상 갈 만한 곳이 없어요. 누구는 또 재활 의학과를 추천하기도 합니다만 머 우짜든지 정상적이지는 않죠.

걷기 달리기 등산 자전거 타기 등 아무것도 못 한 지가 수개월이다 보니 잘못하면 우울증에 걸릴 듯하여 회사 사무실 바로 앞에 있는 명상학원에 등록했습니다.

스트레칭과 단전 호흡 등은 냅다 달리고, 구르기만 해 온 저에게, 나름 의미 있는 정(靜)적인 운동이었습니다. 반성 많이 하고 있네요. 그동안 몸이 주는 작은 변화나 호소에 귀 기울이지 않음을 반성했고, 내려놓지 못하고 짊어지고 가고자 했던 욕심에 반성했습니다. 건강은 건강할 때 지켜야 한다는 걸, 다시 한번 실감했습니다. 나이에 맞게 모든 걸 리셋하기로 마음먹어 봅니다. 오랑캐의 땅에서도 봄꽃이 피고 풀이 자라지만, 내 마음은 봄이 왔으되 봄이 아니라는, 중국 고사가 이번만큼 피부에 와 닿은 적이 없네요.

달리기와 음악

나는 지금까지 이어폰을 끼거나 음악을 들으면서 달린 적이 별로 없다. 처음 달리기 할 때부터 그랬다. 또 음악을 듣는 데 필요한 이어폰이나 헤드셋을 구매한 적도 없다.

내가 달리기를 시작할 즈음, 그러니까 약 20여 년 전에는 음악을 들으며 달리는 것이 자연스럽지 않았다. 어떻게 듣는지도, 또 어떤 음악을 들으면서 달려야 하는지도 잘 몰랐다. 그런데 일전에 읽은 『안철수, 내가 달리기를 하며 배운 것들』이라는 책에서 달리기를 할 때 듣는 몇 개의 노래를 추천해 주어서 핸드폰으로 다운받아 들어 보았다.

안철수는 몇 개의 음악을 추천하고, 추천하는 이유를 밝혔다.

1. 위 아 더 챔피언(We are the champions): 달리다가 지칠 때

2. 돈 스탑 미 나우(Don't stop me now): 뛰다가 도저히 뛸 수가 없어 포기하고 싶을 때

3. 위 윌 락 유(We Will Rock You): 출발선에서 기다리는 동안

4. '보헤미안 랩소디'의 영화 음악: 오페라나 느린 음악을 들으며 달리면 아무리 속도를 내려 해도 힘이 안 난다. 대부분 록이나 팝이 달리기에는 적합하다. 템포가 발걸음과 딱딱 맞아떨어지기 때문이다. 그런 점에서 퀸의 음악은 맞춤형 선곡이다.

5. 배드 로맨스(Bad Romance), 알레한드로(Alejandro), 몬스터(Monster): 레이디 가가의 곡

6. 캔 파이트 더 문 라이트(Can't Fight the Moonlight): 영화 코요테 어글리의 곡

7. 굿모닝 볼티모어(Good morning Baltimore): 영화 헤어스프레이(Hairspray)의 곡. 키가 작고 뚱뚱하다고 놀리는 사람들 사이에서, 사람에 대한 편견 없이 밝고 경쾌하게 삶을 대하는 '헤어스프레이'의 주인공 트레이시는 지치고 힘든 내게 에너지 넘치는 기운을 불어넣어 주었다.

무라카미 하루키가 달리면서 들었다고 하는 음악은 다음과 같다.

1. 베거스 뱅큇(Beggar's Banquet), 심퍼시 포 더 데빌(Sympathy For The Devil): 롤링 스톤스의 곡 이 음악의 '후후(woo woo)'라고 하는 펑키풍의 백코러스는 실로 달리는 데 안성맞춤이다.

2. 렙타일(Reptile): 에릭 클랩튼의 곡. 몇 번 들어도 질리지 않는다. 러닝을 하는 아침에 듣기 딱 좋은 앨범이다. 강요하는

듯한 느낌과 부자연스러움이 티끌 만큼도 없다. 리듬은 항상 명료하고 멜로디는 한없이 자연스럽다. 의식은 조용히 음악 속으로 빨려 들어가고, 두 발은 리듬에 맞춰 규칙적으로 지면을 박차고 앞으로 나아간다.

나의 아들도 이어폰을 끼고 달리는 것을 몇 번 보았다. 그래서 5곡만 추천해 보라고 했다.

1. Free bird: Lynyrd Skynyrd의 곡. 자신이 다른 사람도 바꿀 수 없는 자유로운 영혼을 가지고 있다는 내용을 가진 곡으로, 달리기를 할 때만큼은 모든 생각을 내려놓고 싶기 때문에 가장 자주 듣는 곡임. 특히 곡 중간에 리듬이 바뀌기 때문에 달리기할 때 힘을 돋우어 줌
2. Highway to hell: AC/DC의 곡. 멈추지 말라는 내용을 담은 신나는 록 음악이며, 달리기를 할 때 항상 첫 번째로 듣는 음악.
3. 파도: 새소년의 곡. 밴드 연주가 파도와 같이 진행되어, 몸을 가볍게 만들어 주는 음악.
4. 나에게로 떠나는 여행: 버즈의 곡. 새로운 곳에서의 달리기는 마치 여행을 떠나는 것과도 같아서, 여행 가는 설렘을 담은 이 곡을 달리기 중에 자주 들음.
5. In Bloom: Nirvana의 곡. 커트 코베인이 만들어 낸 불협화음은 달리기할 때 지루할 틈을 없게 만들어 줌.

요즘 세대와 조금 다른 점이 있기는 하지만, 음악이 주는 위안과

　　　　　　　마라톤은 자신감이다

위로, 격려는 세대가 다르지 않다고 생각한다. 나도 나만의 달리기 음악 루틴을 만들어 가고 싶은 바람이 있다.

나 개인적으로는 달리기를 할 때 다음의 음악들을 추천하고 싶다.

첫째, 영화 '1492 콜럼버스'의 OST인 낙원의 정복(conquest of paradise)이다. 콜럼버스의 아메리카 대륙 500주년을 기념하기 위하여 리들리 스콧 감독이 제작한 영화이다. 이 명곡은 그리스가 낳은 영화음악의 거장 반젤리스가 탄생시켰다. 신대륙을 향해 바다로 나아갈 때 BGM으로 깔려 나오는 음악은 비장하다는 느낌마저 준다. 가사 또한 고대시(詩)같으며 철학적인 느낌이 난다.

There shines a light in the heart of man

사나이 가슴에서 발하는 빛

That defies the dead of the night

그것은, 어둠을 없애려는 도전이다

A beam that glows within every soul

모든 이의 영혼으로부터 뿜어져 나오는 빛이다

Somewhere there's a paradise

어딘가엔 낙원이 있고

Where everyone finds release

그곳엔, 보는 이에게 해방이 있노라

on earth and between your eyes

이 지구상에 그리고 그대들의 눈 속에 있지

A place we a find our peace

우리 모두가 평화를 얻을 수 있는 곳이구나

Like wings of hope taking flight

그것은, 비상하려는 날개와 같은 것이다.

참고로 반젤리스 1982년 유명한 영화 'Chariots of fire(불의 전차)' 주제곡으로 명성을 얻었다. 2002년 한일 월드컵 공식 주제가도 썼으며 2004년 아테네 올림픽 음악감독으로 활약한 바 있다.

우리나라를 떠들썩하게 했던 연쇄살인마가 두려움을 없애기 위해, 이 곡을 틀어놓고 사체를 훼손했다는 프로파일러의 이야기를 어디서 본 적도 있다. 깊은 산속 우물물도 독사가 마시면 독이 되고, 소가 마시면 우유가 되는 것처럼 똑같은 음악의 사용법이 이리 다를 수도 있구나 생각해 본다.

둘째, 엔젤릭 브리즈(Angelic Breeze)의 'Morning Aura'이다. 우리가 살고 있는 지구의 사랑과 평화를 위해서 결성되었다고 하는 엔젤릭 브리즈, 캐나다 보컬의 음악이다. 상당히 오래된 곡인데 언제 다시 들어도 자꾸 듣고 싶어지는 곡이다. 이 곡은 20년 전 처음 풀코스를 완주하는 날, 남해의 바닷가 언덕길을 달리며 주변의 그림 같은 전원주택의 잔디밭에서 커피 한잔하면서 들어 보고 싶은 음악이었다.

어떤 음악 평론가는 이 곡은 사랑하는 사람과 사랑을 나눈 다음 날 아침, 물안개 자욱한 바닷가나 호숫가에서 커피 한잔 마실 때 생각나는 곡이라 했다. 실제로 달리기할 때 듣노라면 가슴 충만한 에너지를 느낀다. 힘든 언덕길 지나 내리막 때 이 음악을 들으면 발걸음이 구름 위를 걷듯이 느껴지는 것은 나만의 착각인가!

셋째, 방탄소년단의 '작은 것들을 위한 시(Boy With Luv)'이다. 2019년 4월 발매된 방탄소년단의 'Map of the soul 시리즈' 미니앨범 6집의 타이틀곡이다. 미국의 여성 가수 Halsey가 피처링과 작곡에 참여했다. 후렴구에 나오는 oh my my my oh my my my는 발걸음을 한결 가볍게 해 주고, 가사 또한 여러 가지를 생각하게 해 준다.

모든 게 궁금해

뭐가 널 행복하게 하는지

내 머리맡에 두고 싶어

네 모든 걸 다 가르쳐 줘

저 하늘을 높이 날고 있어

넷째, 버스커 버스커의 '첫 사랑'이다. 누구나 한 번쯤 느껴본 적 있는 사랑의 다양한 감정을 버스커버스커 특유의 색깔로 담아냈다. 쉽고 친숙한 멜로디에, 솔직하면서도 넘치지 않게 또래의 감성을 진솔하게 담아낸 노랫말은 달리면서 소화하기에 어려움이 없다.

특히 기타, 베이스, 드럼, 이라는 가장 기본적인 악기 셋으로 구성된 밴드인 만큼 한적한 도로를 달릴 때 듣고 있노라면 모든 걸 잊게 만든다. 속도를 내어 달리고자 하는 욕망을 스스로 내려놓게 만든다. 결코 가볍지도 무겁지도 않은 멜로디와 균형 잡힌 사운드가 돋보이는 곡이다.

처음 널 봤을 때 왠지 다른 느낌

너와 함께 말하고 싶어

웃을 때마다 이 마음을 알아가

이젠 널 볼 때마다

항상 너와 웃으며

하루를 아쉬워하며

또 너를 기다리겠지

마지막으로 요즘 가장 핫하게 뜨고 있는 ChatGPT에게 물어보았다. 달리기할 때 어떤 음악을 들으면 좋으니? 그대로 옮겨 본다.

달리기나 마라톤을 할 때 듣기 좋은 음악은 보통 리듬감이 좋고 에너지가 넘치는 곡들입니다. 이는 페이스를 유지하고 동기부여를 높이는 데 도움이 됩니다. 다음은 다양한 장르에서 달리기나 마라톤을 할 때 추천할 만한 음악 목록입니다.

팝 및 일렉트로닉

1. Blinding Lights - The Weeknd

2. Can't Stop the Feeling! - Justin Timberlake

3. Wake Me Up - Avicii

4. Uptown Funk - Mark Ronson ft. Bruno Mars

5. Don't Start Now - Dua Lipa

록

1. Eye of the Tiger - Survivor

2. Born to Run - Bruce Springsteen

3. Thunderstruck - AC/DC

4. Livin' on a Prayer - Bon Jovi

5. Sweet Child O' Mine - Guns N' Roses

힙합 및 R&B

1. Lose Yourself - Eminem

 마라톤은 자신감이다

2. Stronger - Kanye West

3. Run This Town - Jay-Z ft. Rihanna & Kanye West

4. HUMBLE. - Kendrick Lamar

5. Uptown - Drake ft. Bun B & Lil Wayne

기타 장르

1. Feel So Close - Calvin Harris

2. We Found Love - Rihanna ft. Calvin Harris

3. Happy - Pharrell Williams

4. Titanium - David Guetta ft. Sia

5. Run the World (Girls) - Beyoncé

이 목록의 음악들은 에너지 넘치고 동기부여를 제공할 수 있는 곡들입니다. 다양한 장르를 섞어서 들어보면 달리기나 마라톤 훈련을 더 즐겁게 할 수 있을 것입니다.

달리기 관련 몇 가지 어록

20세기기 낳은 가장 위대한 마라토너로 불리는 에밀 자토팩(Emil Zatopek 1922-~2000)은 인간 기관차라고 불리기도 했다. 체코 출신인 그는 1952년 헬싱키올림픽에서 5,000m와 1만 m에서 신기록을 세우며 우승했고 마라톤에서도 올림픽 최고 기록을 세우며 역시 우승했다. 그는 평생 5km 이상 장거리 달리기에서 18개의 세계신기록을 세웠고 올림픽에서 4개의 금메달과 1개의 은메달을 땄다.

그가 마라톤과 관련하여 남긴 말은 여러 곳에서 인용되고 있다.

"물고기는 헤엄치고 새는 날고 인간은 달린다."

"왜 내가 천천히 달리는 연습을 해야 하는가? 나는 이미 천천히 달리는 법을 알고 있다. 나는 빨리 달리는 법을 배우고 싶다."

"달리는 사람은 그의 가슴에 꿈을 채워야지 주머니에 돈을 채워서는 안 된다."

  마라톤은 자신감이다

“지나간 것은 이미 끝난 것이다. 내게 더욱 흥미로운 것은 아직 오지 않은 것이다.”

“이기고 싶다면 10km를 달려라. 경험하고 싶다면 마라톤을 달려라.”

“달리기는 나를 정의한다. 나는 매일매일 기분 좋은 느낌을 고대한다. 그것은 나를 삶과 연결시켜 준다.”

앨런 스타인 필드

“나에게는 달리지 않는 날은 먹지 않는 날과 같다. 달리지 않는다는 것은 음식 없이 살아가는 것과 같다.”

헤일 게르 셀레 샤리

“내가 달리지 않는다면, 나는 부진하고, 쇠약해지고, 소파에서 너무 많은 시간을 할애하기 때문에 나는 달린다. 나는 신선한 공기를 마시며 마구 달린다. 그리고 나는 탐험한다. 나는 평범함을 벗어나기 위해 달린다. 나는 느끼기 위해 달린다. 달린다는 것은 길을 따라 하는 여행. 인생을 조금 더 활기차게, 좀 더 강렬하게 하기 위하여 나는 달린다.”

딘 카르나제스

“당신이 달리겠다는 생각을 할 때부터 당신의 인생은 무지개입니다. 나는 달리지 않는다면 오랫동안 또는 행복하게 살지 않을 것이라고 단호하게 믿습니다.”

막스 포퍼

"달리기는 자유의 느낌, 신선한 공기, 내가 경쟁하는 유일한 사
람이 나라는 사실을 깨닫게 해 줍니다. 그래서 달리기를 좋아
합니다."

윌마 루돌프

 마라톤은 자신감이다

경기 전 준비 사항

마라톤 경기 전에 준비할 것에 대하여 간단하게 몇 가지 정리해 본다.

1. 경기전에는 며칠 푹 쉬어라. 마지막 순간까지 무리해서 훈련을 해 보았자 더 강해지거나 기록이 좋아지지 않는다. 경기 72시간 전부터는 충분히 수면을 취하도록 한다.

2. 경기 전날 일기 예보를 챙기고, 계획에 참고하라. 달릴 때 무엇을 입을까뿐만 아니라 달리고 나서 무엇을 입을지도 고려해야 한다.

3. 경기 전날 가방을 싸고 웃옷에 번호표를 붙여라. 챙겨야 할 물건(계절에 따라 다르다) 갈아입을 옷 한 벌, 여벌 운동화 또는

샌들, 모자, 장갑, 휴지, 바셀린, 수건, 우의, 물병, 식염 알약, 에
너지바, 근육통 완화젤.

4. 물을 많이 마셔 두자. 경기 한 시간에서 두 시간 전에 두세 잔(경
   기중에는 목이 마르지 않더라도 급수대마다 조금씩이라도 마
   셔라)의 물을 마셔라. 특히 요즘과 같이 이상기후로 날씨가 평
   상시보다 더울 때에는 많은 양의 물이 필요하다.

5. 주차할 시간을 충분히 두고 경기장에 가고, 가능한 화장실 줄
   서는 시간보다 이른 시간에 다녀오도록 한다. 잘못하면 화장실
   에서 대기하다가 출발 시간을 맞이할 수 있다.

6. 준비 운동을 충분히 하라. 부상을 막아 준다고 장담할 수는 없지
   만 경기 전에 가볍게 뛰고 스트레칭을 해 두면 심박수가 늘어나
   고 관절과 근육이 풀어지면서 우리 몸이 준비 태세를 갖춘다.

7. 경기 전에는 최대한 몸을 따뜻하게 하고 건조하게 관리하라.

8. 경기 날 만큼은 처음 시도하는 것은 아무것도 하지 마라. 평소
   에 훈련하던 운동화, 모자, 입던 옷, 먹던 음식으로 준비하라.
   - 러닝화: 발에 맞는 신발로, 반드시 10km 이상 몇 번은 신고
     뛴 신발이어야 함. 새 신발은 절대 금물.
   - 모자/선글라스: 햇빛이 강한 날을 대비해 준비.
   - 러닝복: 기능성 반팔, 긴팔/ 반바지, 타이즈 피부 쓸림 방지
     제 사용할 것(특히 허벅지 안쪽, 겨드랑이, 젖꼭지 등).

　　　　　　　　　　마라톤은 자신감이다

- 카보로딩(Carbo-loading): 대회 2~3일 전부터 탄수화물 위주 식사(밥, 파스타 등)로 에너지 저장. 대회 당일 아침에는 3~4시간 전 가볍게(바나나, 찹쌀떡 등)으로 요기.

9. 신발 끈은 적당한 조임으로 가능한 풀리지 않게 단단하게 매어야 한다. 또한 신발 내에 발을 불편하게 하는 이물질이 없는지 미리 확인하고 양말도 접히는 부분이 없도록 발에 밀착하여 신도록 한다.

10. 다소 쌀쌀한 날씨이거나 적은 양의 비나 눈이 올 때는 버려도 될 헌 옷이나 얇은 비닐봉투를 준비하여, 달리는 도중 몸이 충분히 예열되면 벗고 달리면 된다.

11. 의식적으로 숨을 깊게 들여 마셔라. 스스로에게 완주를 그리며 긍정 마인드를 유지하자.

누군가 글쓰기는 자전거 타기와 같다고 했다. 배우기가 어렵지 넘어지지 않고 한번 타기 시작하면 어디든지 갈 수 있다고 했다. 첫 풀코스 완주기를 작성해 놓은 것이 20년 전이다.

처음으로 자전거에 올라 휘청거리며 페달을 밟은 것이나 마찬가지였다. 20년 가까이 만지작거리다 이제서야 부스스한 꼴의 책을 만들었다. 매끄럽지 못하고 손볼 곳투성이다. 눈곱도 떼어내지 않고 잠옷도 갈아입지 않은 꼴이다. 행여 누가 볼세라 어색하고 부끄럽다. 하지만 자전거 안장에 올라 누구의 도움 없이 넘어지지 않고 온전히 혼자서 운동장을 가로질러 간 기분이다. 가슴이 두근거리고 숨이 가쁘다.

나의 글과 나의 생각을 누구에게 보여 주는 일이다. 많이 망설였다. 굳이 보여 줘야 할까? 나 혼자만 가지고 있으면 안 되나? 많은 생각이 들었다. 하지만 이왕이면 또 다른 경험을 해 보고 싶었다. 달리기에 용기가 필요하듯, 나의 글과 생각을 누구에게 보여 주는 것에도 사실은 엄청난 용기가 필요하다.

용기는 자신 또는 다른 사람을 위해 반드시 할 일을 할 수 있도록, 정신을 다지는 일이다. 미국의 작가 라이언 홀리데이의 『브레이브』(다산초당 펴냄)에 따르면, 일찍이 그리스인들은 영웅 헤라클레스를 갈림길에 세움으로써 어떻게 살아야 하는가를 질문했다.

갈림길 옆 소나무 그늘에서 헤라클레스는 두 여신의 유혹을 받는다. 화려하게 치장한 여신은 달콤한 목소리로 그에게 안락한 삶을 약속한다. 결핍이나 불행, 공포와 고통이 없는 길이다. 이 길은 평온한 일상을 상징한다. 그 길의 이름은 아마 '아무 일도 없었다.'이다.

흰옷의 여신은 헤라클레스에게 고난과 희생의 길을 약속한다. 두려운 모험으로 가득한 이 길의 끝에서 헤라클레스는 노력의 과실을 따서 불사의 신이 되거나, 아무것도 얻지 못할 수 있다. 이 길의 이름은 '모든 것이 변한다.'일 것이다. 당신이 헤라클레스라면 어떤 길을 택해 걸을 것인가?

나는 후자의 길을 택하기로 했다. 이제 와 생각해 보면, 더 큰 세상을 향해 첫 발걸음을 내딛을 수 있도록 용기를 북돋아 주신 분들은 다름 아닌 돌아가신 부모님이시다. 많이 배우지 못했고 평생 농사를 지으며 소백산맥 자락을 벗어나지 않고 사셨지만, 온전히 가족의 삶만을 생각하신 어머니와 아버지가 글을 쓰는 내내 생각이 났다. 그 덕분에 나는 더 강인하고 자주 독립적으로 살아왔고, 그것만으로도 한없이 감사한 마음이 든다.

이 책을 보신다면, '그래 잘했다.'라고 하시며 더 큰 용기를 주실 것이고 '그래 다음에는 또 무엇을 쓸 거야?' 하실 거다 분명.

끝으로, 목소리가 크며 민주적이지 않고, 곧잘 억지와 떼를 쓰는 남편과 아버지이지만, 나를 묵묵히 응원해주는 아내와 딸, 아들에게 항상 고마움과 사랑하는 마음을 전하고자 한다.

작가 인터뷰

20년 전 첫 완주 때부터 기록을 남기셨다고 하셨어요. 묵은 일기장을 꺼내어 세상에 내놓기로 결심한 계기는 무엇이었나요?

늘 나만의 책을 만들고 싶다는 갈증은 있었습니다. 결코 저에게는 오지 않을 것만 같던 회갑을 지나고 보니, 남은 시간이 그리 많지 않다는 생각이 들더군요. 무엇이든 살아오면서 남긴 흔적들을 한 번쯤은 정리해야겠다고 다짐했습니다.

불혹의 나이에 '마라톤'이라는 극한의 도전을 시작하게 된 특별한 이유가 있었나요?

당시 직장 생활을 하며 육체적으로나 정신적으로 삶이 정체되어 있다는 느낌을 지울 수 없었습니다. 되는 것도 없고, 안 되는 것도 없는 밋밋한 평지를 걷는 기분이었달까요. 문득 '이러다가는 언젠가 내리막길을 걷게 될 수도 있겠다.'라는 위기감이 찾아왔죠. 뭐라도 해야겠다는 절박함 끝에 만난 것이 달리기, 바로 마라톤이었어요.

2003년 거제 마라톤 결승선을 통과하며 두 손을 번쩍 들었을 때, 그때 느꼈던 '성취감'을 한 단어로 표현한다면 무엇일까요?

거의 23년 전이지만 아직도 생생한데요. 한 단어로 표현하자면 '자신감'이었습니다. 무엇이든 다 할 수 있다는 확신이었죠. 어떤 어려움과 고통이 닥쳐도 능히 헤쳐 나갈 수 있다는 그 자신감이, 지금까지 현역으로 사회생활을 이어오게 한 마중물이 되었다고 생각합니다.

마라톤 중 가장 힘들다는 35km 지점, 일명 '마의 구간'을 지날 때 작가님만의 마인드 컨트롤 방법이 있나요?

저는 항상 그 지점에서 마음속으로 외칩니다. "그래, 걷지만 말자. 그

마라톤은 자신감이다

만두는 한이 있더라도 걷지는 말자." 한 번 걷기 시작하면 두 번이 되고 세 번이 되거든요. 정 힘들면 급수대에서 잠시 멈춰 스트레칭을 하고 쉴지언정, 주로에서 걷지는 않으려고 노력합니다.

기록보다는 완주 그 자체에 의미를 두시는 것 같아요. 기록에 연연하지 않고 꾸준히 달릴 수 있는 원동력은 무엇인가요?

한때는 기록에 몹시 연연한 적도 있었어요. SUB-3도 하고 싶었고, 보스턴 마라톤 참가 자격의 기록도 갖고 싶었어요. 그러다가 부상을 당해 아예 달리기 세계를 떠나거나 달리기에서 걷기로 종목을 바꾸는 분들을 많이 봤죠. 그래서 생각을 바꿨습니다. "주어진 조건만큼, 부상 없이 나답게 달리자. 부상 없이 오랫동안 달리자." 물론 지금도 가끔 욕심이 나긴 합니다. 60대에 3시간 59분, 70대에 4시간 59분의 풀코스 기록을 갖고 싶다는 꿈은 여전하니까요.

훈련 부족이나 실패의 경험을 통해 얻은 깨달음은 무엇인가요?

'세상에 공짜는 없다. 진정한 노력은 배반하지 않는다.'라는 것입니다. 달리기는 흘린 땀방울 개수만큼 결과가 나오는 아주 정직한 운동입니다. 요행이나 편법이 통하지 않죠.

마라톤을 통해 얻은 '자신감'이 직장 생활과 사업 운영에 구체적으로 어떤 도움이 되었나요?

달리기가 전부는 아니겠지만, 그곳에서 얻은 자신감이 삶과 사업의 중요한 의사결정에 많은 영향을 미친 것은 사실이에요. 자신감은 세상을 긍정적으로 바라보게 합니다. 실패에 대한 두려움이 줄어들면 용기가 생겨요. 새로운 사업 기회를 놓치지 않는 실행력과 어떤 난

관에도 끝까지 인내하는 법은 모두 마라톤이 가르쳐 준 것입니다. 빨리 뛰기보다 매일 나가서 같은 동작을 묵묵히 반복하는 그 단조로 움을 견디는 태도 또한 사업과 닮은 점이 많고요.

만성 구획증후군을 겪으며 알게 된 '내 몸을 사랑하는 법'이 있다면요.

'몸의 작은 속삭임에 귀를 기울여라.'입니다. 처음에는 몸이 아주 작 게 속삭여요. '신선한 채소와 과일을 먹고 싶어.' '커피를 줄였으면 좋겠어.' '오늘은 하루 쉬고 싶어.'… 이때만 해도 호미로 막을 수 있 는 것을 우리는 무시하곤 하죠. "지금 그럴 때가 아니야. 이 일만 끝 내고 보자. 조금 더 참아."라며 몸의 소리를 외면하죠. 그것이 바로 혼자 힘으로는 빠져나올 수 없는 늪으로 가는 지름길입니다. 독자분 들도 꼭 몸의 작은 속삭임에 귀를 기울이셨으면 좋겠어요.

작가님 인생에서 '페이스메이커' 같은 존재는 누구였나요?

제 인생의 페이스메이커는 계속 바뀌어 왔고, 지금도 바뀌는 중인데 요. 빠르게 속도를 끌어올려 주는 사람뿐만 아니라 "이 속도면 괜찮 다."라며 늦춰주는 사람도 훌륭한 페이스메이커더라고요. 그렇게 보 면 제 주변의 모든 사람이 제 페이스메이커겠죠. 그리고 무엇보다 제 안에서 묵묵히 저를 내려다보고 있는 '또 하나의 나'야말로 진정 한 페이스메이커가 아닐까 싶어요.

20년의 달리기 여정을 한 권의 책으로 묶어낸 스스로에게 해주고 싶 은 말이 있다면요.

"참 고맙다!" 눈에 띄는 기록을 세운 것도, 거창한 상을 받은 것도 아 니지만 나를 돌보며 포기하지 않고 여기까지 데리고 온 것만으로도

마라톤은 자신감이다

나 자신에게 지극히 감사해요.

만약 누군가 "왜 달리나요?"라고 묻는다면 가장 먼저 떠오르는 대답은 무엇인가요?

"그냥 달립니다." 거기에 길이 있고, 산이 있고, 언덕이 있어서 그냥 달립니다. 어제 뛰었듯 오늘도 뛰고 내일도 뛰려고 합니다. 거창한 이유가 있을 것 같지만 그렇지 않아요. 강물이 흐르듯, 세월이 가듯, 물고기가 헤엄치고 새가 날듯이 그냥 달리는 거죠. 무라카미 하루키는 '적어도 살아있는 동안은 온전한 인생을 보내고 싶다는 생각으로 달린다. 같은 10년을 살아도 멍하게 사는 것보다 확실한 목적을 가지고 생동감 있게 사는 것이 훨씬 바람직하다.'라고 했어요. 그 말도 맞고요. 다만 세상일에 정답은 없다고 생각해요. 나름의 방법만 있을 뿐이죠.

칠순 기념 완주 외에 새롭게 도전하고 싶은 또 다른 꿈이 있으신가요?

어느 신문에서 100세 가까이 되신 어르신께 가장 후회되는 것을 물었더니, "이럴 줄 알았다면 일흔 살쯤 뭔가 배워서 새 삶을 살아볼 걸 그랬네."라고 하셨다는 기사를 본 적이 있습니다.

그래서 책을 두어 권 더 만들려고 합니다. 하나는 정원 관련 책입니다. 『타샤 튜더 나의 정원(Tasha Tudor's Successful Garden)』처럼 사진이 풍성한 책을 만들고 싶어서 좋은 카메라도 사고 사진 공부도 하려 합니다. 그러고 보니 하고 싶은 게 참 많네요.

가장 중요한 9가지 원칙을 말씀드리고 싶습니다.

1. 속도와 거리에 욕심내지 마세요.

2. 신발에는 욕심내세요. 비싼 것보다는 내 발에 맞는 쿠션과 사이즈로 신중하게 고르세요.

3. 스트레칭은 필수입니다. 뛰기 전후에 충분히 해주세요.

4. 전신 운동을 하세요. 하체뿐 아니라 상체 운동(평행봉, 턱걸이 등)과 복근(윗몸일으키기, 누워서 다리 번갈아들기 등)도 길러야 합니다.

5. 금연하세요. 담배는 달리기의 적입니다.

6. 식단을 조절하세요. 술, 과식, 청량음료, 인스턴트 식품을 피하세요.

7. 충분히 쉬세요. 휴식도 훈련의 일부입니다.

8. 컨디션을 믿으세요. 달리기 전보다 달린 후의 몸 상태가 좋지 않았던 적은 한 번도 없었다는 사실을 기억하세요.

9. 습관을 만드세요. 달리기는 체력 과시가 아니라 좋은 습관을 만드는 과정입니다.

마지막으로 나이, 신체 조건, 혹은 두려움 때문에 인생의 출발선 앞에서 망설이는 분들에게 한말씀해 주세요.

영화 '아워 바디'에 나오는 대사를 전해주고 싶어요.

"아무도 이기지 않았지만,

나는 누구에게도 지지 않았다.

그 깨달음이 내 인생을 바꾸었다."

     마라톤은 자신감이다

영화 속 주인공 자영은 한때 촉망받던 수영 선수였지만 부상과 현실적인 이유로 선수 생활을 접어요. 이후 9급 공무원을 준비하는 그저 그런 청춘으로 그려지죠. 그러다 우연히 현주를 만나는데요. 현주는 엘리트 선수도 아니고, 우승을 목적으로 하지도 않고 그저 달리기만 계속하는 사람이에요. 그런 현주를 만나면서 자영은 '이겨야만 의미가 있는 삶'이라는 강박에서 차츰 벗어나게 되죠. '아무도 이기지 않았다'라는 말은 시험 합격도, 메달도, 1등도 없다는 뜻입니다. 하지만 '누구에게도 지지 않았다.'라는 말은 나 자신을 배신하지 않았고, 포기하지 않았으며, 스스로를 함부로 단정 짓거나 멈춰 서지 않았다는 뜻입니다. 즉, 자기 삶에서 패배하지 않았다는 선언이죠.

인생에는 '이기지 않아도 패배하지 않는 상태'가 있어요. 그건 남을 쓰러뜨려 얻는 전리품이 아닙니다. 나를 포기하지 않았을 때 비로소 자연스럽게 생기는 거죠. 비교의 세계에서 내려와 자기 삶의 주인이 되고 싶은 분들께 이 말을 꼭 들려드리고 싶습니다.

작가 홈페이지

마라톤은 자신감이다

18번의 완주, 기록보다 마음이 남는 달리기

발행일 2026년 2월 10일

지은이 황진호
펴낸이 마형민
기획 페스트북 편집부
편집 곽하늘 이은주 김현우 표진아
디자인 김안석
펴낸곳 주식회사 페스트북
홈페이지 festbook.co.kr
편집부 경기도 안양시 동안구 관악대로 488

© 황진호 2026

ISBN 979-11-6929-985-5 03810
값 19,000원